嬌妻至上 1

文創 風 518

東堂桂 著

目錄

序

東堂桂

你若是春風，自有千頃桃花相伴，你若是明月，自有無垠夜空相襯。你若是對的，你微笑，櫻唇美得已成一個吻，自有悸動的心為你怦然，沒有人比你更如他心意。

微風善記憶，他眼裡你的好，一望無際，如粼粼在雪地上的深碧池塘，坦蕩得無比可擬。

重生而來的女主角池棨嬌，偶然遇到兩世不曾有過交集的男主角玄朗，是今生最大的變數。是緣分、是溫暖，是無法言表的一切美好，成就她全新人生的璀璨。

因為要放下過往，所以要尋找過往，因為你變得更好，所以遇到讓你更好的他。

如果人生是一道假設題，重來一次就一定會更精彩嗎？

未必。

性格決定命運，一個人的性格如果沒有任何改變，重來幾次都一樣。

帶著記憶的重生，很多習慣一定是無意識地接續前生的，於是在《嬌妻至上》的構思中，我將女主角塑造為兩個靈魂的合體，取長補短，重生出新的人格。

兩份截然不同的前世記憶，結局同樣悲慘：青燈古佛孤苦而亡，芳華正好卻香消玉殞。而同樣的結局卻有不同的經歷：一清晰在目，一模糊隱約；一個是身世清楚、親人尚在的池家大小姐，一個是不識來歷、不知自身的樓滿袖。

怯懦自卑的池榮嬌、果敢堅毅的樓滿袖，兩個靈魂合體塑造出宛如新生的池榮嬌，一方面她遵從內心，放下前世，今生只願做最好的自己，守護在意的人；另一方面也不忘執念，找尋另一半靈魂的來歷，查明生死真相，親手了結恩怨。

男主角玄朗，大夏戰神英親王，偶然結識女扮男裝又化名小樓的榮嬌，因一時善念與好奇，隱藏身分，施以援手。

互相隱瞞身分的兩人相識相知，玄朗視榮嬌如親幼弟，各種體貼關照，寵弟無下限，明裡暗裡屢屢出手，鋪路引導，助其成長，情誼甚深。

一夜意外使玄朗得知榮嬌為女兒身，親厚不變，卻日益變了滋味，由兄弟情漸變為男女意而不自知，直到被榮嬌二哥點破方恍然大悟，自此開啟寵妻模式，嬌妻至上。

本書的關鍵字不僅僅是愛情、重生、守護，還有自我修鍊與新生。人生是一場修行，身陷塵埃也要記得開出高貴的花，你若芳華皎皎，自有清風攬入懷。

第一章

池、王兩家要議親?!

這個消息如閃電驚雷般迅速滾過大樑城。池是懷化大將軍池萬林的池家，王是吏部侍郎王來山的王家——

不可能，絕對不可能。聞者莫不斷然否定，懷化大將軍是武將，吏部侍郎是文官，怎麼可能結親？眾所周知，大夏立朝已過五十年，文武百官就爭吵打鬧了五十年，朝堂動手的時候也時而有之。文臣瞧不起武將粗鄙無知，武將看不上酸儒們道貌岸然，武將多是隨太祖征戰、立朝後新封的勛貴子弟，家族底蘊不足，讀書不多，嘴皮子沒文臣索利，吵架贏不了就惱羞成怒，大打出手，引發衝突。

朝堂上兩派吵吵鬧鬧，但歷朝皇帝樂見其成，這邊給個大棒，那廂賞個紅棗，將其控制在相對平衡的狀態，因此約定俗成，大夏的文臣、武將不結親。

聯姻乃結兩姓之好，若文官的女兒做了武將家的媳婦，娘家、婆家分屬兩派，如何自處？因此自太祖開國，這兩派就互不通嫁娶，皇帝賜婚亦然，不會點武狀元做文臣女婿，亦不會賜文狀元做武將的姑爺——所以，池萬林的女兒要嫁給王來山的兒子?!是什麼意思？

文武兩派聽聞這個消息，全都懵了。誰讓他們兩家結親的？何況議親或有不成，素來是私下裡悄悄進行，只有親事成了方才公開，哪有起意議親就這般大張旗鼓，唯恐外人不知的？

這樁尚且在議的親事，迅速成為京城上自文武百官、下至市井小民的話題，街頭巷尾的三姑六婆們對這樁親事、對池大小姐充滿了同情；女子嫁人如二次投胎，一旦不為夫婿、姑翁所喜，這輩子就完了。

而文武百官們更關注這門親事背後隱藏的可能，莫非聖意有所向？要知道聖上看似超然於文武之爭，實則不然；聖上也有母族外家，其出身決定了聖上不可能完全置身事外，真論起來，大夏朝野只有聖上的胞弟英王殿下超群脫俗，雖被尊稱為戰神，卻同樣被文臣清流推崇。

大樑城乃天子所居之處，京畿重地。城外設有京東、京西兩處軍大營，設大將軍職，各轄五萬軍士，拱衛都城安危，直接受命於天子，非常時期可調遣進駐都城。

鑑於兩處軍大營的特殊地位，歷來能做大將軍的，非皇帝心腹莫屬。懷化將軍池萬林乃現任京東軍大營的主將，祖籍池州，與皇帝是老鄉。池家原本為耕讀之家，自池萬林祖父一輩家道中落，只得投筆從戎，期望另闢蹊徑，謀個出路。

他能識文斷字，為人豪爽，很快便在軍士中脫穎而出，一路官至五品游擊將軍。池萬林的父親青出於藍，做到了從四品的宣威將軍，到了池萬林，更是一路青雲，直上到正三品的懷化大將軍。

池家經三代，在太平年間，從原本籍籍無名的耕讀人家一躍成為軍中新貴，可謂好氣運。

然而，池萬林雖得皇帝信任，池府卻是都城裡的邊緣府第，向來獨來獨往。他根基淺，升得又快，原本的親戚故舊比池家門檻低，而文臣清流本就看不起武將，對棄文從武的池家更瞧不上；武將們覺得池家是半路出家，太平年間從軍，能一路擢升皆來自投機取巧，羞與為伍。

但池萬林對此不以為意，文武兩派各為陣營，像池家這種後起新貴、孤臣寡將，才最讓皇帝放心。

如此，池家的女眷與京裡各府來往少，池大小姐又自幼多病從不出門，所以爆出這門親事後，傳說中的池家大小姐到底什麼樣，竟無人知曉。

可是提起王大人家的三公子，那可是大樑城頗為知名的玉面郎君、風雅才子，青樓中色藝雙全的頭牌，多是王三公子的紅顏知己，武將家的池大姑娘嫁給這樣的才子？不敢想啊……

「不行！」

池府內，池夫人的正屋傳來一聲暴喝。「娘，那王三是什麼人，妹妹不能嫁。」

池家的三公子池榮厚一身風塵僕僕，正面紅耳赤地嚷著。他年方十六，尚未正式領差，跟著已在軍中任職的大哥池榮興跑腿，前些天去外地辦事，今日剛入城，就聽到聯姻之事。

一開始以為是謠言，池府向來低調，是誰惡意敗壞池府和妹妹的名聲？待仔細一打聽，說是經過官媒證實……池三便急了，氣沖沖打馬回府，衣裳沒換就一頭跑到母親跟前問個究竟。

「什麼時候回來的？」池夫人看到最疼愛的小兒子，滿臉笑意。「快給三少爺上茶、上點心，打水服侍三少爺淨面，趕緊洗漱換身衣裳。」

「娘，妹妹真在議親？」

池三急得要跳腳。洗臉換衣服，哪比得過妹妹的終身大事重要？他接過丫鬟遞上來的茶盞，一抬頭，咕嚕咕嚕幾口喝乾。「娘，到底是不是真的？」

池夫人拗不過他的犟脾氣，點點頭。

池三一聽就不高興了。「不行，妹妹不能嫁給王三。」

「怎麼不能？」池夫人氣定神閒地抿了口茶，彷彿沒看到兒子氣呼呼的臉。「王三公子哪裡不好？模樣俊朗、風度翩翩、素有才名，王家是有名的鐘鼎高門，能結這門親，是我們高攀了——」

「娘！」

池榮厚耐著性子聽了幾句，終於忍無可忍，打斷池夫人的話。「王三我見過幾面，絕不是妹妹的良配。娘，這門親事不好，一來文武結親，會將咱家推到風口浪尖上；二來，王家房頭多、規矩多，內宅的女人個個厲害，妹妹的性子根本不行；還有，王三自詡風流才子，身邊漂亮的通房丫鬟好幾個，在外頭也……這種男人，妹妹怎能嫁?!」

他越說越氣，越覺得自己有理。「娘，是誰保的媒？就沒望著我妹妹好！」

他說得激動，沒注意到母親已面沈似水，沒得到一句回應。

「娘？」池三摸不著頭緒，難道他說得太快，娘沒聽清楚？

「誰害她了？就你明白?!」池夫人心中不悅，但老三是她最疼愛的幼子，實在不捨得重話斥責。「你懂什麼？聯姻是結兩姓之好，王家門第高，三公子有才華，人人爭搶的好親事，到你嘴裡竟如此不堪。行了，婚姻大事，父母做主，你少管，趕緊下去拾掇拾掇……老夫人那裡還沒去吧？收拾索利了請安去……」

聽母親這番話，池三的眉毛挑了起來。「娘，我不懂？這門親事不合適，您在內宅，不了解外面朝堂上的事情——咦！」

說到此處，他語氣一頓。聯姻，聯的是兩姓之好，一般說來，與誰家結親向來由男人決定，具體親事著落在哪個身上，多半是由女人相看……池家與王家，文武有別，素無交往，沒有得到父親的授意，母親絕對不敢貿然與王府議親。

他頓覺不妙，急切道：「這事，父親知道嗎？」

「嗯，總算說到點上了。」池母白了他一眼。「就是你父親的意思，不然我哪裡認得王家人？冰人也是王家請託的……好啦，這不是你應該過問的事，她的婚事，自有我們做主。」

家裡長輩俱在，哪有當哥哥的對妹妹的婚事指手劃腳的道理？

此番話好像一盆冷水兜頭潑下，池三手腳俱涼。若是父親的意思，幾乎沒有更改的可能，那妹妹她……

「我不信！」他不甘心地低吼一聲。「文武不結親，父親不會壞了規矩！」

「別鬧了，快下去洗漱，給老夫人請安去。」池夫人有些不悅，卻還是耐著性子哄他。

「八字已經合了，上好的姻緣，挑個日子就過大禮，這門親事已定，別人的閒事你少管，跟著你大哥好好學當差要緊。」

妹妹、妹妹，這個混小子，從進門就張口妹妹、閉口妹妹，滿腦子都是他妹妹的親事，打進門一照面就質問他妹妹的婚事，連給她這做母親的請安都草草了事。

「母親。」

過了大禮親事就是訂下了，池榮厚又急又慌，見母親態度堅決，不由氣急敗壞，高聲嚷道：「榮嬌是我同胞親妹妹，不是別人，這是她一輩子的終身大事，不是閒事。母親，榮嬌到底是不是妳生的？」

這個逆子！池夫人被氣得倒仰，抓起手邊的茶碗就砸了過去。「混帳東西！」

池榮厚不躲不避，任茶碗砸在自己胸口又滾落在青石地面，啪地碎成幾片，青豆綠的錦袍被熱茶澆濕了一片。「娘，王三不是良人，妹妹不能嫁給他，我找父親去。」

說完匆匆施了一禮，轉頭跑得沒影。

「你、你回來！」池夫人心中發急。這個混小子，真要沒眼色地去找他父親鬧，還不得被重罰？聯姻的內情，大將軍連她都沒透露半分，這混小子不分青紅皂白地鬧騰，不知道要惹他老子多生氣呢！

叫人將他喊回來，下人回報說三少爺早出了院子，不知往哪裡去了，池夫人氣得頭疼……

妹妹、妹妹，等著挨你老子揍吧。那個喪門星，就是個是非精！從小到大，連累她兩個哥哥挨了多少打，怎麼就不能死了呢?!

池夫人心疼兒子，不由又怨恨起池三口口不離的妹妹，自己親生的女兒池榮嬌。

當初真應該把她掐死，早知道懷了她，自己會連走霉運，就應該多喝幾碗湯藥，絕對不該生下她來。看吧，為了喪門星，老三又得鬧騰……還有老二，也把那個死丫鬟當眼珠子護著，現在是還不知曉這門親事，要是知道了，少不了也要折騰。

這親事是大將軍的授意，斷沒有被他們鬧一鬧就毀親的道理，老二、老三肯定要挨家法……怎麼就生了這麼個孽女，她怎麼就不會死呢？從小到大，連累她哥哥們多少次了？

池夫人越想越恨，小賤人命真硬，怎麼搓揉都死不了。

她冷冷地吩咐身邊的嬤嬤。「去，告訴廚房，大小姐昨天吃壞了肚子，打今晚起，三日之內只用白粥，旁的什麼也不許用。」

「是，老奴這就吩咐下去。」嬤嬤面色如常，應聲下去安排。

看來大小姐又惹夫人生氣了，這些年，夫人對大小姐的嚴苛與不喜，她們這些貼身的僕婦們早就見慣不驚了。

池榮厚氣沖沖地出了正院，冷風一吹，心頭的火氣慢慢冷卻，頭腦變得清明起來，急促雜亂的腳步也慢了。

聽母親的意思，妹妹的親事是父親的主意……想到父親的待人處事，池三心頭愈加心涼。父親做事向來不容置疑，沒有人能令他改變主意；與王府結親，打破了文官不與武官聯姻的慣例，父親不是那種高調的人，這其中必有不為人知的內情……

只是如此一來，榮嬌的婚事就成了板上釘……一想到自己疼愛的妹妹要嫁到王府，嫁給風流王三，池榮厚的心就火辣辣地疼。

不行，他得再想想，不能貿然去找父親，挨頓打無所謂，他是不怕的，關鍵是能否阻止親事……

還是先去看看妹妹，讓她安心，然後回大營找二哥一起商量……若是能拉上大哥就更好，父親向來器重大哥，不過，大哥對妹妹向來不親近，未必願意為妹妹違抗父命。

拿定主意，他對跟在身後的小廝道：「去，把我帶回來的小玩意兒先送到三省居，告訴大小姐，等我給老夫人請了安，就去看她。」

應該先去給祖母請安，若是先去看了妹妹，長輩們少不得又要遷怒妹妹。

池榮厚回自己院子，收拾索利後，去給祖母池老夫人請安。

自從老太爺去世後，老夫人就開始吃齋唸佛、深居簡出，一日裡有大半天是待在小佛堂，池榮厚去的時候，她剛從小佛堂誦經出來，身上還帶著新鮮的檀香味。

見到最小的孫子，老夫人心情不錯，嘴角掛著慈愛的笑意。

待池榮厚請安落坐後，問了些何時回來的、去哪裡辦差等一番閒話，聽說他這趟是給大哥池榮興跑腿，老夫人臉上的笑意就更濃了幾分，問他大哥怎麼樣，在大營裡吃得可好、睡得可香，平時差事忙不忙。

池三乖順地揀好話說——池府上下都知道老夫人最疼愛大少爺，在老夫人面前，誰也比不上大少爺有面子，老夫人生起氣來，大將軍的面子照下不誤，唯獨只聽大少爺的，只要大少爺一露面，勸上兩句，再大的火氣也煙消雲散。

池三早知祖母偏愛大哥，對老太太拉著自己對大哥噓寒問暖毫不在意，等老夫人將大孫子的事問了又問，見從小孫子嘴裡再也榨不出什麼新鮮事了，才算甘休。

「……見過你母親了沒有？」

池榮厚不好意思地揉揉鼻子，陪笑道：「不敢瞞祖母，先前是見著了……孫兒剛進城，就聽到有人傳咱們府上的閒話，孫兒一急，顧不上拾掇，直接衝到母親那裡……還被母親訓了一頓……」

老夫人看似不管事，可府裡沒什麼事真能瞞得了她，池三回府直奔正院，很多下人都見著了，老夫人不用查問也知道，他沒必要在這等小事上撒謊。

但他回府沒有先來給祖母請安，倒先去了母親那裡，老太太若要挑刺兒，到底是行事有失妥當。

「傳咱們府閒話？什麼閒話？」

老太太起了好奇，池家素來行事低調，沒什麼可被人說嘴的。

第二章

「外面在傳，咱家要與吏部王侍郎府上結親……文武不聯姻，說這個的人居心太險惡，這不是要把咱池家架在火上烤嗎……」池榮厚邊說邊仔細察看老夫人的神色。

「哦……」

見老夫人神情平靜，池三明白了，這事，祖母是知情的，父母應該提前知會過了，祖母也是同意的？

心裡一沈，可面上不露，他繼續笑道：「娘說我不懂，明兒個回大營，我找大哥、二哥好好參詳參詳。」

老夫人聽他說還要找大哥、二哥參詳，出言反對。「你娘說得對，婚姻大事自有父母長輩做主，別拉著你大哥瞎胡鬧，惹你父親生氣。」

「祖母，我哪有胡鬧？妹妹比我年紀還小，忙著許人家做什麼？再說了，咱池家可是將門，豈能嫁到文臣府上？」

「聽聽，他這是急著娶媳婦了。」老夫人彷彿沒聽到他的意有所指，笑著向身邊的嬤嬤打趣道：「可得記著提醒老大媳婦，該給厚哥兒相看姑娘了。」

嬤嬤陪笑湊趣兒道：「可不是哩，三少爺一表人才、能文能武，一般的姑娘可配不上。」

「祖母，我不急，妹妹更小呢！」池三被如此打趣，忍不住紅了面皮，強自鎮定，又把話題拉回來。

聽他又提妹妹，老夫人的笑容淡了幾分，瞟了心腹嬤嬤一眼，沒吱聲。跟在身邊的呂嬤嬤是老人精了，深知府中大小事務，知老夫人不待見池榮嬌，忙笑顏輕聲道：「三少爺是男兒，這男女嫁娶是不一樣的，大姑娘是女孩，等及笄後再相看人家，就晚了。」

「好了，厚哥兒就不要操心這個了，只管跟著你父親和你大哥學本事、好好辦差就對了，你一路辛苦，早點下去歇著吧！」老夫人最聽不得人提大姑娘，又知曉小孫子是個磨人的性子，不欲多說。「……榮珍也是你妹妹，庶妹也是你父親的女兒，你要向你大哥學學，有個做哥哥的樣子……」

榮珍雖說是庶出的，她姨娘也不是個好的，但榮珍是老大看重的，三個嫡孫子，除了大孫子與哥兒拿她當妹妹看，勇哥兒、厚哥兒對這個庶妹還不如外頭的陌生人。

「是，孫兒知曉了。」池榮厚應下，告退出去。

拿池榮珍當妹妹？她配嗎？不管祖母、父親怎麼說，他和二哥就榮嬌一個妹妹，其他的與他沒關係。

妹妹那麼好，為什麼長輩們就是看不到她的好？祖母、母親都是通情達理之人，為何偏偏冷落妹妹？

他加快步伐，直奔池榮嬌所住的三省居。

池萬林有三子兩女，三個嫡子皆由正室康氏所出，又生了嫡長女池榮嬌，庶女池榮珍是妾室楊姨娘所出，比榮嬌小一歲。在所有的子女中，池萬林最倚重長子，最寵愛庶女，親自取名榮珍，即如珍似寶之意，一應吃穿用度比嫡長女榮嬌還高出數籌；而康氏是個大度的，身為正室、親生母親的她，對如此明顯的偏頗也視若無睹。

在池三記憶裡，從小到大，母親從不曾維護妹妹，但凡妹妹與池榮珍起了衝突，不管起因如何，不論是非，被罰的那個一定是妹妹榮嬌。他小時候不懂，以為母親對妹妹嚴厲是為妹妹好，雖說自家是武將，不似文臣府上規矩多，但小姑娘還是應該知書達禮的，像池榮珍那般驕縱刁蠻，著實令人生厭。母親不嬌慣妹妹，什麼事都不管，似乎也是好的……

後來才覺得不對，就算不嬌寵，也不能凡事冷眼旁觀，待妹妹甚至不如待府裡的丫鬟、僕婦親近，冷漠至極，甚至厭惡——沒錯，母親就是厭惡妹妹。當二哥首次提起，他再三反駁不肯相信，仔細觀察之後，才接受母親不喜妹妹的事實。

可是，既是親生的女兒，為何不喜？

三省居是池榮嬌住的院子，位於池府內宅的西北角，距正院遠，偏僻又窄狹，不像是嫡長女應該住的地方，比起池榮珍的明珠院更是天差地別。

好在屋舍雖小，後院足夠寬闊，經過這些年的拾掇，終於有點模樣。

池三人高腿長，加上掛念妹妹，腳下生風，挺遠的路只走了不到一刻鐘。

他盯著院前的匾額，只覺得那三個字甚是刺眼。字是父親題的，名字是母親取的，端的是愛之深、責之切，拳拳愛女之心。

他每到妹妹這裡，看到這個匾額、這個院子，就覺得氣悶，眼底發澀。

當初母親說妹妹體弱，平時不愛動，不像是將門之女，住得遠，每日請安走一走也能活動活動身子骨兒，他竟傻傻地信了；等妹妹真搬過來，他才發現這院子不是一般的偏僻，妹妹每回要走上大半個時辰才能到正院，一年四季，不論颳風下雨還是雪天路滑，妹妹都必須按時去給長輩請安，晚了要受罰，妹妹為了不遲到，越是壞天氣，越要早出門。

還有，距離大廚房也遠，飯菜取過來早就涼透，天暖時還能湊合，遇上冬天，就算食盒裡蓋上棉墊子，也冷透了。

他替妹妹叫屈，硬纏著母親給妹妹換院子，府裡地方多的是，為何要讓榮嬌住那麼遠？母親就說榮嬌自己愛靜，而且祖母也不喜歡她隔得太近。

「看到她就會想到你祖父，老夫人心情不好……」母親如是說。

妹妹私下裡也勸他。「小哥哥，真的是我自己的主意，不是母親安排的……早起不礙事的，我身子弱，練武又不成，多走走路也好……」

三省居，好端端的，給妹妹的院子起個什麼破名字，這還是閨中小姑娘住的院子嗎？聽著倒像是幽禁之所，要一日三省，天天反省。

不行，必須給妹妹換院子。

後來，還是二哥池榮勇勸他改變主意。「……三弟，就算你硬拗著，最後母親答應了，她心裡不高興，說不定還以為是妹妹挑唆你去鬧的，遷怒妹妹。我們畢竟住在外院，總有照應不到的地方，與其鬧騰換院子，還不如給妹妹安排一、兩個貼心服侍的人，有什麼事能報信也好，再給她開個小廚房或茶水間，不單獨開灶，至少能加熱飯菜，有口熱水……」

還是二哥看得透，他也發現了，每回他替妹妹出頭，母親拗不過他的軟硬兼施，這回看似是沒事了，回頭妹妹準有新錯處被抓到，而且一定是那種為了她好，必須得重罰，旁人代替不了的。

於是他們退而求其次，想方設法在三省居弄了間小廂房做茶水間，盤了個小灶，又在院裡安插了幾個信得過的丫鬟、僕婦。

池榮厚駐足在院門前回首往事，也只是幾息之間。

掩著的院門咯吱一聲被推開，裡面走出一個穿桃紅襖子的大丫鬟，見到池榮厚，又驚又喜。「三少爺，奴婢給您請安，大小姐剛才一直念叨著呢！」

正是池榮嬌身邊的一等大丫鬟紅纓，施禮之後，急急轉頭對小丫鬟道：「快去稟告大小姐，三少爺來了……三少爺請，剛才聞刀送東西來，說您回府了，大小姐就吩咐燒熱水備茶，正等著您呢！」

「妹妹這幾日心情可好？」池榮厚邁步向前，邊走邊問：「夜裡睡得好不好？可還作夢？」

三個月前，池榮嬌因為一點小事被池夫人罰跪在祠堂反省，著了涼，昏昏沈沈病了好幾日，甚是凶險，病好後一直沒緩過勁來，晚上睡不好，總是作夢，人也懨懨的沒有精神。

萬一訂親的事情被妹妹知道了……就算榮嬌一向溫柔好說話，畢竟是個小姑娘，嫁人又是一輩子的大事，按母親向來的做派，必定是不會詢問妹妹的想法……池榮厚的心裡一陣刺痛。

一定得想個法子拒絕這門婚事，回頭幫妹妹找個好人家。他攥起了拳頭，暗下決心。

紅纓尚未開口，就聽到一陣急促的細碎腳步聲，伴著一聲柔柔的、滿是喜悅的低喊。

「小哥哥。」

一個十二、三歲的小姑娘，輕風一般飄了過來，明麗的臉上是大大的笑容。「小哥哥。」

跑過來的正是池家嫡長女池滎嬌。

「妹妹。」池滎厚眼前一亮，滿臉笑容，緊走幾步。「妳怎麼下來了？」

池滎嬌輕施了一禮，揚著臉，俏皮地嬌笑道：「哥哥遠道而回，做妹妹的迎下樓不是應該的？」

「嗯，妹妹最懂事了。」

池滎厚含笑上下打量。「精神還行，下巴尖了，是睡不好，還是沒吃好？燕窩吃完了？小哥哥回頭讓人再送些來。」

滎嬌大病一場，傷了元氣，自從她病好後，二哥和自己都送了補品進來，她是不是怕母親知道多事，不敢在自己院子燉？池滎厚想到這裡，又道：「是不捨得還是沒敢吃？」

想到妹妹平素在母親面前委屈謹慎的樣子，不由又嘆口氣。「補品是要吃的，要是嫌麻煩，給妳換成補丸……」

池家的嫡長女平素連碗補湯都喝不上，說出去誰信？而池滎珍一個小庶女，每日倒有冰糖燕窩的分例。

「不用、不用。」池榮嬌笑咪咪地拽著哥哥的袖子。「我都好了，你和二哥不用再給我送補品了，前頭送來的真的吃了，不信你問欒嬤嬤……小哥哥，吃點心嗎？有花生酥，前天二哥讓人捎了新茶來，我煮給你喝。」

池榮嬌嘰嘰喳喳的，像隻歡快的小鳥，拉著池榮厚進了小客廳，請他坐到上首，吩咐丫鬟取水、取茶葉，忙得團團轉。

「……二哥派小乙送來的，說是新製的君山銀針，我還沒開封呢，就等著你們回來一起喝。不知二哥從哪裡弄來的，應該很貴吧？」

大樑城在北邊，從南邊運新茶過來，眼下正是價高之時。

「二哥自有門路，妳就喝吧！以後不要等我們一起了，若一直不回來，妳傻等著，新茶都成陳茶了。」

池三滿臉愜意，眼底帶笑，看著妹妹忙活，耳邊是她的輕聲細語，心頭浮現起濃濃的寵溺。妹妹是最好的，不管父母、長輩如何，在他和二哥眼裡，誰也比不上妹妹好。

「嗯，真香。嬌嬌煮的茶最好，手藝又精進了。」裊裊茶香氤氳，池榮厚端著茶盞，笑得心滿意足，不吝讚美。

「是二哥的茶葉好。」榮嬌坐在下首，捧著茶盞，小口啜著。關鍵是茶葉好，上等的新茶隨便用熱水一沖，也會香氣四溢。

「綠殳，裝一些給三少爺帶回去。」

兄妹感情好，哥哥們有什麼東西都會先想著她，她心裡也有哥哥，聽小哥讚茶好，忙吩咐丫鬟把茶葉分一些給小哥。

「別，我明天就回大營了，喝水如牛飲，好茶葉不都糟蹋了？還是放妳這裡，下次回來再喝。」

池三出言阻止。他在府裡待的時間少，到大營裡就是給大哥跑腿的，哪有閒情逸致煮茶？再說妹妹喜歡的，就應該全留給妹妹。

「也好，那我收著。」榮嬌知他說的是實情，自家兄妹沒什麼好客氣的。「小哥哥多喝一盞……」殷勤地又給池榮厚斟了一碗。

想到哥哥明日就得回大營，榮嬌心中黯然，目露不捨。「明天幾時動身？綠殳，把我給少爺們做的東西包好。我給你和二哥做了幾雙襪子、幾條汗巾，二哥的，你再拿給他。」

兩個哥哥在軍營裡時常操練，鞋襪之類的磨損得特別快。

「好了，頭還疼不疼？眼睛累就別做了，不然要針線房做什麼？」

聽到妹妹話中流露的不捨，池榮厚也有些低落。妹妹在府裡過得不順心，平素裡幾乎一整天不吭聲，唯有與他們在一起才有個小姑娘的樣子。

但他和二哥均有差事在身，鮮少回來。他還好些，跟著大哥不算正經差事，二哥在軍中有正經職務在身，不能隨便離營回府。

他心裡微嘆，輕聲道：「我明天一早就走，過幾天再回來看妳，今天哪兒也不去了，陪妳用晚膳。」

「好，去年釀的青梅酒，差不多可以喝了。」榮嬌收起失落，又高興起來。她自然明白哥哥們長大了，是要到外頭奔前程的，不再如小時候那般有時間陪她。

「……榮嬌，外面傳了咱們府上的事，妳聽說沒有？」池榮厚想了想，決定先跟妹妹通通氣，讓她心裡有個準備。

咱們府上？池榮嬌微微一怔。「小哥哥是說與王府結親的事？」池府向來低調，除了這樁親事，她想不出還有別的。

「妳知道了？」池榮厚微挑眉，倒沒太意外，妹妹身邊有幾個消息靈通又忠心的，事關她的終身，告訴她也是應該的。

「嗯，紅纓說的，她家哥哥告訴她的。」

池榮厚心中了然，紅纓是二哥奶嬤嬤的女兒，她的哥哥在外院當差。

「妳不用擔心，別人說什麼不好聽的，暫且不必理會，二哥和我會想辦法，左右我們會護著妳，天塌了我倆個子高，罩妳一個小人兒沒問題。」

池榮厚說得厲害，心裡卻沒底，這是父親點頭的事，怕是不容易更改……但不管怎麼說，不能眼睜睜看著妹妹跳入這個火坑。

「可是，既然明知文武不通婚，還要與王府結親，會不會有內情？」

池榮嬌聽了哥哥的保證，非但沒有放下心來，反而皺了眉頭，將自己的猜想說給他聽。

「父親為人低調，向來不做出頭鳥，不可能為我冒天下之大不韙，會不會是他人授意？」

池榮厚神色一凜。父親向來是孤臣，誰能向他授意？難道是聖——

「小哥哥，你和二哥千萬不要為這件事輕舉妄動，惹惱了父親……」池榮嬌很擔心，反覆勸誡。「我知道你們為我好，婚姻大事，父母做主，嫁誰都沒關係的，反正有哥哥們護著——」

「胡說，誰說嫁誰都沒關係？王三不是良配，王府也不是個好去處。」池榮厚打斷了她的話。雖說娘家兄長得力，出嫁女在婆家就有底氣，那也得看情況。王府出自太原王氏，又是文臣一脈，根本不可能看池府的面子；文武兩派政見不一，天天有紛爭，出嫁女隨時隨地就會成了兩邊都不管的棄子。最重要的是，那王三不是個好的。

「這可不是小事情，不能為了讓別人高興，委屈自己。」

妹妹經常為了不讓母親生氣，不管有沒有錯都認下，忍氣吞聲，只為不惹母親惱火。

「我們有數，不會貿然行事，妳年紀小，就算訂了婚也不會馬上成親，雖說退婚名聲有礙，也好過所嫁非人。不過，妳長進了，居然分析得這麼透澈，我都沒妳想得深。」

池榮厚真心實意地誇讚。妹妹真是厲害，一下子就點到了問題的關鍵，他一開始沒想到，問了母親之後才知是父親的主意，更沒想到父親可能是被人授意……若真是聖上，就表明聖上不想再縱容將相不和，有意消除隔閡……那麼想要這樁親事不成，幾乎是不可能的。

想到這裡，笑容就有些酸澀。向來勇往直前的池三，意識到這事怕是不好辦。

池榮嬌聽到哥哥的讚賞，卻是微怔了下。之前她下意識地脫口而出，將自己對這樁親事的感覺說了出來，回頭想想，好像不對，她什麼時候這麼厲害，能想到這些的？這、這根本不是她往常的想法……真是奇怪，她是怎麼想到的？

她有些愣了。自從上回病好之後，自己確實聰明了，好多事豁然開朗，不用提點，一眼就能看明白；武技也厲害許多，原先學練拳，她最笨，二哥、小哥私底下給她開了無數小灶，總是學不會，現在突然開竅了，那些拳腳招數全部融會貫通，施展開來如行雲流水般……

「小哥哥，你也覺得我變聰明了？」她忍不住向池榮厚求證。

「妳一直就聰明，現在是更聰明了。」

在池榮厚心裡，自己妹妹是最聰慧的，完全不覺得她說出那番話有何突兀。

「我武藝也比以前強了，以前練不熟的招式一下子就會了。」池榮嬌心裡還是發虛，不敢相信自己突然變厲害了。

「那是妳以前練多了，積累夠了，水到渠成。」池榮厚覺得理所當然，妹妹為了練拳腳，下了多少苦功夫？她也不是練成了絕世高手，就是熟能生巧，功夫練足了，時日久了，自然就練好了。

「以前看不懂的書，現在一看就明白了……」

「看得多了，理解強了，自然就能看明白了。嬌嬌不要不敢相信了，妳本來就聰明，以前只是年紀小，少閱歷，有些詞句理解不了，沒有體會。」

「我寫的字也變好看了，以前練柳大家，總是不像，現在能看出些樣子了……」好像還很有功力。

「真好，拿來給我看看……這是妳練多了，找到竅門、摸到門檻了……我那裡還有兩本字帖，明天讓人給妳送過來。」

池榮厚的笑容越發大了。妹妹本就聰明又肯勤奮用功，付出那麼多，現在收穫了，做哥哥的一定要大力支持。

池縈嬌無語了，小哥哥這麼誇自己妹妹，真的好嗎？

「可是，好像突然間就會了似的……作夢般的不真實……」她喃喃道。這是真的吧？

「欸？頭會痛嗎？」一提作夢，池縈厚臉上的笑容就僵住了，緊張地欠過身來。妹妹上次病後經常作夢失眠，有時會頭痛發暈，難道還沒好索利？

「不痛了。」

「還暈嗎？夜裡還作夢？」

小哥眉宇間難掩稚嫩，卻板著臉故作老成，神色肅然，細緻地詢問她的起居……池縈嬌突然發現小哥老成持重的樣子很有意思，笑出聲來，被關懷的暖意竄上心頭。「也沒有。」

只是偶爾一、兩次，醒來時知道自己作過夢，大部分的都忘了，只留下些許零星破碎的場景……令她不安的是，自己莫名地就變聰明，腦子靈活了，很多以前不會不懂的，剎那無師自通全會了。

她原先也不笨，但遠不到過目不忘的程度，而且以前懵懵懂懂的，好多事情一知半解，現在猶如揭開了那層紗，通透了起來；身手也好得不可思議，那天，綠殳帶人收拾屋子，小丫鬟擦多寶槅上的梅瓶時，手一滑，梅瓶掉下來，坐在炕桌邊看書的她居然一個飛身躍過去，在瓶子落地之前接住了。

眾人驚嘆她的好身手，她的心卻怦怦亂跳，害怕自己那瞬間的反應，那樣敏捷的身手，真不是她能有的——

一切都好啊……池榮厚繃緊的神色鬆懈了下來。「有沒有哪裡不舒服的？胃口如何？」

他仔細地又問了一遍，露出輕鬆的笑容。「頭不痛不暈、能吃能睡就沒事，妳本來就冰雪聰明……哦，對了，女紅技藝也提高了？」

池榮嬌的針線做得好，武將家的女兒，繡活出眾的不多，長輩們也不在這上面要求太高，榮嬌卻罕見地有雙巧手，繡什麼都栩栩如生，針線做得又快又好。

「這個倒沒有……」她失笑，搖搖頭。「哪能樣樣都好？那也太貪心了。」

她的針線本就和優秀的繡娘不遑多讓，若要一夜之間忽然再上層樓，也太貪心了吧？針線活是一針一線練出來的，作不得假。

「這就對了。」池榮厚一拍大腿。「天道酬勤，當初妳學針線，手指頭被扎破了多少回？妳在這上面開竅早，其他方面也沒少苦練，不過是效果來得晚，厚積薄發，到現在才慢慢呈現。」

是這樣嗎？池榮嬌睜大眼睛，將信將疑地看著自己的小哥哥。

「沒錯，一定是這樣的……還有，近朱者赤，妳跟小哥哥這樣的天才待得久了，潛移默化受影響了。」

池榮厚看妹妹小鹿般的眼神，不由起了促狹之心，自吹自擂。

榮嬌想了想，居然認真地點點頭。「對，小哥哥說得有道理，你和二哥那般厲害，又花功夫教我，以前是我太笨了。」

她說的是真心話，池家不大重視女孩子的學問教育，池府這一輩就兩個女兒，嫡長女榮嬌不得長輩喜歡，池榮珍是庶女，生母地位擺在那裡，即便池萬林千嬌萬寵，也沒想過要給她請讀書教習。

池府先後請過琴師和女紅師傅教導兩個女孩子，拳腳師傅則沒有單獨請，只是由自己家中懂些功夫的嬤嬤教著站馬步，練些拳法。

池榮珍學東西沒天賦，琴與針線都學不得法，師傅偶爾沒眼色地稱讚榮嬌學得好，惹得她大發脾氣，在池萬林面前說了幾回，兩位師傅後來就被辭退了。

池榮珍雖在練武方面比榮嬌強，但不能吃苦，池萬林寵她，也不認為自己的女兒將來需要打打殺殺，被楊姨娘幾滴眼淚軟了心，不捨得寶貝女兒受累，最後也是無疾而終。

大夏的女子地位不高，雖然不信奉女子無才便是德，卻也不主張女子讀書做學問，即便是文臣家的女兒也不是個個識文斷字，主持中饋卻看不懂帳本的也是有的；而池榮嬌之所以能識字讀書又練武，全依賴兩個哥哥教她。

二哥池榮勇是練武奇才，十八般武藝樣樣精通，小小年紀就罕有敵手，池榮厚私下裡偷偷跟妹妹嘀咕，就連他們的父親也不是二哥的對手。

雖然榮嬌沒有練武的天分，但只要她想學，池榮勇就耐心教，一遍不會再來一遍，連續示範十幾次都不煩；今天不會，明天接著學，今年不成還有明年，只要妹妹想學，他就願意教。

小哥池榮厚武藝平平，書卻讀得極好，四書五經信手拈來，家學的先生一直誇他聰明有慧根，可惜是武將家的兒郎，注定要從軍，不然若是從文，科舉必中，狀元不敢誇口，中舉、進士卻是穩拿的。

而池榮厚讀書像玩耍似的，自己會的就一股腦兒地教給妹妹，教學的熱情讓池榮嬌吃不消。她好學，也不比平常人笨，但遠不及小哥哥聰明，詩詞還好懂些，但晦澀難懂的策論，向來令她頭疼；不像練武，一遍學不好，她就多練幾遍，暗地裡多下功夫，多少還有成效，讀書卻不同，光死記硬背是沒用的。

這些年，為了哥哥們的辛苦，為了自己的不長進，她沒少自責，不知多少次希望自己可以聰明一些，學得好一些。

「這樣想就對了。」池榮厚坦然接受妹妹的嬌憨。「強將手下無弱兵，我和二哥這麼強，妳是我們一手教出來的，怎麼會弱？安心啦，以後別偷懶，繼續努力。」

池榮嬌說出了心事，一身輕鬆，而池榮厚怕妹妹擔心婚事，有意拉著她東拉西扯，逗她開心，一時間，兄妹倆聊得笑語不斷，多是池榮厚在講，池榮嬌在聽。在她的心裡，自己天天待在府裡，除了請安練拳、讀書寫字、做針線，沒有別的新鮮事，不像哥哥們日日在外行走，見多識廣，故而她特別喜歡聽池榮厚講外面的事情。

「……等過幾天，我找機會帶妳去南山走走。」

池榮厚最見不得妹妹那副明明心裡很嚮往又要藏著，小心翼翼怕人發覺的模樣，眼下正值春末夏初，天氣不冷不熱，是都城小姑娘們出外玩耍的好季節，每天都有去往南山的馬車，明著是去南山上香禮佛，不過是貪玩的女孩子們跑出去賞風景的藉口。

今年，楊姨娘帶池榮珍出去兩次了，榮嬌卻連一次邁出大門的機會也沒有。池榮厚不禁氣惱又酸楚，也不由對母親生出幾分怨氣，越發堅定了要攪和榮嬌與王三的親事，給妹妹許個好人家的心願。

嗯，可以在軍中找，不求家世多高，要緊的是對妹妹好，能順著妹妹；家裡人口要簡單，不能有難伺候的婆婆，更不能有像池榮珍那樣討厭的大姑、小姑，最好連妯娌也沒有……不過這點有些難，獨子不從軍，一代單傳又參軍的，著實是太少，得讓二哥一起相看，他認識的將官更多……

心裡有事，池榮厚說著說著，就停住了。「……剛才說到哪裡了？」

「說少陽城的肉火燒，皮薄餡多，一咬滿嘴油……」池榮嬌笑著提醒。小哥哥說得好誘人，她都嘴饞了呢！

「對對，可惜得現做現吃，趁熱吃，涼了就沒味道了，不然我就帶些回來給妳嚐嚐了。」池榮厚有些惋惜。「不過，那些糖火燒也還行，涼著吃，脆硬中帶著白糖的甜和芝麻的香，也不錯的……妳嚐過了沒有？」

先前他派人將自己從少陽城帶來的東西，好吃的、好玩的都先送過來了，其中有當地點心和糖火燒，不知妹妹吃了沒有。

「還沒有……」池榮嬌搖搖頭，揚聲喊丫鬟。「紅纓，三少爺剛送來的東西收在哪裡？」

進來的卻是綠殳。「大小姐，紅纓去大廚房取晚膳了，東西是奴婢與她一起收下的，要取什麼，奴婢這就拿來。」

這就要取晚膳了？看上去天光還大亮著，時辰卻不早了……

池榮嬌吩咐綠殳去將吃食拿來，與池榮厚商量道：「小哥哥，你不用陪我用晚膳，吃完糖火燒，你還是去正院陪母親一起用膳吧！你不在府裡，她很掛念。」

府裡人都知道，親生的四個孩子中，夫人最喜愛的就是小兒子池榮厚，最不得她歡心的是女兒池榮嬌。

「妳呀，真愛操心，整天怕這個難過、怕那個傷心，就不知道想想自己，見不得別人難受，自己受委屈就能忍著？」

池榮厚微嘆氣。這孩子處處想讓母親高興，似乎從不知道自己有沒有委屈，知道她是為自己好，他不等她的回答，自顧自說出打算。「我陪妳用完晚膳，再去正院，陪母親說會兒話，用些宵夜……放心，我會哄好她的，不會讓母親生氣。」

兄妹倆正說著話，聽見外面一陣細碎凌亂的腳步聲，還有儘量壓低仍能聽出含著怒意的講話聲，好像在說生病、膳食什麼的……

出什麼事了？池榮嬌一怔，她聽出那聲音是紅纓的，但紅纓素來穩重懂事，不會遇到一點小事就嚷嚷的……

「誰在外面，進來回話。」不待榮嬌開口，池榮厚面色不悅地高聲喊道。他沒聽出是誰的聲音，只覺得妹妹這裡的丫鬟太沒規矩了，主子在裡間，她們居然敢在外邊喧譁，不聽話、眼裡沒主子的，應該趁早打發了出去。

池夫人主理內宅，內院的下人、僕婦自然是以她為重，因為池夫人的態度，下人們最是趨炎附勢，對名義上的大小姐也甚是輕慢；好在有池榮勇與池榮厚護著，三省居裡又安插了他們的人照應，那些個下人、僕婦不敢太放肆，不然，榮嬌的日子更要不好過。

看來是小爺這些日子太和善了，不知道這院裡的主子是誰了……

池榮厚心頭火起，不能輕饒了。母親是當家主母，又是自己的親娘，他縱然對她待妹妹的態度有千般的不滿，也不能非議長輩，更沒法子硬逼著她善待妹妹；但折騰榮嬌，卻是母親糊塗了，難道下人們也敢跟著糊塗？不把榮嬌當主子？

「大小姐、三少爺。」進來的是紅纓與綠殳，她倆是榮嬌身邊的一等大丫鬟。

紅纓眼圈紅紅的，看上去像哭過了，而綠殳強裝平靜的神色則是暗藏氣憤。

怎麼是她倆？池榮厚心中一疑，紅纓是二哥安排的，而綠殳則是他安在妹妹身邊的，她倆應是最忠心不過，縱然是母親有意，也不可能輕易就籠絡了過去。

「說，何事？」他沈聲問。不管是誰的人，對妹妹不敬、服侍不用心，一律打發出去，大不了再換人進來就是。

紅纓的眼神卻瞟向了榮嬌，欲言又止。

「有事直言，三少爺不是別人。」

池榮嬌心裡咯噔一下。紅纓之前是去大廚房取晚食，難道是在外頭與人爭執了？但紅纓素來沈穩，不會主動招惹是非……

「回大小姐、三少爺……奴婢適才去取晚膳，只有白米粥……大廚房的管事說，夫人吩咐，大小姐腸胃不適，這三天的分例取消，只給白粥，其餘的一概沒有……」紅纓的聲音低了下去——夫人這是又無緣無故地罰大小姐禁食，不給飯吃，哪有這樣的親生母親?!

「三天只給白粥?!好、好！真是好得很！」池榮厚氣極反笑。母親真是越來越糊塗了，她這是要逼死榮嬌嗎？身為榮嬌的親娘，除了會禁食禁足、罰跪行杖外，還會什麼?!

第四章

池榮厚好一會兒才壓住了心頭火氣，對榮嬌露出溫和的笑意，自嘲道：「瞧瞧我這暴脾氣，忍耐的功夫忒差，妹妹別笑話……我的分例可取來了？」最後一句是問紅纓。

他之前說了要留在三省居用餐，讓人將他的分例一併取來。

紅纓搖頭。「……廚房那邊不給，說是康嬤嬤吩咐要送到正院的……」

池府平素若無事，各院均是分開用餐，夫人最寵三少爺，他出遠門回來，定是希望能一起用膳的，有那樣的吩咐也不稀奇。

池榮厚心中是說不出的難受，母親對他是慈母，對妹妹卻……

「讓聞刀去取，再加四道菜，要蜜炙丸子、核桃雞丁、素拌三絲，再清蒸條鮮魚，沒有新鮮的魚換糖醋鯉魚也成……讓他告訴廚房的管事，半個時辰之內不能做好送進來，三少爺讓她明天去莊子種田。」

紅纓和綠殳齊齊告退，下樓找聞刀。

「妹妹……」池榮厚叫了聲，對上榮嬌平靜的雙眸，著實不知自己應該說些什麼，類似這樣被禁食不是頭一回了，始作俑者卻是他們的母親。「妹妹，別難過……吃完飯我就去找母親，妳身體好了，不須節食，反倒要好好補補。」

池榮厚知道榮嬌心裡肯定難過得想哭，語無倫次地安慰著。「有哥哥在呢……以後讓人每天送妳最愛吃的過來。大廚房做不出好味道，小哥哥讓聞刀去外頭，挑大酒樓、大飯館的拿手菜買回來，好不好？」

瞧著他鄭重其事的模樣，榮嬌臉上浮現出淺淺的笑意，心裡暖暖的。「哪用得著每天從外頭買吃的？放心，我沒有很難過……」

她真的不那麼傷心難過了。

以前母親這樣做，她難受得恨不能死去，這一次還是難過，卻只有不多的難過，心頭前所未有地生出了忿懣。

「好，不難過，有哥哥在。」

池榮厚順著她的話。哪裡會不難過？這是親娘啊！妹妹就是太懂事，怕他跟著難受，每次在母親那裡受了委屈，往往強顏歡笑，從不跟他們訴苦，怕他和二哥夾在中間不好受……他心裡百般不是滋味，既為妹妹的堅強鬆口氣，又心酸不已；再多的親情也禁不起母親這樣的搓揉，妹妹的不在意，是不是對母親再無孺慕之情？

池榮嬌見哥哥偷眼打量自己的神色，知道自己今日的反應與往日略有不同，哥哥揣測自己的真正心思，也不說破，落落大方地任他端詳。

至於康氏，她不將自己當女兒，自己也沒必要硬與人家培養什麼母女情分。對於母親莫名又讓自己喝三天白粥的做法，池榮嬌真心覺得康氏腦子有問題，也沒打算聽話。茶水間有爐灶，有米麵、點心蜜餞，好吃的東西不少，做什麼她要傻傻地餓上三天，虐待自己？

從她記事起，母親對她就百般不順眼，她做什麼、說什麼，永遠是錯的，不說是錯，說了也是錯。原先以為是自己不夠好，不能令母親滿意，於是就越發地努力，被母親訓斥責罰，非但不敢吭聲，還要反省自己，對自己越發嚴格，希望總有一天，母親能給她一個笑容，一句溫和的肯定……

可沒有，不論她怎樣努力，康氏看她的眼神永遠是不加掩飾的厭惡。是厭惡，是憎恨。

哪怕面對庶女池榮珍，她雖冷淡疏遠，但仍留了一分嫡母的面子，至少還會在場面上作戲；對自己，乾脆一絲臉面也不給。

池榮嬌自從生病醒來之後，這兩、三個月反覆回想自己過去十三年的林林總總，冷靜地像看一本故事書，點點滴滴翻了一遍又一遍，最後她終於了悟了——康氏對她，不是嚴格要求，是實打實的厭惡，不是她的行為舉止有錯，而是她的存在就是錯的。

以往的池榮嬌被渴望親情的念頭蒙蔽了眼，根本沒想到母親將自己當仇人，現在領悟了，悲傷還是有的，卻不像以往那般痛徹心腑。她不在意了，不想再委曲求全討好康氏，她喜歡還是厭惡自己，也沒什麼打緊的。

最近一個月，母親沒少生事，每天都聲色俱厲，榮嬌垂頭聽著，心裡卻想著池夫人可能讀書不多，翻來覆去就那幾句話；脾氣暴躁，說話間就動手扔東西，手邊有什麼扔什麼……

她現在特別不願意到正院，每日必須的請安，她總是請完即走，不像以前，明知道留下會挨罵，卻還是想在母親身邊多待一會兒。

不知不覺間，她已不再稱眼前的婦人為「母親」，而是「池夫人康氏」。

三少爺的吩咐，廚房管事不敢不聽，沒多久，聞刀就取來熱氣騰騰、精心烹製的飯菜。兄妹倆用完飯，夜色暗下來，星火亮起，池榮厚又叮囑了一番，才起身離開。

「大小姐，今天晚了，還要習字嗎？」

紅纓輕聲請示，大小姐每天下午都要練字的，今兒三少爺來，耽誤了。

「不寫了，只練拳，彈五弦。」

自送走了小哥，榮嬌就站在窗前，望著墨藍天空中的星斗若有所思。

紅纓應是，打開衣櫃，取出練武的短打衣裳。大小姐一直早晚練拳，以前習慣彈琴，最近這段時間喜歡上五弦，二少爺聽說了，送了大小姐一把上好的五弦琵琶，還問要不要請師傅教授，大小姐說不用，自己胡亂撥撥就好；三少爺則送了本譜子，大小姐一學就會，彈得極好。

三少爺頭回聽了，讚不絕口，連誇大小姐是天才。夫人聽說了，連罵了好幾回，嫌棄大小姐學胡人的玩意兒，正經高雅的琴不彈，偏擺弄低賤的五弦，骨子裡透著賤。夫人，可真是……

想到這些，紅纓暗自搖頭。哪能說自己女兒賤？再說五弦琵琶起初雖是從胡人那邊傳過來的，也都是多少年前了，前朝時五弦就已流傳甚廣，至本朝，更受名人雅士推崇，就連她這個做丫鬟的都聽過不少寫五弦的詩詞，什麼「五條弦出萬端情，撚撥間關漫態生」、「美人為我彈五弦，塵埃忽靜心悄然」等等，五弦大家韋大師是達官貴人搶著邀請的貴客，夫人不可能沒聽說過，怎麼到大小姐這裡，就成了不好的低賤玩意兒？

紅纓心裡思緒萬千，卻不影響手上的活計，服侍著池榮嬌換衣裳、拆簪環，重新梳了簡單的髮髻。

看著英姿颯爽、飛身下樓的榮嬌，紅纓覺得，大小姐確實不一樣了……

五月天亮得早，寅卯相交時，天光已大亮，湛藍的天飄著絲絲縷縷的白雲，鳥兒啾鳴，薔薇香氣迷人。

在池府演武場上——

「妹妹，太厲害了。」

池榮厚擦著頭上的汗水，連呼過癮。

「小哥哥打不過妳啦，甘拜下風。」

他一身練武的短打，腰紮紅帶，腳蹬黑色薄底小牛皮快靴，白色演武服的胸口處有一個明顯的小腳印——剛才與榮嬌對練時，一個大意，心口被踹了一腳。

妹妹的身手果然比以前厲害了，拳腳生風，出招老到有力，頗有威脅，不像以前陪她餵招是陪她玩，不是練武，不為制敵取勝，更不會有狠戾搏命之感。

不過他以前從沒說破過。二哥說得好，妹妹是小姑娘，只要她開心，是練武還是跳舞都一樣，又不會真要她上陣殺敵與人搏命，有沒有殺傷力無關緊要。哥兒倆深以為然，妹妹練功是為開心，花拳繡腿又如何？只要她喜歡就好。

榮嬌也知道自己的問題在哪兒，不過她狠不起來也學不會，怎麼用心也練不出那種氣勢來；如今，妹妹懂得如何快速制敵了。

池府乃將門，池榮厚自小在軍中打混，這一年又跟著大哥在軍營辦差，眼光自然不差。對練中，他敏銳地察覺榮嬌的轉變，好像一下子明白招數的效果，拳腳運用嫻熟，沒有無用的花招，一拳一腳簡潔有效，旨在快速取勝，就像……真有過搏命廝殺的經驗。

與小哥哥滿頭大汗、衣衫半濕相比，榮嬌略好些，但也鬢角掛汗，嬌喘加速，水綠色的演武服後背被汗水弄濕一小片，紅撲撲的小臉上，眼亮如水晶。「真過癮，小哥哥，我們再來。」

池榮嬌興奮得很，只覺淋漓盡致地痛快，彷彿以前經常這樣對打過似的……不可能啊，家裡除了二哥和小哥哥，沒人陪她練，若哥哥不在府中，她是進不了練武場的。

「好，再來。」

妹妹興致高，池榮厚不可能拒絕，將汗巾一扔，整理衣衫，兩人復又跳入場中打了起來。一白一綠兩道身影纏鬥在一起，榮嬌力氣不如哥哥，身形卻靈巧，招式刁鑽古怪，池榮厚不敢大意，拿出軍中比拚的認真，兩人居然鬥了個旗鼓相當。

池榮厚越打越驚喜，妹妹這一開竅，可了不得。

「服了，我認輸！」

鬥至酣處，池榮厚的拳頭距離池榮嬌的太陽穴不足半寸，池榮嬌兩指如鉤，不躲不避，正鎖在哥哥的咽喉處，竟是兩敗俱傷的打法。

池榮厚嚷著，率先收手。「不行，我打不過妳了，回頭妳和二哥比比高低。」

他向來以榮嬌的師傅自居，眼下與妹妹打了個平手，臉上卻沒有尷尬，輕快的語調裡全是喜悅與欣慰，承認妹妹厲害比他贏了更令他開心。

池榮嬌見他這般模樣，莫名的眼眶就有些酸澀。「小哥哥，你……你不覺得奇怪嗎？」這樣忽然變強了，難道小哥哥就不生疑？她自己偶爾都會忐忑不安……

「奇怪什麼？」池榮厚見她紅了眼圈，慌張起來，手忙腳亂地找帕子。「怎麼了？是不是小哥哥剛才沒控制好力度，打疼妳了？」

對打時，他雖小心怕傷著妹妹，但真放開了，難免還是會有拳腳碰到榮嬌身上，難道還是讓妹妹疼了？小姑娘的，皮嬌肉嫩……「要不，妳打我幾拳出氣？」

「不是……」榮嬌本不想哭的，見他那小心翼翼的模樣，眼淚突然不受控制地湧了上來。好像從來沒有哪一個兄長是如此對她的……不，二哥和小哥哥一直是這樣對她的，自從有記憶起，兩個哥哥對她就好得沒邊……為什麼她會突然蹦出那樣的古怪念頭？

「就是，我應該不是小哥哥的對手……往常贏都是你讓著我的，我知道……」

她抽噎了兩聲。以前她也會有打中池榮厚的時候，當時以為自己進步了，現在想想，都是哥哥讓著她，為了哄她開心。

「妳這個傻丫頭，什麼叫應該不是我的對手。」池榮厚鬆了口氣，這丫頭就是這麼膽小沒自信，都是母親……「一分耕耘、一分收穫，妳功夫下得多了，自然就會，我這一年跟著大哥辦差，練得少了，沒妳嫻熟……妳以前只是經驗少、膽子又小，如今練得多了就明白了。我昨天就說了，妳是二哥和我手把手教出來的，師傅厲害，徒弟怎麼可能弱？踢我一腳就以為有多了不起啊？贏了二哥才是真的出師了，妳呀，山外有山，人外有人，繼續好好練吧！」

池榮嬌聽了這番話，立馬止了眼淚，翹起嘴角，握起拳頭。「嗯，我一定好好練，努力打敗二哥。」

「這才對嘛！」池榮厚開懷了。「好，挑戰書我替妳下給二哥。」

他頓了頓，聲音越發溫和。「一會兒用完早膳，我就去大營了，妳照顧好自己……母親那裡，我已說過了，她……唉，換成禁足挺好，天氣漸熱，正好不用去正院請安……」省得去請安還要挨罵。

「嗯，我省得，我喜歡待在院子裡。」榮嬌急忙出聲安慰。她的想法相同，從禁食換成禁足正好，她現在越來越不想去正院請安，老夫人那裡也不願去，巴不得待在屋裡。

「我也是覺得這樣清靜，用不上十天，我或二哥一定有一個回府，到時陪妳去南山，妳且忍忍。」

雖是這樣，池榮厚還是覺得太委屈妹妹了，母親這回很強硬，不論他怎麼說都不肯鬆口，這回又是妹妹最委屈……

「不用擔心與王府的婚事，就算訂了親，也一定能解決的。」比起禁足，更令他擔心的是妹妹的婚事。

「我知道，小哥哥，在沒弄清楚事情之前，你和二哥不要惹惱父親……」

池萬林崇尚棍棒教子，兒子不聽話，先打再說，一次不長教訓，下次加倍；而且她今年才十三歲，離成親還早，有時間從長計議。

這樁親事不簡單，榮嬌擔心是輕易改變不了……難道這一世，她還是必須嫁給王三？

第五章

榮嬌在演武場與哥哥告別，她原本不知道自己被禁足了，既然池夫人有令，她便不能送哥哥到府門外，固然有稍許遺憾，不過能十天不用見池夫人，還是令人心情愉悅。

現在，她已經不在意池夫人如何對自己了，就是不想對上她陰冷厭惡的眼神……池榮嬌微頓，以前心心念念想的是能得到母親真心的一聲好，如今，真的不在意了。

池夫人在她眼裡，越來越像陌生人，還是極其討厭的那種。

「站住。」

就在榮嬌與丫鬟要拐向通往三省居的小路時，側路傳來一聲嬌喝。「池榮嬌，說妳呢！」

榮嬌眉頭輕蹙，止住了腳步，回轉身來，表情冷淡。「何事？」

樹後走來三人，正是池府的庶女池榮珍，身後跟著兩個貼身丫鬟。

池榮珍相貌隨生母楊姨娘，身材高䠷，長圓臉，眼睛挺大，鼻梁有點塌，姿色只能算是清秀，與美貌搭不上邊。

榮嬌一直心有疑惑，以池萬林的身分地位，見過的美人應該不少，楊姨娘勉強只能算中人之姿，著實不具備做寵妾的條件，也不如池夫人好看，為何能把池萬林迷得如此，身邊除了池夫人，就楊姨娘一個女人。在府中時，除了初一、十五宿在正房外，其餘時間全歇在楊姨娘那裡，把楊姨娘母女兩人寵得要星星不摘月亮；只可惜楊姨娘肚子不爭氣，這麼多年，除了池榮珍一個女兒外，沒再得一男半女。

做為一個寵妾，沒有兒子傍身，總歸如浮萍無根；而池夫人有三個成年的兒子，母以子貴，池萬林再寵楊姨娘，也不會動搖池夫人的大婦地位，更不敢休妻將小妾扶正。

「好啊，池榮嬌，妳被禁足了，還敢出來走動。」池榮珍趾高氣揚地走近前，面色不善。她比榮嬌小一歲，個頭卻比榮嬌大，頗有幾分居高臨下。「看我不告訴夫人，罰妳跪祠堂。」

看池榮嬌的裝扮，就知是去演武場了，一定是池榮厚陪著。

那個池榮厚著實可惡，外出回府從不給她捎一點東西，連他院裡的下人、僕婦都有分，她這個當妹妹的卻一根毛都見不到。

池榮珍恨恨地想道，她不是稀罕那點東西，有爹爹在，什麼好東西要不來？只是池榮勇和池榮厚只認池榮嬌一個妹妹，處處下她的面子，讓她在全府上下沒臉，實在是可惱可恨；若不是娘親告誡自己，在娘親沒有生出弟弟之前，就算爹爹寵她，將來她還是得倚仗娘家兄長，絕對不能和嫡兄鬧翻，她才懶得理會。

他們看不見她，她還不稀罕套近乎呢！左右有爹爹在。

不過，她不稀罕歸不稀罕，看到他倆無視自己，少不得各種嫉恨。池榮厚昨天回府，大包、小包地往三省居送東西，她那裡什麼也沒有——想到這裡，池榮珍忿忿地將手裡的帕子揉成團。「問妳話呢，誰准妳出來走動的？」

榮嬌聽她驕縱囂張的語氣，不覺好笑。自己以前居然會被她欺負？一笑置之，微微搖頭，不鹹不淡地瞟了一眼，轉身邁步。

「站住。」池榮珍被那一眼看得極不舒服，見她根本沒理會自己的意思，居然轉身走了，不由大怒，揚眉跺腳喝道：「我讓妳走了嗎？妳這個親娘不待見的喪門星、賤皮子。」

「妳說誰？」

池榮珍像往常一樣謾罵，卻聽一道森然的聲音響在耳邊，不知何時，原先隔著六、七步遠的池榮嬌站在自己面前，一雙烏黑幽深的大眼睛，冷冷地看著自己。

池榮珍心頭一驚，不由自主地後退了兩步，但意識到自己的膽怯，不由又羞又惱，居然被池榮嬌這個賤皮子嚇住了。

「說妳呢！喪門星、賤皮子。」池榮珍嘴皮子甚是索利，惡毒的話成串地向外拋。「妳這個長輩厭、親娘都嫌的髒東西，我若是妳，早就沒臉活了，一頭撞死省得丟人現眼——」

「啪。」

伴著突如其來的脆響，罵聲戛然而止，四周一片靜默。

大小姐搧二小姐一巴掌?!天啊，大小姐居然敢打二小姐，她不要命了嗎?!

池榮珍顯然也被打懵了，一手捂著臉，半天沒反應。榮嬌依舊是那副風輕雲淡的樣子，氣定神閒地站在那裡。

「啾。」

一聲歡快的鳥鳴喚醒了愣怔的池榮珍，她摸著火辣辣的臉，暴跳如雷。「小賤人，妳敢打我？我今天非打死妳不可……」

說著如瘋魔般撲過來，就要抓榮嬌的臉，紅纓顧不上許多，忙上前擋在榮嬌面前。榮嬌眼中閃過暖意，伸手輕輕將她拉在一旁。

「還不快拉住。」她身子微閃，躲過池榮珍的襲擊，衝她帶來的兩個丫鬟厲聲喝道：「傻愣著做什麼？妳們還不快點給我抓住她？」

池榮珍也反應過來，不停尖叫。「池榮嬌，看我今天不打死妳?!」

她不管不顧地又撲了上來……這個賤人居然敢打她，看她不抓花了她的臉。

榮嬌見她如瘋狗般撲來，兩手抓撓著，不由輕笑，伸腿輕輕一勾，全力往前衝的池榮珍重心不穩，一屁股坐在了地上。

「打死我？好個沒規矩的，我是妳的嫡長姊、池府的大小姐，妳一個庶女要打死我？」池榮嬌居高臨下看著池榮珍。「傳出去，池府的臉面都要被妳丟盡了，就連父親也要落下個治家不嚴的名聲，我打妳，是教妳懂規矩，丟人現眼的是妳。」

「妳……」

池榮珍坐在地上，怔怔地望著池榮嬌……眼前的池榮嬌像是換了個人。

「池榮嬌妳等著，我讓爹爹打死妳！」

從來池榮嬌都是任她打罵的，只要她想找碴，隨時隨地、無緣無故都可以，池榮嬌若是不忍氣吞聲，鬧開了更沒好處——長輩們才不管因由，肯定是罰池榮嬌。她巴不得池榮嬌鬧，她越鬧罰得就越重，不會有人給她撐腰，除非池榮勇、池榮厚在府裡，不然誰管她死活？

反正娘說了，對康氏而言，池榮嬌死了正合她意，她巴不得從來沒生這個孩子……娘說的時候，臉上的笑嫵媚又迷人。

「妳去說吧，讓大夏朝上下都知道，池府庶女無故出言不遜，對嫡長姊動手，被嫡長姊教訓了一巴掌；池大將軍寵愛庶女，為給庶女出氣，打死了嫡長女……」

池萬林若真敢因此打死她，這個大將軍也不用再做了。

「我若是死了，二哥和小哥能讓妳安穩地活著？」

池榮嬌輕蔑地笑了笑。池萬林是長輩、親爹，礙於孝道，沒有辦法；至於池榮珍這個小小的庶女，就算有人護著，又能蹦躂幾天？

「妳、妳不就仗著二哥、三哥嗎？那也是我哥。」

池榮珍也知道這是虛話，若爹爹因此打死了池榮嬌，那兄弟兩人一定會想方設法給池榮嬌報仇……尤其是池榮厚，睚眥必報，詭計多端又善偽裝，見人說人話、見鬼說鬼話，最得康氏寵愛，要不是顧忌著他倆，爹爹那麼寵愛她，讓池榮嬌出點意外讓出嫡長女的位置，也不是難事……

「大小姐……」

紅纓服侍著榮嬌洗漱，幾次欲言又止，最終還是忍不住。「二小姐不會就此甘休的……」

剛才在花園，二小姐被大小姐嚇傻了，大小姐也沒再理會她，直接轉身走了，以二小姐不吃虧的性子，絕不可能就這麼過去了，不知道要鬧成什麼樣子。

「聽小丫鬟們說，二小姐哭著跑到老夫人那裡了……」紅纓真的很擔心，自從老將軍去世後，老夫人對大小姐的厭惡不加掩飾，沒事還天天挑錯呢！這會兒打了二小姐，不管占不占理，都免不了重罰。三少爺恐怕已經出城，要不要派人告訴聞刀，趕緊將三少爺追回來？

「無妨。」菱花鏡裡，池榮嬌嫣紅的唇角輕輕翹了翹，不無諷刺。「無非又是告狀，不新鮮。」

「可是，老夫人……」

紅纓甚是忐忑，與一旁服侍的綠殳交換了眼色。大小姐現在硬氣了，不像往常麵團似地任由二小姐打罵，說起來連她們服侍的丫鬟，也挺痛快、挺揚眉吐氣的，只是這痛快之後的責罰肯定輕不了，大小姐本來就被夫人禁了足……

「隨便她們，我不打她，她也會無事生非告黑狀，這府裡有些人確實賤得很，逆來順受，她就以為妳軟弱可欺，把不計較當成了懦弱，蹬鼻子上臉……現在想想，我以前倒是做錯了，早該耳刮子賞她。」

「大小姐所言極是，妳是嫡長，她是庶幼……奴婢要不要找人去追三少爺？」這回是占理，但占理沒用啊，長輩偏心，再有理也是錯。

「不用，小哥哥回營有正事，再說他也不能天天守在府裡，這種小事不能回回都讓他來。」

榮嬌不以為意，打就打了，池萬林現在不在府中，她完全不在意府裡這幾個占了長輩名號的女人，管她是老夫人、夫人還是姨娘，以為她還是團軟麵，任由她們搓揉，那就大錯特錯了。

「大小姐、大小姐。」一個小丫鬟慌慌張張地跑進來，帶著哭音。「紅纓姊姊，老夫人那邊來人了，讓大小姐馬上過去，妳快出來看看。」

這麼快。紅纓心裡咯噔一聲，看這樣子，應該是二小姐前腳到了，後腳老夫人就派人來。

老夫人是長輩，明知她來者不善，大小姐去了沒好果子吃，也不能不去……

榮嬌氣定神閒，慢條斯理地抿了口茶。「紅纓，妳去看看，不管來的是誰，告訴她，我正被夫人禁著足呢！沒有夫人的允許，恕我不敢離了三省居。」

「大小姐，這……」紅纓咋舌，這樣得罪兩邊，真的可以嗎？

「妳覺得，哪邊會替我說話？」

榮嬌笑了笑。池夫人向來是火上澆油的，不顧母女情誼，那架式恨不能生吞活剝了她，又何必給她留臉面？再說，禁足的命令就是她下的，若因為老夫人有召，自己出了院子，回頭池夫人要借此治她罪名呢？

「去吧，讓人等急了不好。」

池榮嬌微笑地催了催自己的丫鬟，見她略帶茫然的臉，不由好笑……這丫鬟，池榮珍打人時她有膽子擋在自己面前，現在倒是害怕了。

嗤，一個、兩個沒見識的內宅婦人，哪裡值得費心神……她把玩著手裡的茶盞，為自己腦中冒出的念頭分了神。原來在自己心裡，池老夫人和池夫人已經被歸為沒多少見識的內宅女人？好像自己見過許多有見識的內宅婦人似的……

不過這樣也好，她不想再委屈自己，從前絞盡腦汁想討好她們，如今看來真是傻透了，努力了那麼久，終於醒悟了。

「她真是這樣說的?!」

池老夫人聽完丫鬟回話，氣得全身都哆嗦了。「這個孽畜！她怎麼敢?!是她親口說的？」誰給她的膽子，居然連她的命令都要違逆。

「……奴婢沒見到大小姐，是大小姐身邊紅纓傳的話。她說大小姐被夫人禁足，除非夫人有命，不敢擅自離開三省居半步。」

見一向吃齋唸佛的老夫人發了火，丫鬟也戰戰兢兢的，原以為就是去跑腿通傳一聲，大小姐一定不敢耽擱，誰知道這回卻一反常態，偏讓自己倒楣趕上了。

「祖母，她撒謊，她是故意忤逆，之前她還去演武場了，我就是在過來給您請安的路上遇到她的。」

一旁的池榮珍尖叫，她紅腫的臉上抹了一層薄薄的白色藥膏，看起來很是滑稽可笑。

「池嬤嬤，妳去正院，讓老大媳婦帶那個孽畜過來。」

老夫人氣壞了。這個孽畜！居然還敢拿禁足之事將她的軍？沒有夫人的命令不敢出院門？讓池夫人親自去請，看她出不出門！

「祖母，嘶，好痛……祖母，她連您的話都敢不聽，您這回可絕不能輕饒她……」池榮珍說話時扯動了嘴角，不由痛呼。榮嬌那一下用力不小，她自己猝不及防又太過震驚，牙齒咬到了嘴哩，把裡邊咬破皮了，一說話，牙齒不小心碰到傷口，很疼。

「祖母這回絕不輕饒！」

池老夫人最疼寵的是大孫子池榮興，對這個姨娘所出的庶孫女，只有面子情，也是看在兒子池萬林的分上。她也不待見楊姨娘，一個養馬小官的妹妹能入池府做妾，已是修來的福分，還動不動想與正室較量，忒不識規矩。

她倒不是有多喜歡康氏這個兒媳婦，只是池夫人康氏娘家得力，父兄在軍中也有一定的勢力，為一個養馬的妾室得罪親家，實在不是明智之舉；為了最愛的大孫子，池夫人的地位必須穩妥。

故此，老夫人並不待見楊姨娘，也時不時敲打兒子，在楊姨娘那個小院裡，他願怎麼寵就怎麼寵，出了院子，妾就是妾，妻就是妻，楊姨娘再得寵，在正室面前也是半個奴才，該立的規矩必須得立。

在池府的內宅，上下都知道楊姨娘受寵，但池夫人才是當家夫人；楊姨娘的小院在府中地位超然，宛如府中府，池夫人插不上手。不過，楊姨娘也就是在她那個小院子裡呼風喚雨，出了院門就得守著妾室的規矩，出門應酬、迎來送往，絕對沒她的分。

所以，楊姨娘在僕婦中的面子不如女兒池榮珍，楊姨娘是有錢，又有大將軍護著，可池夫人有權啊，賣身契在人家手裡攥著，有錢也得有命花。二小姐則不同，庶女也是正經池家的小姐，大將軍又寵得很，下人們爭相巴結，哪裡記得府裡還有個大小姐？

第六章

老夫人的心腹池嬤嬤到正院時，池夫人康氏正與兒媳鄒氏閒話家常。鄒氏是池榮興的妻子，出自青州鄒氏，嫁過來兩年多了，去年冬天剛生了大姊兒。

聽池嬤嬤講完，她緊皺眉頭。「這個逆女！煩嬤嬤回去稟告老夫人，我這就親自過去，押了她前去請罪。」

越來越無法無天了，仗著兩個哥兒護著，長輩的話也敢當耳旁風，虧得厚哥兒求情，才把禁食改成禁足，結果她竟敢跑到花園子裡閒逛，還掌摑庶妹，膽子也太大了。

康氏嘴上說著，心裡明白多半又是池榮珍生事，顛倒黑白。以池榮嬌的性子，哪裡能掌摑池榮珍，倒是她被池榮珍打了才屬正常……

那個姨娘出的小賤種，向來不是個好東西，她打就打了，居然還敢跑到老夫人那裡去告狀？真以為她姨娘受寵，自己身為嫡母治不了她？

康氏暗自撇嘴。池萬林是男人，不懂內宅的彎彎繞繞，以為自己將那對賤人當成眼珠子寵就夠了，嫡庶不打緊；那娘兒倆也是蠢貨，庶女本就嫁不了鐘鼎高門，何況還是個養在姨娘跟前的庶女？草雞再裝也成不了鳳凰。

楊賤人再受寵，也只能在她那個小院裡蹦躂，再得寵，也不能當家管事；她們想要出府門，也得來求她，將來許親、相看人家也得過她這一關，就算池萬林越過她直接訂了人家，婚事操辦也斷沒有姨娘出面的道理……

一個小庶女，就算是衝著池萬林，有機會嫁入高門，也是配庶子，就她那個性子……哼，好日子還在後頭呢！池萬林寵她到死又怎麼樣？他要是死了，這池府是她三個兒子的，給不給出嫁的庶女撐腰，得看她樂不樂意了。

這些念頭在康氏腦中轉過，面上不顯，甚是客氣地將池嬷嬷送走——老夫人還是要高高供起的，不衝別的，單衝楊賤人不能再生養這一樁，她便記婆婆的情。

「母親息怒，大妹妹不是惹事的性子，」

鄒氏見婆婆皺眉，面皮繃緊，出言勸慰。鄒氏也出自行伍之家，不過與新貴池家不同，青州鄒氏底蘊頗深，先祖出過大儒，歷經數次改朝換代，幾經抄家滅門之禍，家業凋零，深感亂世百無一用是書生，遂改投武門。

鄒氏子弟雖從軍，卻沒丟了祖宗的書本，男丁皆是文武雙全，女兒個個溫柔賢慧識大體，能堪大任，是以，池府頗費了力氣，才為池榮興求娶了鄒氏。池榮興是承繼家業的嫡長子，他的原配正室要能當家理事，小門小戶或根基淺薄是不成的。

與康氏的風風火火不同，鄒氏不管何時都輕聲細語，透著平和。「打人之事想是有些內情，她向來膽子小……」

對這個大妹妹，鄒氏基本無感。初嫁時，對嫡親的小姑子，她有意示好，但夫君的態度卻冷淡得很，甚至不願意聽自己提起……

鄒氏是個聰明的，在池府，她是媳婦，是嫁進來的外人，討好小姑是為了翁姑、夫君喜歡，倒不是真對小姑有感情，既然大家都不喜，她的心思也淡了。那是他們的親女兒，相公的親妹妹，血親之間都不親近，她一個小媳婦湊什麼熱鬧？

但該有的態度還是要有，婆婆與夫君怎麼罵小姑都成，她這個做大嫂的絕對不能附和。

「妳不用替她說好話，那個孽女，生來就是仇人！」康氏早已不掩飾自己對女兒的厭棄，打斷了兒媳的話。「妳不用陪了，大姊兒也該醒了，妳回去吧！」

這正合鄒氏之意，她本來也沒打算陪婆婆過去。這件事牽扯到了祖母、母親、庶妹、嫡妹，她做晚輩、做嫂子的，怎麼做可能都是錯，池夫人不主動說，她也會尋個由頭脫身。

於是她乖巧應下，施禮告退。

婆婆對大姊兒還可以，她頭胎生的是女兒，之前見婆婆對自己嫡親的女兒都嫌棄得要命，生怕她不喜歡這個嫡孫女。雖說生的是女兒，她自己也很失望，不過先開花、後結果，總歸是自己身上掉下來的肉，哪能不疼？她可捨不得對女兒一絲不好，即便是別人不喜的眼神，她也受不了。

所幸婆婆對孫女兒的態度還行，不多好也不多壞；倒是祖母老夫人，見她沒給夫君生個兒子，頗是不滿，不給她好臉色看，後來夫君無意間知曉了，勸了老夫人，這才恢復正常。

一想到老夫人敲打她的話，什麼「要是再過一、兩年，興哥兒還是沒有嫡子，就得多找幾個人替他開枝散葉」、「做正妻的不能善妒，男人身邊哪能只妳一個？女人總有不方便服侍的時候，哪能讓爺們受委屈」等等；再想到自己院裡，老夫人送來兩個嬌嬈的通房丫鬟，鄒氏的心裡就塞了把茅草，巴不得這回池縈嬌硬氣到底，氣氣那個總喜歡給人添堵的老太婆。

池夫人帶著一干丫鬟、婆子，浩浩蕩蕩去了三省居。

原本她想讓婆子把池榮嬌直接架到老夫人那裡，她再跟著過去，但是三省居太遠了，坐小轎一來一回也要費些時間，老夫人怕是等得心焦火大。

又想，既然已經說了，不親自走一遭，倒讓老夫人覺得自己在敷衍她。

這個孽障，喪門星！

三省居離正院挺遠，池夫人坐在小轎裡，抬轎的僕婦健步如飛，顛得她髮髻都鬆了，心裡的鬱悶之氣越發磅礴；等到了三省居，見到了氣定神閒的池榮嬌，一定要徹底肆無忌憚地傾洩出來。

「小畜生！不孝女！」當著心腹丫鬟、婆子的面，康氏沒顧忌，怒氣沖沖地上前揪著榮嬌，掄起巴掌兜頭就要打。

「夫人息怒。」榮嬌微微一閃，避開了池夫人的抓撓，後退兩步，輕施一禮，輕聲道：「何事惱火？」

何事惱火？康氏見她不但敢躲開，還敢問自己何事，不由更為光火。「小畜生，還不是妳找死？跟我走！」

榮嬌見她不問青紅皂白，上來就打罵，一口一個小畜生，不由也動了火氣。

她不慌不忙地走到桌前，優雅地斟了一杯茶，纖長如玉的手比白瓷茶盞還清潤幾分。她輕啟唇，綻開如花的笑顏。「請喝杯茶消消火……母親莫不是糊塗了？我是小畜生，那生我的妳又是什麼？」

自然是老畜生……室內的氣氛頓時凝滯。

丫鬟、婆子心頭一緊，大小姐居然也有反唇相稽的時候，還這般機智，這明擺著是罵夫人啊！

康氏愣住了。池榮嬌今天太反常，沒有跪下認錯，哭求原諒，保證不會再犯，自請受罰，素來任打任罵的她居然敢頂嘴……小畜生，誰給她的膽子？

康氏想到近幾個月池榮嬌的變化，後知後覺，類似的事不是今天才有，雖然以往如常一般垂頭聽罵，但眉眼裡的隱忍還是流露些許，只是她沒在意。

「妳敢罵我？」

血氣上湧，康氏要氣炸了，早忘記是自己先一口一個小畜生的。「反了妳了，妳這個喪門星！當初生下來怎麼沒直接掐死妳？給我掌嘴。」

向來任打任罵的孽女忽然變了，康氏氣呼呼地盯著池榮嬌，眼神陰毒如刀。

跟著康氏來的嬤嬤無聲地交換眼神。

夫人經常要僕婦打池榮嬌，僕婦們不敢不從，卻也不敢真下力氣；曾有那不長眼的真聽了吩咐，招呼到池榮嬌身上，結果事後二少爺知道了，眉頭都沒皺一下，直接剁手，哪隻手打的，就剁哪一隻，哪隻腳踢的，就卸哪條腿……

不聽夫人的吩咐，夫人惱了，最多是打板子或發賣到莊子上，人是完好的；若手腳缺了，殘缺之人便永無出頭之日。

何況夫人的底氣不也是來自三位少爺嗎？打了大小姐，就是得罪了二少爺、三少爺，誰會幫她們出頭？這真是神仙打架，小鬼遭殃。

「都聾了嗎？掌嘴！」池夫人瞪了呆若木雞的僕婦一眼，厲聲喝道。

「夫人息怒……」

不願惹禍上身的嬤嬤們，沒有一個敢出頭，面面相覷之後，康嬤嬤仗著自己是康氏的陪嫁，上前半步。「夫人，老夫人那邊還等著……」

她可不敢勸解，提什麼母女情分，只好迂迴地拿老夫人做理由。來這裡是為了解大小姐的禁足，在這裡鬧起來，耽擱久了，老夫人那廂等得急了，會不會覺得受怠慢？

康氏也想起自己來這裡的初衷，壓了壓火氣。「暫且記下，見了老夫人後加倍，跟我走。」

榮嬌微微翹了翹嘴角，放下茶杯，理了理衣服，才跟著她下了樓。

誰也沒想到，康氏明明已經偃旗息鼓走下樓了，卻在站穩身子時，回身揚手給了身後的池榮嬌一巴掌。

這一掌，憑榮嬌的身手完全躲得過，但她心中念頭一轉，終究沒有閃避，生生挨了這一下，白皙如玉的臉龐印上清晰醒目的掌印，立刻就腫了——

康氏乃武將之女，小時也跟著哥哥們拉弓射箭過，雖然放下有些年頭了，卻還有點力氣，手上的力量比尋常婦人要大許多，加上盛怒之下，這一掌打得格外用力。

榮嬌的臉腫了，她也被震得手心發疼。

打完了人，康氏看都不看榮嬌一眼，輕輕甩了甩手，轉身扶著丫鬟的手出了門，上了轎子。

紅纓又驚又怕，急忙衝向榮嬌。「大小姐。」她急得眼眶都紅了。「疼不疼？我去找藥膏。」

「不用了，沒事，不用上藥，我們跟上吧！」

榮嬌安撫著自己的丫鬟，神情淡淡地看了看池夫人一群人的身影，邁步出了院子。

綠殳向紅纓使了個眼色，提著裙子匆匆往二門趕去，要給池榮厚的小廝聞刀送信，讓他想法子找救兵。雖然知道兩位少爺不在府裡，這救兵不好找，但也管不了了，左右他在外面行走，或許有別的點子。

池夫人的轎子在前面，一大堆僕婦簇擁著，榮嬌主僕兩人不緊不慢地走在後面，一路無言。

「……呵，這誰呀？剛才還挺厲害的，這會兒怎麼不逞英雄了？活該，怎麼不一巴掌打死妳？」

等得心焦的池榮珍一見頂著半張紅腫面龐的榮嬌，頓覺神清氣爽，憋悶在胸口的這口惡氣總算出了。這巴掌看起來比自己挨的要重多了……若不是場合不對，她是要拍掌叫好的，怎麼不再多打兩下？

榮嬌打她時，旨在讓她知曉輕重，使的力氣不大，她的臉上了藥，又過了好一會兒，紅腫也消退了些。現在她這張臉，比起榮嬌被打的臉，狀況可是輕得多了，不像榮嬌，到了這會兒工夫，臉頰紅腫，上面紅紫色的掌痕醒目又可怖。

老夫人屋裡服侍的丫鬟悄悄低下了頭。打得這麼用力，那得多疼啊……想起小丫鬟時犯錯被掌嘴的經歷，不由越發覺得臉上火辣辣的。

「跪下。老夫人，我將這個孽障帶來了。」池夫人給老夫人見了禮，垂手坐在下首，看都不看榮嬌一眼。

「見過老夫人。」

榮嬌眼神掃了一下，滿屋的丫鬟、僕婦……這時候，忤逆池夫人顯然不大明智，她跪了下去，心頭卻莫名升起一股恥辱，彷彿在她心中，面前的這個老婦是當不得她一跪的。

「……妳打了榮珍？」

池老夫人半閉著眼睛，任她跪了好一會兒，方才抬了抬眼皮，沈聲問道。

「是，打她情非得已，是為她好，為池府名聲著想。」榮嬌不慌不忙，泰然自若。

池老夫人聽見此言，眼皮微抬，瞟了她一眼。幾日不見，倒學得嘴尖舌巧了？

老將軍死後，她就特別討厭這個孫女，彷彿眼中扎了根刺。老頭子就是被她剋死的，若沒有她，老頭子應該還活得好好的，精神著呢……

「如此說來，榮珍倒要謝謝妳了？」池老夫人不無嘲諷。

「祖母，您看看，她多囂張？在您面前她都這樣，現在您相信她得了失心瘋，誰都敢打、誰都敢罵了吧？」

池榮珍聽得牙癢，這個賤皮子打了自己還說是為她好、為池府好？合著自己挨了打，倒要謝謝她？笑話！

「謝倒不必，身為嫡長姊，教她懂規矩是應盡的本分。」榮嬌彷彿沒聽到其中的嘲諷，仍舊平和冷淡。

「呵，妳聽聽。」池老夫人這下子是真笑了兩聲，不理會榮嬌，倒是看了看坐在一邊的池夫人。「打妹妹是為了維護咱們府的名聲呢！這是討獎賞呢……」

第七章

「老夫人，我看她是狡辯！討打！」

池夫人向來不掩飾對榮嬌的厭惡，她看也不看跪在中間的女兒，一臉深惡痛絕。「是我沒教好她，您老做主就是。」

「妳倒是不徇私……」池老夫人有些不鹹不淡。「她既然這樣說了，做長輩的總要給個開口的機會，我倒想聽聽她怎麼說。」

這個孫女今天居然能說出硬氣話來，老夫人倒好奇了；至於池榮珍，不過是個庶女，打了也就打了……先前氣的是榮嬌敢拿池夫人來將自己一軍，不過見康氏一如往日的恭謹，老太太的氣也消了大半。

不消說，這孽障臉上的巴掌一定是老大媳婦打的，不管因何，她的氣總是平了些。

老夫人只關心自己在這個家裡的地位，至於其他的，只要不涉及大孫子興哥兒，孫女兒好壞的事，她並不放在心上。

「妳說呀，祖母讓妳說，看妳能不能說出個花兒來？」池榮珍揚起下巴，驕縱得很。

榮嬌轉頭看看她，輕聲問道：「二妹妹，妳可知道我是妳的誰？」

什麼?!池榮珍不屑地撇嘴。「妳是傻子還是白癡，連這個也要問我？天生的賤皮子……」

出。

池榮珍私下口無遮攔，等意識到池夫人也在場時已來不及，賤皮子三個字就那麼脫口而

榮嬌淡淡地望了望她，抬頭對池老夫人問道：「這就是我打她的原因，老夫人覺得該打不該打？」不待池老夫人回答，她又道：「如果我記得沒錯，我是池府的嫡長女，是長姊，嫡庶有別、長幼有序，當著長輩的面，做庶妹的對嫡姊張口即罵，賤皮子這種話是她能說的嗎？我該不該教她規矩，知曉好歹？」

「妳少誣賴，我規矩好得很，父親都稱讚的。」池榮珍忍不住搬出了池萬林這座大山。

「是啊，妳規矩好得很。」榮嬌微微笑了，目光中帶了絲涼意。「遠的不說，從進門開始，妳見了嫡母可有請安？見了嫡姊可有問好？長輩問話，誰准妳肆意插話了？如果這樣父親還讚妳規矩好，難道是池府的規矩與眾不同？二妹妹年紀也不小了，自家人不在意，當妳是孩子年幼無知，落到外人眼裡，人家不會笑話二妹妹妳，只會笑池府的規矩。」

「妳閉嘴！」池老夫人喝道。

「對，祖母讓妳閉……」

池榮珍在老夫人的逼視下，後面的話不由自主地吞了下去。老夫人的目光明明白白表明，要閉嘴的那個是她。

「妳今兒倒是忽然轉了性，能言善辯的。」池老夫人讓池榮珍閉嘴後，神色莫名地看著跪在地上的池榮嬌。

「多謝老夫人謬讚。」榮嬌神色溫順平和。

「謬讚？呵呵，果然是嘴尖舌巧了，我池府的規矩也是妳能置喙的？榮珍心直口快，不似妳心思陰沈，妳有心要教她規矩，好好說就是，哪個允妳打她了？萬一毀了容，妳擔得起嗎？」

池老夫人心裡知道池榮嬌說得有道理，榮珍這孩子，讓老大寵得不像樣子，又在姨娘身邊教養，驕縱跋扈，是該管管了，但她不能接受指出這一點的是池榮嬌。

老夫人說翻臉就翻臉，手一揚，面前的半碗茶水就潑在了榮嬌的身上，重重哼道：「老大媳婦妳說吧，要怎麼處理？」

「行杖十，跪祠堂思過五日，您看可行否？」

池夫人自始至終都沒有看榮嬌一眼。

池府行杖用的是軍棍，即便是奴婢、僕婦犯了錯，都輕易不會行杖，哪有打在自家小姐身上的？十杖下去，且不說沒了臉面，嬌柔如花的大小姐能不能活下來尚不可知，再跪五日祠堂，祠堂思過是不允許進食喝水的……

這哪是責罰，是要命啊！夫人還真是巴不得大小姐早些歸天。

池老夫人也微微一愣，沒想到康氏竟給出如此重罰，她若點了頭，豈不是要擔個逼死孫女的不慈名聲？

類似的責罰，康氏實施過，當時榮嬌挨到第二下就暈死過去，事後在床上躺了近兩個月才慢慢好轉過來，能下地走動。那次事後，勇哥兒、厚哥兒差點沒把康氏的房頂給掀了，所有參與行刑的剁手、剁腳，康氏被氣暈了，府裡鬧得雞飛狗跳的……

老夫人看不上兒媳這動不動就打罵的做派，成何體統？女孩子犯錯，禁足罰抄〈女誡〉就是，行杖這種事還是能免則免，傳出去太丟人；而且現在與王府還談著親事呢！大姑娘要是忽然暴斃了，若王家不依不饒或內情傳出去，池府哪還有臉面？

如此一想，老夫人覺得康氏有些過了，為了私怨不識大體。

「行杖就免了，女孩家的，哪禁得起這個？掌摑庶妹、頂撞長輩，不能不罰，祠堂思過五日吧！」

好開恩啊……不吃不喝祠堂跪五日？

榮嬌不由想笑，瞧瞧自己做人多失敗，這一屋子的至親，庶妹倒罷了，上座的兩位是親娘、親祖母，居然巴不得她早早死了，不再礙眼。

她端端正正施禮謝道：「多謝老夫人、夫人開恩……多謝二小姐仗義執言。」

池榮珍被這莫名其妙的謝意嚇了一跳。「不關我事，是妳先打我的……妳別找我。」

眼下夜裡還很冷，池榮勇、池榮厚不在府裡，沒人替她求情，池榮嬌要真的不吃不喝在祠堂跪上五日，僥倖不死，也得去了大半條命；到時候，池榮勇、池榮厚不能把康氏怎麼樣，一定會把帳算到她頭上的——

「二小姐別緊張，我不是謝妳這個，我謝妳，是因為妳讓我明白了自己是誰，這些年妳說得對，是我愚笨懵懂，這才鬧笑話討人嫌……妳說，我們是不是同一個父親？」

啊？池榮珍徹底傻了。今日的池榮嬌得失心瘋了吧？按照以往，這時候她應該雙膝跪地，邊掉眼淚邊磕頭才對。

她呆呆地點點頭，對啊，咱們是一個父親。

榮嬌看向池老夫人。「老夫人，我的父親是池將軍，我是池家的骨血吧？」不待她回答，繼續說道：「榮嬌有一事不明，想請老夫人明示。」

「行了，有什麼話快說，說完了去領罰，不要東拉西扯。」

老夫人不耐煩，她該唸經了，一大早淨弄這些破事，一會兒要給菩薩多上炷香。

「我的生母是誰？身在何處？」

她檀口輕張，問出的這句話，卻令滿屋子的人都愕然。

大小姐這什麼意思？被嚇糊塗了？夫人就在那兒坐著呢，她居然問老夫人生母在哪裡？

「榮嬌以往沒有自知之明，占著嫡長女的位置，就以為自己真的是嫡長女。榮嬌日夜苦思反省，明明身為嫡長，何來的小畜生、賤皮子？都說愛之深、責之切，但再嚴厲的父母也不該視兒女為小畜生……」

池夫人的臉騰地脹紅一片，之後唰地又白了。這個小畜生，她怎麼敢？

誰也沒想到榮嬌會說出這番話，一時四周俱寂，就連池老夫人、池榮珍都不禁望向池夫人，屋裡服侍的下人不管年紀大小，個個屏息垂頭，不敢出聲。

年紀小的丫鬟，私心裡都覺得大小姐說的有幾分道理，夫人經常罵大小姐是小畜生、小賤人，或許真不是親生的？大宅門裡陰私多……

「榮嬌一廂情願久矣，不通人情世故，不會察言觀色，現今終於明白了。」

榮嬌一臉了悟，目不轉睛地盯著池夫人，依舊語調柔柔地問道：「莫非，我的生母是外室、賤籍？我是私生子還是姦生子？請老夫人明示。」

她的臉上浮現出一絲蒼白的笑意，眼眶裡含著將滴欲滴的淚水。「兒不嫌母醜，狗不嫌家貧，榮嬌不敢冒認嫡長女的身分——」

「住口！」

被提問的池夫人鐵青著臉，倒是池老夫人先出了聲。

老夫人這下子是真怒了，一拍身前的案几。「妳胡說八道些什麼?!什麼外室、賤籍，從哪裡學來的髒詞？這是堂堂池家原配嫡出大小姐能說的嗎？」

池榮嬌不說話，脊背如青竹般挺直，臉上保持著淡淡的微笑，淚水在眼眶裡打著轉，偏偏倔強地忍著，不肯落下來。

老夫人氣沖沖的，堂堂嫡出的大小姐問她的母親是誰，自己是私生子還是姦生子?!這話要是傳出去，池府的臉面都要丟到老家了。她掃了一眼屋裡服侍的，全是嘴緊懂規矩的，知道什麼話能說、什麼不能說……

下人的嘴好約束，關鍵是榮嬌這個死丫頭，居然冷不防地來這一招，真是咬人的狗不叫。

為了池府的臉面，老夫人只好壓下怒火，破天荒地輕聲勸慰。「……誰准妳自輕自賤的？妳出生時，妳母親前頭已經生了三個哥哥，妳是這一輩的第一個女孩子，妳祖父滿心歡喜，連說幸得嬌嬌，親自為妳取名榮嬌。妳今日這番做派，置長輩、置母親於何地？」

當初得了這個孫女，老將軍多高興，池家三代沒出過姑娘，他知道老大媳婦這胎生了個粉嫩嫩的女娃，樂得連拍大腿，笑得合不攏嘴，親自取名榮嬌不說，百日禮操辦得比她兩個哥哥都要熱鬧，都要趕上她大哥了。

誰知百日宴上，老將軍高興，喝酒過量，又被一幫老傢伙攛弄著，非要去東山跑馬圍獵，要打張白狐皮給孫女兒做斗篷，結果一去再也沒回來，喜事變喪事，全是這死丫頭害的。

「老夫人，多謝您憐憫……」

榮嬌蒼白的小臉擠出一絲比哭還讓人難受的慘笑，之前那強忍著不肯落下的眼淚，終於成串滾了下來，喃喃低語道：「書中有言，愛屋及烏……如果幸得嬌嬌，又怎會如此呢？」

幽幽地嘆息，欲言又止，後面的未盡之詞，大家心領神會——若真是幸得嬌嬌，大小姐又怎麼可能是這種處境？哪個大小姐被喚做小畜生、賤皮子的？

池老夫人被噎住了，老臉火辣辣的，這是指著鼻子罵她呢！

老夫人一時竟找不到話反駁，榮嬌是拿她的話打她的臉，偏偏當著眾人的面，她還不能倚老賣老地喝斥——老夫人向來自詡與老將軍夫唱婦隨，若老將軍真是喜歡這個孩子，沒理由她卻處處針對，畢竟這十幾年來，她的所作所為擺著呢，不是一句話就能否認的。

事實上，老將軍確實喜歡這個孫女兒，而自己，的確與老將軍舉案齊眉一輩子，正因如此，才會對老頭子的死耿耿於懷，看到她就想到老頭子，怎麼可能喜歡得起來？

老夫人抿著嘴，冷著臉，一時沈默。

「夫人，感謝您的寬宏大量、賢良淑德。」

榮嬌忽然向面色鐵青的池夫人施禮。「將榮嬌寄養在名下……榮嬌愚笨，看不懂人情世故，這十幾年，讓夫人為難了，榮嬌給您賠罪。」

她眨了眨泛淚的大眼睛，掛著淚珠的睫毛猶如被雨點打濕的蝶翅，巴掌大的小臉滿是悲愴。「恕榮嬌不孝，不知夫人能否告知我生母現在何處？」

一旁站立的僕婦們想到她這十幾年的遭遇，不由生出幾分同情。這位雖然是大小姐，實際上還沒有一等大丫鬟得臉，要沒有兩位少爺護著，不知得被搓揉成啥樣呢！

池榮珍被這峰迴路轉的戲碼搞得一臉懵相，只覺得池榮嬌今日既反常又在情理之中，這就叫不管不顧、不要臉吧？居然敢頂撞老夫人和夫人，她這是不打算好過了，真是自找苦吃。

不過，難道池榮嬌真不是夫人生的？同樣是娘，姨娘對她是什麼樣的，康氏對池榮嬌又是怎麼樣的？姨娘恨不得將世上所有的好東西都留給她，而池榮嬌這個倒楣鬼，康氏恨不得馬上弄死她……多半不是親生的，肯定是外室生的。

會不會是去母留子，被記在康氏名下，所以康氏才處處看她不順眼，變著法兒地折騰她？說不定她的生母就是被康氏害死的——啊，那她這個嫡長女是假的，她也是庶女，只是居長而已，還是從沒名分的女人肚子裡出來的？

想到這裡，池榮珍不由生出幾分雀躍。不是嫡長女，只是養在嫡母名下而已，池榮嬌是賤人生的賤皮子，難怪康氏叫她小畜生，自己才是池府真正的千金小姐……要記名嫡出，還不是爹爹一句話？

第八章

「早知今日，當初就不該生下妳。」

池夫人打破了沈悶，目光陰沈地緊盯著榮嬌，似要在她身上戳出洞來，彷彿面前的榮嬌是自己的生死仇敵。

康氏長相秀麗，有雙杏仁眼，想來年輕時也曾眉若青山、目似秋水，眼波盈盈，榮嬌的那雙眼睛與她如出一轍，只是比她更大更黑，眸色更澄澈。

「看來妳是忘了自己怎麼長大的……」

康氏眼中噴火，恨不能用眼刀戳死榮嬌。本也沒想生她，怪只怪當初那碗湯藥沒起作用。

「妳以為池府是什麼人家？嫡長女想當就能當，想不要就不要的？」

康氏從不掩飾自己對榮嬌的厭惡之情，若是可能，她倒寧願池榮嬌的生母另有其人。

面對生母的辱罵，榮嬌心底無波無瀾。她也不知自己怎麼了，前十幾年都忍了，跟傻子似地討好了那麼久，被親娘嫌棄、打罵羞辱，暗地的意外一齣又一齣，心裡再難受，她都挨下了，背後哭得肝腸寸斷，人前依舊逆來順受……

唯獨上次病好後，她卻是再也忍不了，心底總有個聲音說：她不是妳的親娘。虎毒不食子，這般的母女關係絕對是反常的……

真是夠了，以前膽子小，不敢爭辯，只能受著，此番卻忍不得了；既然康氏口口聲聲小賤人，那她乾脆直接承認好了，尊貴的池夫人肯定不會是小賤人的母親，不然不就成了老賤人？

榮嬌這招以退為進，徹底撕破了她與康氏之間的遮羞布，反正她已經沒有任何期盼。面對康氏的怒斥，她故作示弱。「榮嬌不敢……只是、只是不敢自以為是，鳩占鵲巢……」

她神情惶恐，語帶懼意，卻十足真誠。看戲的池榮珍釋然了，就說嘛，爛泥就是爛泥，這不，被康氏罵幾句，又忙不迭地認錯。

看戲上癮的池榮珍沒有反應過來，同樣是認錯，今日這番認錯服軟是綿裡藏針，話裡話外是不把康氏當親娘了。

老夫人被吵得腦門疼，死丫頭認準了自己不是康氏生的，又提到過世的老將軍，她便有幾分心虛；若老頭子在天有靈，依他那個脾氣定不會認為是榮嬌命硬剋他，怕是會怨她這樣對待他的嬌嬌兒吧？

她不由得對康氏生出幾分遷怒，若不是她這當親娘的天天把喪門星掛在嘴上，也不會坐實了榮嬌命硬剋親的罪名……

「吵吵鬧鬧的成何體統？母女不成仇，妳們這是做什麼？」老夫人頗有些恨鐵不成鋼。「一個個的比狠，妳們眼裡還有沒有我這個老婆子？傳出去，池府上下還有臉？」

她眼神沈沈，環視著屋裡的眾人，丫鬟、婆子個個恨不能沒帶耳朵進來。老夫人和夫人素來訓斥大小姐是不遣退服侍的，大家都習慣了，誰知向來不聲不響的大小姐竟鬧出了這一齣。

老夫人見娘兒倆，一個怒容未消，一個怯生生如倉皇之兔，另一個挑起事端的庶女看得津津有味，只覺得眼煩、心煩。

「行了，此事誰都不許再提。榮嬌，」老夫人點名。「以後切不可自輕自賤，失了體統……妳母親性子急，做小輩的，聽著就是，難不成還要長輩遷就妳？」

「榮嬌不敢。」

池榮嬌半垂著頭認錯，至於不敢什麼……呵，大家心領神會就好。

老夫人心頭浮上一絲滿意，總算識趣一回。因為滿意，少不得要數落康氏兩句。「老大媳婦，不是我在孩子面前下妳的臉面，妳也是做祖母的人了，火爆性子該收收了；姑娘大了，哪怕是做娘的為她好，該給的臉面也不能少……姑娘是嬌客，能留在娘家幾年？遲早要嫁到別人家，我知道妳是為了她好，但不要太過嚴苛……」

提到嫁人，康氏也想到了，她之前是氣狠了，忘了池、王兩家結親是大將軍定的，王家的嫡三子是不會娶池府庶女的，王家這一輩也沒有女兒可以嫁過來，若是人多口雜，今天的事傳了出去，說池府以庶充嫡騙婚，可就壞了將軍的大事。

想到這裡，康氏收回了眼底的恨意，對著老夫人陪笑道：「母親教訓得極是，是兒媳糊塗了，多虧您提點……」

總算不是太笨。

「……還有妳。」老夫人轉向看戲的池榮珍。「嫡庶有別，長幼有序，姊妹間再親近，禮不可廢，對嫡長姊該有的規矩不能輕忽了。」

池榮珍脹紅了臉，再羞惱也不敢撒嬌耍賴，強忍著眼淚，施禮稱是。

「行了，妳們都回去吧！」

老夫人道了聲乏，屋裡的人一個個施禮退下，魚貫而出。

康氏一言不發，在下人的簇擁下揚長而去，臨走前，冷冷瞟了池榮珍一眼。

池榮珍憋著一肚子火，卻不敢跟嫡母叫囂，忍氣吞聲地行禮，轉頭看到榮嬌若無其事地要走，不由大怒。「池……榮嬌。」

剛要高喝，猛然想到還在老夫人這裡，遂壓低了聲調。「池榮嬌，妳出去等我。」

等她？榮嬌回頭，冷淡地瞥她一眼，不加理會，徑直回了三省居。

「……娘，池榮嬌真不是康氏親生的？」

攏月居的正房裡，池榮珍纏在楊姨娘身畔，邊吃點心，邊將在老夫人那裡發生的事情說給親娘聽。

聽到池榮嬌說自己的娘親另有其人時，楊姨娘臉上露出舒心的笑意。

池榮珍見了那笑容，越發好奇。到底是不是真的？娘真是的，又不是了不得的大事，還不肯告訴自己。

「娘，池榮嬌仗著有個嫡女的身分，整天想壓我一頭，煩死她了。爹爹根本不喜歡她，祖母也是，怪不得康氏天天敲打她……她要真不是康氏生的，就不是嫡女，二哥、三哥知情後，也不會再護著她。」

池榮勇、池榮厚是因為一母同胞的分上，才格外關照她，若知道與她根本不是一個娘生的，而且她親娘還是上不得檯面的外室，肯定不會再對她另眼相看了吧？

楊姨娘的嘴角翹起，眼裡滿是笑意。「是真的，妳呀，嫡長女的名分豈能做假……」

池榮珍沒留意母親說的與自己不是一個意思。「我就說嘛，這個不要臉的小賤人，怪不得康氏拿她當眼中釘，恨不能弄死她……嗯，娘剛才說什麼？」

嫡長女的名分豈能隨便？意思就是，池榮嬌嫡長女的身分是真的？

她瞪圓了眼睛，愕然道：「娘，您是說池榮嬌真是康氏那個老賤婦生的？」

楊姨娘臉上的笑容微斂。「珍兒。」

「知道啦！」

池榮珍吐吐舌頭。「娘，我有數，這不是沒別人在嗎？當著外人面，我什麼時候這樣說過？」

本來康氏就是老賤婦嘛，娘心裡不也這樣想的？

攏月居是楊姨娘母女的天下，只要不出這個院子，她們是不會稱康氏為夫人或母親，池榮珍喊楊氏為娘親，哪怕是當著池大將軍的面，也是如此稱呼。

只要沒別人，寵愛母女倆的池萬林亦不會去糾正，在攏月居，他讓她們娘兒倆隨心所欲，不看任何人的臉色，關起門來，沒有妻妾、嫡庶之分。

「妳呀，娘是怕妳口無遮攔的，萬一哪回一時嘴快，被妳爹或下人聽到可了不得；妳現在大了，該學的規矩禮儀萬不能少了……」

楊姨娘關心的不是女兒的稱呼，而是寶貝女兒的將來，她再得寵，終歸是妾室，女兒親事越不過康氏去，就算大將軍寵愛榮珍，親自相看，將來嫁娶的三媒六聘，還是要當家夫人出面。

「娘，我下回注意。」

池榮珍不耐煩，不是還有爹爹在嗎？康氏再有本事，不也得聽爹爹的？她要是敢使絆子，自己就找爹爹告狀。

「娘，池榮嬌真是康氏親生的？」

想到這個，池榮珍心裡的刺又深了幾分。從小到大，爹爹視她如寶，有求必應，池榮嬌卻是爹不親、娘不疼、祖母看不上，吃穿用度跟自己沒法比，明明自己什麼都比她強，偏她有個嫡出居長的身分。

「呵呵。」楊姨娘笑了。「珍兒說得不錯，康氏確實希望沒有這個女兒，愚不可及。」

他以為當初沒懷身孕，大將軍就不會抬自己進門了？大將軍不過是拿這個做理由而已。他早就和自己說好了，一及笄就納她入府，恰巧康氏那會兒有了身孕，不能服侍，便順理成章將自己抬進來……康氏肚裡的那塊肉只是現成的理由，沒這塊肉，她該進門，還是會進，誰教池榮嬌倒楣，在那時候投生到康氏肚子裡呢？

想起往事，想起與大將軍的初識，以及後來的暗許終身，楊姨娘的眼角、眉梢都綻著笑。池萬林喜歡長相清麗、溫柔似水的女子，也只有康氏那個蠢貨，才會以為丈夫喜歡她心直口快、豪放爽利，也只有她才會把男人的話當成真，居然遷怒到親生女兒身上，真是愚蠢。

「娘，我看康氏對幾個兒子好得很，為何偏偏針對池滎嬌？」

池滎珍好奇追問，康氏對三個兒子好得很，就連待大少奶奶鄒氏都不錯，為何唯獨對親生的女兒不好？

為何？遷怒唄，蠢。楊姨娘越發笑得風情萬種。自她入府，康氏就沒讓她痛快過，一天幾次地找碴，變著花樣地折騰她，那又怎麼樣？大將軍但凡回府，都是宿在她這裡，當家夫人又如何？攏月居的事，她一件也別想插手。

不過，這個原因當然不能講給女兒聽……她取出帕子輕輕擦了擦池滎珍嘴邊的點心渣。

「糊塗油蒙心唄，重男輕女……」

重男輕女，這是好理由，不管康氏如何愚蠢、如何抓不住男人的心，都有三個出色的兒子傍身，不像自己……楊姨娘臉上的笑容淡了。後宅的女人再得寵，沒有兒子，終究是無根的浮萍，大將軍今日能寵她楊月兒，將來未必不會有李月兒、張月兒……可自從生了珍兒後，她就沒再懷上過，調理的湯藥按時吃著，大將軍的心思也都放在她身上，但凡回府少不得要親熱幾回，偏她的肚子一直沒動靜。

「珍兒，妳以後要對池滎嬌好一些，她是妳的姊姊，不可再針對她。」

楊姨娘暗自嘆口氣，康氏與池滎嬌都不足為慮，關鍵是幾位少爺。

「娘要我去討好她？」池榮珍難以置信，拉高嗓門。「那個賤皮子？娘知不知道，她今天還打了我，我要是給她好臉色，還不得被她欺到頭上？」

「不是為她，打狗看主人，為了她背後的二少爺、三少爺，也得交好。」楊姨娘的語氣重了幾分。「莫要忘了，將來他們才是妳用得上的娘家人。」

「那還不如交好大少爺和大少奶奶呢，畢竟大少爺才是嫡長子……」池榮珍小聲嘀咕道。娘的意思她都明白，以往娘也沒少說，可是，她就是不想給池榮嬌低頭。

「大少爺？」楊姨娘微不可見地撇撇嘴。「那是個薄情的，指望不上……鄒氏更是個滑不嘰溜的，不像那哥兒倆靠得住。」

就算家業由池榮興接管，憑池榮勇、池榮厚的本事，也是前程大好，珍兒沒有親兄弟，將來還是得指望他們。

「……我儘量。」對上娘親不容置疑的目光，池榮珍不情不願地點點頭。

對池榮嬌好？就怕她命短福薄受不起！

第九章

雕花床，青碧綃紗帳。

几案上幽幽的夜燈，將白玉花觚插著的粉色牡丹花，照出一圈圈微微的粉暈。明月皎皎，月光透過窗紙，在屋子裡灑下淡淡的銀輝。

夜已深，偌大的池府在墨色中沈沈入睡。

池榮嬌又開始作夢，夢境裡的人，有認識、有不認識的，場景變化著，反覆出現兩個女孩。

一個是她自己，池府的池榮嬌，有小時候無故受母親責罰，小哥哥護著她頂撞母親的舊事；也有因為池榮珍告狀，二哥為她爭辯，挨了父親打，她跪祠堂思過，夜裡哥哥們潛入，偷偷送吃食衣物……

不單有舊事，還有些場景似乎是將來。她看到長大了的二哥與父親對峙，言辭激烈，起因好像是為她的親事；小哥哥被家法打得皮開肉綻，滿身的血，嘴裡一直喊著妹妹不嫁……

場景轉換，是她出嫁，穿著鮮紅的嫁衣，大哥揹她上轎，二哥與小哥缺席……她嫁的那家姓王，丈夫在洞房夜不見人影，她在夫家過得很不好，丈夫好色，家裡、外頭女人無數，讓她淪為笑柄。夢裡不知時間，似乎是兩、三年後，她無出，夫家要休妻，婆婆為她說了好話，休妻改為和離；她離開王家，被池府拒於門外，打發下人將她送到城外的莊子。到了莊子以後，她才知曉二哥去了邊境，與北遼打了大勝仗，卻下落不明；小哥哥沒有外出遊學，而是因為反對她的婚事，被父親痛打，護理不及時，受了風寒，在她出嫁前就已過世。

她哭暈了，然後，就沒有然後了……

「呼。」

又作夢了。榮嬌猛地坐起來，心怦怦跳，她使勁按住胸口，唰地拉開帳子，入目是熟悉的臥房，是三省居的寢室。

小夜燈吐著昏昏的黃暈。她怕黑，夜裡入寢後也要點燈，二哥特意找人做了盞夜燈送她，比尋常燈盞要小，燈芯更細，每晚就寢時，當值丫鬟會燃起這盞燈後，再將其他燭火吹滅。

榮嬌手一鬆，放下帳簾，抬手抹了抹臉，有汗有淚，想到剛剛的夢，她一陣後怕，後背亦是一層薄汗。

不可能的，那不是真的，只是夢。二哥那麼厲害，小哥最聰明不過，不會的……夢都是反的，二哥、小哥都不會有事，不會有事的。

她強打精神安慰自己，這個夢一定是作反了，夢到不好的就是吉兆，意味著哥哥們未來一定是很好很好的……

榮嬌睡意全無，好半天才定下心神，勉強使自己相信，不，是必須全身心地讓自己確定、肯定，夢是反的，哥哥們與她會活得很好。

一定不是真的！朦朧的簾帳裡，她暗自發誓，即便是自己死，也絕對不會讓哥哥們有意外。

榮嬌定下心神，再次回憶腦中的夢境，心頭浮現出濃濃的疑惑。

如果日有所思、夜有所夢，她才作了這些亂七八糟的夢，那另一個呢？夢裡的另外一個女孩，是誰？

古怪的是，那個女孩明明從未見過，感覺卻無比熟稔，彷彿就是自己，是長著另一張面孔的自己。

夢裡出現的其他人，對她畢恭畢敬的……只有一次，一個與她模樣有兩分相似的女孩，憤怒地指著她大吼大叫，喊著「樓滿袖」，應該就是她的名字了。

樓滿袖從未在池府出現，她現身之處總是富麗堂皇，殿廳的裝飾擺件華貴別緻，卻不是大夏的風格。樓滿袖喜歡練武騎馬，似乎生活在一個與大夏完全不同的地方，能不受拘束地上街出城，夢裡頻繁地出現她騎馬馳騁、挽弓射箭的畫面。

她有一個哥哥，她哥哥好像對她還不錯，應該還有幾個對她很不友善的異母兄妹，三番兩次設計陷害她，樓滿袖很機智，每次都能識破。

夢中的最後一個場景，是她與哥哥一起喝茶，之後，她喝的茶水好像有問題，夢境止於她吐血倒地……回想至此，榮嬌的心頭陡然生出一股悸痛，排山倒海地襲來，突如其來的痛楚與絕望逼得她氣血翻湧，喉嚨腥鹹，幾欲吐血。

榮嬌大駭，身不由己又感同身受的感覺太可怕，好半天才恢復心神，慢慢平撫情緒，試圖整理紛亂的夢境，真是怪異啊……

晨曦微明，值守的丫鬟綠殳躡手躡腳地進來滅燈，卻見床帳半挽，大小姐已經醒了，半靠在床頭，神情若有所思。

綠殳一驚。「姑娘醒得真早。」

見她臉色蒼白，眼下一片青暈，以為自家姑娘對於昨天的事並不如她表現得那般雲淡風輕，心中憐惜。「大小姐，今日早練停一天？用了早膳再歇會兒。」

邊說著邊輕手輕腳地拿煮熟的雞蛋在縈嬌臉上滾著，消除眼下的黑青，仔細一瞧，越發覺得大小姐肌膚是吹彈可破。

「不用。」又不是病得起不了身，拳不離手，哪能無故就停練？況且她沒有白天睡覺的習慣，此刻腦子亂得很，更需要打打拳腳，出出大汗。

「嬤嬤呢？」

嬤嬤是指她的乳娘欒嬤嬤，三省居上下都知道。

「嬤嬤一早去茶水間給您準備早膳了，繡春跟去打下手。」

綠殳輕聲回答，快手快腳地給縈嬌梳著了個簡單的髮髻。

三省居的茶水間配有炊具，能燒水煮茶，亦能烹煮不複雜的飯食，嬤嬤一早進茶水間，還帶繡春打下手，想來這頓早餐絕對不會簡單準備。

縈嬌眼神微閃，沒有再多問。

紮好練武用的包頭巾，換上練功服，渾身上下收拾索利便下樓。

三省居地方偏僻，後院一側靠著高大的府牆，地方空闊，園邊靠院牆收拾出一塊不到兩丈寬的空地，是榮嬌平素練功的場地；牆邊立著一個小型兵器架子，插著刀槍，掛著彎弓與箭壺，遠處豎著箭靶。另一側牆下，早兩年栽種的紫藤已經爬上花牆，翠綠幼細的藤鬚掛著一串串紫色的花朵。

拳腳熱身，舞劍、練刀槍、射箭，全套練下來將近一個時辰，每回練完之後，都要額頭掛汗，嬌喘連連。榮嬌在綠殳的服侍下，快速洗漱，梳妝完畢後，嬤嬤已經帶著繡春擺好早飯，一份主食，一份粥，還有一葷一素兩樣小菜，簡單卻極合榮嬌的口味。

熬得香軟濃糯的雪白米粥、焦黃碧綠的餡餅、深紅的櫻桃肉、脆生生的蘿蔔條……盛在淨白器皿中，色香味俱全，看上去令人食慾大開。

「好香，嬤嬤辛苦了。」

榮嬌嘴角翹起，看著立在一旁的乳娘，軟軟的聲音含著撒嬌的意味，這是欒嬤嬤親手做的，她光聞味道就知曉。

「嬤嬤，菠菜香椿素餅做起來太費時，以後不要早上做這個，起太早了……小花卷、紅豆饅頭也好吃。」

當季的菠菜素餅是榮嬌喜歡吃的，只是做起來麻煩，要先煮菠菜搗爛取汁，用來和麵做餅皮；餡料是雞蛋椿芽香乾，要先炒雞蛋，再將椿芽與香乾炒熟，兩者拌在一起；麵皮、餡料準備好，方才揉麵做餅，還要文火慢烤烙熟，實在要花費不少的時間。

「嬤嬤知道了，姑娘快趁熱用，涼了不香。」欒嬤嬤笑咪咪地應下，取了筷子遞給榮嬌。她約莫四十，一身靛藍，梳圓髮髻，簪著普通的白銀簪；個頭不高，眼睛細細的，嘴巴有點大，長得不大體面，看上去不該是池榮嬌的乳娘——鐘鼎高門嫡小姐的乳娘是要經過嚴格甄選，不是隨便什麼人都能做的，身家清白不說，性情、體貌都有考量標準，姿色無須上佳，端正卻是必須，欒嬤嬤這長相，按說是沒有資格做池府嫡長女的乳娘。

欒嬤嬤的確不是榮嬌起初的乳娘，也不是池府的家生子，她是半路進府的，在榮嬌十個月大時接手，從那時起一直貼身服侍，在榮嬌心裡，欒嬤嬤與她的娘親無異。

欒嬤嬤待榮嬌忠心親厚，雖然礙於主僕名分，該守的規矩得守，心裡，她將榮嬌視如己出，自己沒能力對抗池夫人，只能盡力打理好榮嬌的日常衣食，做好本分，儘量為她分憂。

「嬤嬤的手藝最好了。」榮嬌神色微頓，喝了口粥，挾起一個素餅，優雅地用飯。

用完早飯，嬤嬤帶人下去收拾，綠殳端著熱茶進來。

「大廚房那邊有什麼事？」榮嬌接過茶，目光如水，靜靜地看著綠殳。

「沒、沒有啊！」

姑娘怎麼知道了?! 綠殳否認，目光卻有兩分游移……大廚房是又挑事了，正院那邊太過分。

「看來又是禁食那一套……」

榮嬌心中了然，呷了口茶，慢悠悠地問綠殳。「是嬤嬤不讓妳們告訴我的吧？」

以往，但凡康氏有禁食、禁足等懲罰，欒嬤嬤都會儘量瞞著榮嬌，實在瞞不過了便避重就輕，欒嬤嬤一面對康氏還懷抱希望，另一面更是怕榮嬌傷心。

「是。」綠殳垂下頭，姑娘越來越厲害了，想瞞已經不可能。以往遇到這種情況，姑娘不知是真懵懂不明，還是不願接受，反正她們瞞著，她也裝作不知；但最近這些時日，姑娘卻忽然不再陪她們作戲，是對夫人死心了？

「昨兒晚上，奴婢去大廚房取晚膳，大廚房那邊沒準備姑娘的分例……」

既被榮嬌揭穿，綠殳便一五一十地交代。

事情很簡單，康氏吩咐大廚房不用準備大小姐的膳食，明面上的說法是正院的小廚房會送，但小廚房是康氏專用的，沒接到吩咐是不會給榮嬌準備膳食；到時候問起來，小廚房那邊兩手一攤，一問三不知，反正她們是為夫人服務，不管是大將軍還是少爺、小姐，總歸要得了指令才能幹活的。

榮嬌心底輕哼，她也就這麼幾招，弄些見不得人的手段，還使在自己女兒身上，真是瘋魔了。

昨晚去取食盒的是綠殳，她一聽，立刻知道夫人又不高興了。等她到了正院小廚房時，果不其然，管事的余嬤嬤一臉不知情。「……三省居？大小姐？我們不知道啊，是哪位主子吩咐的？」然後噙著一絲意味不明的笑，道：「哎呀，看看，我們這正忙著呢，幾個灶都占著……綠殳姑娘是先等著，還是自己去找夫人問問？」

那表情，從頭到腳都隱含著輕蔑與不屑，其他廚娘偷瞟綠殳的眼神，全然是看戲不怕熱鬧大。小廚房什麼時候為三省居準備過吃食？昏了頭的才會找過來。

綠殳又羞又惱，暗恨自己居然傻乎乎地信了大廚房的說辭，送上門丟臉，恨恨地跺了跺腳回了三省居。

「……嬤嬤不讓跟妳說……左右咱院裡也有東西，嬤嬤的手藝，比大廚房那邊要好上幾倍……」

至於食材，有聞刀在，自會想方法送來。嬤嬤說正好借此給主子開開小灶，好好補補，姑娘本來就瘦，自從上次病後，身上更沒幾兩肉。

難怪呢！榮嬌想起昨天的晚飯，上得比平常遲，菜色也不同。

康氏真是……榮嬌搖頭，只覺得好笑。

這樣不行，她慣用老手段來折騰，榮嬌卻不想陪她玩了。「去叫嬤嬤來，一會兒妳去找聞刀……」

康氏不是不管飯嗎？這一次，她不自己開伙，大樑城內送飯上門的飯館有的是。

第十章

榮嬌對康氏的耐心彷彿一下子耗盡了。

這招雖老，卻有效。俗話說人是鐵、飯是鋼，一頓不吃餓得慌，榮嬌沒少在這上面吃苦頭，年紀小時更禁不得餓，那滋味著實不好受。

康氏總挑哥哥們不在府裡時用這招，單單她病好的數月，康氏接二連三如此，往日榮嬌都忍了，反正三省居的茶水間雖比不得廚房齊全，做頓簡單飯菜填飽肚子還是夠的，但這一次，她不想再息事寧人了。

十幾年，從希望到失望再到絕望，對康氏既然沒了期盼，也沒了委屈，康氏不念母女情分，欲置她於死地，她若不繼續逆來順受，自當有所反擊。

至於老夫人，必然是知道的，仍選擇裝聾作啞，顯然之前那套嬌嬌兒的說辭，也只是嘴上說說罷了；看似沒跪祠堂是偏向榮嬌，實際上以池榮珍對嫡長姊做的事情，真論起來她本沒有錯，又何來的偏袒之說？

求人不如靠己，榮嬌吩咐丫鬟往前院給聞刀遞信，讓聞刀找了兩家與池府挨著的飯館，一日三餐揀著招牌菜來做，做好了裝食盒送到府門。

「敝店的招牌菜蒙貴府上三公子抬愛，預訂了外賣，送給府上大小姐品嚐……」送餐的小二如是說，而聞刀安排的人早在門上等著，接著食盒送到二門裡，拿到三省居時還熱著呢！

欒嬤嬤明知榮嬌身為小輩，這麼做會惹惱康氏，卻不想阻止，相比夫人動不動要整死姑娘的行為，這回應實在是溫和，連反擊都算不得。在她眼裡，康氏已無法理喻，哪有親娘視女兒如仇人的？認定親生女兒命硬，剋死祖父、剋全家？在康氏眼裡，但凡府裡的主子們有半分的不順，都怪罪到姑娘身上，一切都是姑娘的錯，照這麼說，那沒有喪門星的人家，怎麼也會生病？怎麼不是事事順利？

榮嬌是欒嬤嬤一手養大的孩子，自然心疼，只不過往日榮嬌選擇逆來順受，她也不能鼓動姑娘反抗夫人，那不成了惡奴教唆？

「……夫人，這都第三天了，您看？」

正院裡，康嬤嬤瞅著池夫人心情好，提起這棘手話題。

「小賤人。」康氏臉一沈，手上蓋茶的蓋子重重劃過碗口。「整天挑唆厚哥兒，厚哥兒也是個傻的，妹妹長、妹妹短的，等吃虧那天就晚了。」

說起這個，康氏就惱火，本想餓她幾天，讓她知道些好歹，誰想第二天就有外面飯館往府裡送飯，什麼三少爺訂的，騙誰呢？厚哥兒這次回來，行程匆匆，只在府裡待了一晚，何曾出去上館子？還不是喪門星假借他的名頭行事？

「讓門房跟飯館送飯的說，餐飯不訂了，以後別再送了。」池夫人不耐煩。

「說了，小二說他不能做主，銀子付過了，當初訂餐時說好的，銀子沒花完要提前中止，要請三少爺或三少爺身邊的聞刀小哥去說才行。」康嬤嬤陪著小心解釋道。

「那就差聞刀去說。」

「聞刀說，三少爺吩咐他聽大小姐的差遣，除非是三少爺本人或是大小姐吩咐，他才敢停……」

砰，池夫人將手裡的茶碗用力往桌上一放。「反了他，一個個的，都把自己當主子？跟他說，是我的吩咐。」

「之前老奴親自找的聞刀……他說，三少爺給他下的是軍令，他不敢不從……」康嬤嬤看著康氏陰沈的臉，心底暗嘆氣。「夫人，聞刀畢竟是三少爺跟前的……」罰了他，若是三少爺回來跟您置氣，為個下人，母子鬧不快，何必呢？

「那就任由他去？池府的臉面都丟盡了，都是那個喪門星……」康氏咬牙切齒。「當初那碗藥劑量重些，打了她去，就沒後頭這些糟心事。」

「夫人。」

康嬤嬤大驚，壓低聲音。「夫人切莫說這個……都過去了……」

夫人口無遮攔，這種事能隨便提的？被人聽去了，可是了不得的大事，不喜厭棄是一回事，要打掉親生骨肉又是一回事。

「夫人，您與三少爺的情分才是最重要的，不值當為別的事讓三少爺為難……」

「那倒是……」這話入了康氏的耳，疼么兒是人之常情，三個兒子裡，她最疼厚哥兒，為小喪門星失了母子和氣是不值得。

「不然，讓大廚房明兒個起準備三省居的分例？」康嬤嬤看著康氏的臉色，小心建議道。這事的原由出在禁食，沒飯吃，自然要想轍，只是大小姐竟想出讓館子送飯的主意，真是出乎意料。

「夫人，大將軍看重與王家的親事，這個當口讓她安分些好……」

「依妳之意。」

雖有不甘，當前卻是不應與小賤人一般見識，以後有的是整治她的機會，不急……

暮色深深，京東大營裡燈火點點，一片安靜。

「妹妹長大了……」池榮厚喃喃自語，英俊臉龐上神情複雜，有欣慰、有悲傷、有難過。

「嗯？」撩簾子走進來的池榮勇正好聽到這句，掃了弟弟一眼，真難為他了，竟能在一張臉上湊出這麼多的神情。

「誰？」池榮厚一驚，忙收斂表情，見是池榮勇，遂又鬆懈下來，懶洋洋道：「二哥你忙完了？我說問劍那小子怎麼沒吱聲……問劍，上茶，沒見二少爺來了……」

池榮勇軍職在身，白日要帶隊操練，晚間要開會、輪值查營等，不似弟弟清閒。「妹妹怎麼了？府裡有信來？」

池榮厚年紀小些，又仗著康氏寵愛，經常往內宅跑；而池榮勇長幾歲，自小跟康氏不大親近，有關榮嬌的事情，日常的通風報信或與康氏相關的，多由池榮厚負責，若事態嚴重要驚動池萬林的，才由池榮勇出面。

池榮勇長了張英俊相貌，但不苟言笑，康氏有些怵他，就連池萬林也不輕易駁他的面子——文無第一，武無第二，就憑他這身武藝足夠光耀門楣，何況他還精通兵書、戰策，論起排兵布陣也頭頭是道。

「唉，母親她……你自己看吧！」

池榮厚不知怎麼說，母親就沒個消停，接二連三地鬧事，而妹妹，卻與往日不同了……

「不錯，的確是長大了。」池榮勇一目十行看完信，語氣中不乏讚賞，合該這樣，且不論嬌嬌這兩次做得好不好、對不對，至少與往常相比有改變，這就好。

「可是，這樣……母親那脾氣……」

池榮厚嘆氣，這才是他為難的地方，母親性情剛烈，又是當家夫人，強勢慣了，被妹妹頂了這兩回，哪可能嚥下這口氣？回頭不知道又要想出什麼花樣來；可再怎樣，總歸是親娘，能把她如何？

「你覺得妹妹應該聽話，將自己餓死？」池榮勇的聲音冷了兩分。

「怎麼會?!」池榮厚跳腳。「二哥，我是擔心以後……妹妹畢竟是女子，終歸在母親手底下，鬧成這樣，以後吃虧的還是她呀！萬一鞭長莫及，照顧不上……」真有個好歹，還能讓母親償命不成？

「沒有用的，凡事不在妹妹如何。」

池榮勇目光犀利。他對康氏的感情不如池榮厚深，看得更清楚，一切根源都在母親身上，只要她一日想不開，榮嬌就一日沒好日子過，不管她怎麼乖巧懂事都是沒用。「正因為你我不能天天守在府裡，妹妹才要有自己的主見，而不是一味的愚孝……」

「……母親她，只是鑽了牛角尖，出了氣或許就好了，不會是真要……」真要妹妹死的……

這話，池榮厚沒說全，意思卻讓池榮勇明白。虎毒不食子，母親對妹妹是過分了，但要說她是一門心思地要榮嬌的命……他不願相信。母親對他是真好，對大哥、二哥也是噓寒問暖，十足的慈母，唯獨對妹妹，很不好。

可再不好，總歸不會真想要榮嬌死，母親就是太重男輕女，與妹妹沒有母女緣分。

池榮勇盯著弟弟，眼神深沈，心底暗嘆，這麼多年，經過這麼多事情，厚哥兒還是不願將事情往最壞的方向想……可那最壞的，卻是真的……

「小甲、問劍。」池榮勇揚聲喚門外的親衛小廝。「沒聽到吩咐，任何人不得入內。」

小甲毫不猶豫應下，問劍看了自己主子一眼，見池榮厚並無任何異議，也遵命而退。

「二哥？」

池榮勇慣來不動聲色的面上罕見地出現猶豫，池榮厚驚訝又好奇，什麼事讓二哥如此鄭重？

「榮厚，這件事我本打算不告訴任何人的。記住，出我口，入你耳，到此為止。」

他抬眼審視著。這傢伙，行不行啊？若不是為了讓他重視事實，真不想說，也不該說的。

「二哥你放心吧，我是那種嘴上沒門的嗎？你還信不過？」池榮厚連忙保證，忐忑中又有一絲害怕，預感二哥接下來要說的絕非小事。

「我小時候，還是祖母當家，母親要操辦家事，每日都不得閒……」

那時，母親在內宅還沒有站穩腳跟，沒拿到管家權，父親身邊的丫鬟也沒清除乾淨，因此母親全副心神只有兩件事，一是父親，二是管家。

祖母將大哥養在跟前，母親是極願意的，養在哪裡也是她的兒子；待他出生，母親是開心的，又一個男丁，有兩個兒子傍身，康氏也就穩坐池夫人的位置，閒暇之餘，也對二兒子不錯，將他安置在正院的西廂房裡。

「後來是你，你出生時，白白胖胖的，像個肉團子……」池榮勇的嘴角泛起一絲笑意，池榮厚臉上現出赧色。二哥說事就說事，好端端的說我小時候幹什麼？

「大家都很喜歡你，我也喜歡……」

小弟弟睡起來像隻青蛙，他總忍不住趁著沒人時去戳他的臉。

「你長得既像父親又像母親，還挑著最好的地方長，那時祖母名義上還管家，實際上已放權於母親……」而父親仕途正關鍵，既沒有心思用在別的事務上面，又需要外祖家的人脈支持，也就由著母親將身邊的鶯鶯燕燕清除。

「你一直養在母親院裡，夏天時，幾乎每天都在母親屋裡歇晌。」

提起那些塵封的往事，向來堅如磐石的池榮勇，不禁也五味雜陳。小時候不懂，長大了，他倒寧願自己不懂，寧願那天自己沒有躲在那裡，不曾知曉那件事……

甚至偶爾會想，如果那碗湯藥起了作用，如果妹妹沒有生下來，會不會投生到更好的人家，有疼愛她的父母、親長……

彼時，厚哥兒兩歲，他四歲。啟蒙還嫌早，府裡沒年紀相仿的孩子，而他自小沈默寡言，喜歡持刀弄棒，當時大哥已經就學，每天跟著先生讀書練武；他呢，要麼一聲不響地學蹲馬步，要麼就四處亂跑在府裡竄，乳娘整天不眨眼地盯著，也經常有不見人影的時候。

他去的地方也就那幾處，要麼書房、要麼演武場、要麼正院，他喜歡肉肉的小弟弟，喜歡在弟弟睡著後摸摸他的小手小腳，戳戳他的小胖臉，或者守在一旁盯著看。

康氏遇見了，誇他兄弟情深，小小年紀就知道守護弟弟，其實他只是覺得小弟弟穿著大紅肚兜、攤手攤腳睡著的樣子，特別像青蛙，他是想戳戳，看厚哥兒是否會發出呱呱叫聲。

那天，厚哥兒睡著後，他又悄悄溜進母親的正屋。

剛進去，就聽到一陣腳步聲，母親怒氣沖沖地喝斥僕婦。「下去。」

他愣了一會兒，卻鬼使神差地沒有跑出去，偷偷鑽到床底藏起來。然後，屋裡只剩下母親與康嬤嬤，母親邊說邊哭，康嬤嬤在一旁勸慰。

他有些害怕，從來沒見母親哭過，越發地覺得要躲好，不能被母親發現。

那時，四歲的他並不清楚母親做了什麼，但母親的哭聲和充滿恨意的詛咒，卻深深刻在他的心上……

第十一章

「嬤嬤，我絕不同意狐狸精進門——絕對不行。」康氏的聲音陰狠而悲傷。「都怪肚子裡這塊肉，早不來、晚不來。」她捶打自己的小腹。「什麼有了身孕不方便服侍？他想要，我挑丫鬟開臉……懷厚哥兒時，他就能忍住，到這會兒就不行了？還要納妾?!」

「夫人不可啊！」康嬤嬤用力抓住康氏的雙手，制止她。「夫人，莫要傷了身子……這般用力，要是捶出個好歹來……」康嬤嬤的汗都下來了。

傷了身子？康氏眼睛一亮，彷彿抓到救命稻草一般。「嬤嬤，這孩子不能要。將軍因為我有了身子不方便才要納妾的，沒了肚子這塊肉，還抬哪門子的妾？」

啊？康嬤嬤驚愕地睜大了眼睛。「不可啊！夫人，萬萬使不得。」

夫人還不明白嗎？懷了身子不方便只是個藉口，將軍是動了心思，借勢提這般要求。都打聽過了，要納進來的妾是將軍下面一個末等屬官的妹妹，與將軍早通款曲；哪是將軍所說的，夫人不方便，屬官的妹妹乖巧懂事，納進來夫人身邊也多個端茶倒水的……即便沒懷身子，男人既動了心思，總能找到由頭納進來，與肚裡懷的孩子有何關係？

「夫人，萬萬使不得。您是原配正室，生了三位少爺，任誰也動不了您的地位……那些個都是些玩意兒，犯不著為此拂了將軍的意思，傷了夫妻情分……」

康嬤嬤苦勸。按她的意思，將軍願納誰就納誰，這大樑城的大戶人家，誰家後院沒幾個姨娘、妾室的？以色侍人本就是玩意兒，夫人不用這般大動肝火，正室嫡妻，三子傍身，娘家父兄得力，後院進多少女人又怎能動搖她的地位？且男人哪有不偷腥的？夫人的娘家父親，後院裡還有三個妾呢！

「小狐狸精進了門，還有什麼情分？不行，這塊肉絕對不能要了，千錯萬錯都是他來得不是時候。嬤嬤，兒子我有三個，不差這一個。」

康氏越說越覺得這是個好主意，若自己沒了身孕，將軍也就不會納妾了。

康嬤嬤急得快哭了。「夫人，嫡子再多也不嫌多，若是……將軍執意要那楊氏進門，可如何是好？」

將軍既然開口要納妾，自然是想好了，攔不住的……

「不能要，他跟狐狸精是一夥的，還沒生出來就幫著狐狸精進門，是禍害，不能要！」

康氏篤定懷的孩子是自己仇人，不然怎麼懷前三個孩子時，將軍都沒什麼不方便的，偏生到了這回，他就起了別的心思？

康氏不願相信問題在丈夫身上，遷怒別處，小狐狸精居首，肚子的這塊肉居次，全是這兩者的錯。

康嬤嬤說服不了已經喪失理智的夫人，無奈之下，只好按她的吩咐，將墮胎的藥丸取出——藥丸的方子是康氏出嫁時，私底下母傳女的嫁妝之一，製出的藥丸無色無味，溶於茶水、湯菜間，一粒就夠了，以防將來有那不聽話的賤蹄子妄想藉肚皮一步登天。

康氏懷老二時，將軍身邊就有個通房偷偷吐了避子湯，想著能珠胎暗結，母以子貴，一時不察竟讓她得手了；幸好這通房是個心大的，一心想三個月後坐實了胎再說出來，結果沒等她開口，康氏一粒丸、一碗湯，不露任何痕跡地就讓那塊肉化成了血水。

康嬤嬤取出藥丸，手都哆嗦了，萬萬沒想到有一天，是自家夫人要用這藥丸；還想再勸，康氏已不耐煩，一把奪過去，就著桌上的茶服下——

「後來，你醒了，丫鬟、婆子進屋，我趁沒人注意時跑出去……」

池榮勇當時不明白，嘴緊早熟，也知道不能說出去，再大上幾歲，冷眼旁觀，慢慢便知曉全部。

母親那日吃下藥，估計是有些不舒服的，第二日閉門不出，結果第三日晚上，父親藉口不忍母親為些許小事操勞受累，一頂小轎提早從小角門抬了楊姨娘進府。

母親藉口身體不適，拖延了好幾日才喝了楊姨娘敬的茶，後來父親常在攏月居歇息，母親的肚子也一天天鼓起來。

池榮勇每天都盯著那鼓起的肚子看，他記得母親懷厚哥兒的時候，常摩挲著肚子，輕聲逗他。「勇哥兒，娘懷了小弟弟呢，你要不要和小弟弟打招呼？」

而這一次，母親看自己肚子的眼神是厭惡的……

小孩子最敏感，他知道娘不喜歡肚子裡的小弟弟，娘希望沒有這個小弟弟。

「二哥。」池榮厚驚愕地瞪大眼睛。二哥說的他都聽得明白，卻無法理解。「你是說，她、她……」母親自起初就不想要妹妹？

池榮勇點點頭，一直都是，妹妹還在娘胎時就不受期盼，妹妹是母親不要的孩子。

當年，池萬林鐵了心將楊月兒抬進府，康氏退而求其次，將目標從阻止楊月兒入府，改為搓揉小妾；偏偏池萬林每回面上說得好聽，實際偏袒小妾，楊姨娘肚皮也爭氣，入府不滿五個月就有了身孕，康氏千方百計不想她生下庶子，但池萬林護得緊，楊姨娘又警惕，她始終沒找到機會。

康氏對楊姨娘恨之入骨，也恨極自己懷的孩子，將一切原由歸在這一胎身上，幾次設計墮胎陷害楊月兒都沒成功，自此更是認定腹中之子與自己有仇。

等懷胎十月，生下女兒，老將軍高興得很，康氏雖不喜，卻覺得這個丫頭片子能討公爹歡心也算有用……

結果百日當天，老將軍出了意外，一命嗚呼。

康氏徹底認定這孽女是喪門星，她活著一天，自己絕對好不了，多次欲除之而後快。

「可是，可是……」

池榮厚結結巴巴，欲張口反駁，卻找不出證據；但是，要讓他相信母親一直想要妹妹的性命，這怎麼可能？或許當年母親過於激動，是想打胎的，可妹妹生出來了，那麼粉嫩嫩的小人兒，母親怎能忍心？不然憑他兩個小童，能保妹妹幼時平安？若母親真有歹意，初生小嬰兒沒有成年人的護持，怎能長大？

「是康嬤嬤……」還有你和我。

康嬤嬤從初始就看得明白，納妾這事與夫人懷孕沒有關係，單看將軍對攏月居那位的寵愛，所謂懷孕不方便只是藉口，兩人一早在外頭就有了勾搭。

偏偏夫人不信，更遷怒到親生女兒身上。想起夫人吃藥丸的場面，康嬤嬤就陣陣後怕，幸虧那丸子時日久了，失了藥效，否則被老將軍、老夫人知曉，夫人危矣。

本以為康氏只是一時魔怔，但隨著池老將軍意外身亡，那個可怕的念頭又蠢蠢欲動。康嬤嬤服侍康氏多年，能猜到康氏的心思，卻不敢助紂為虐或放任，在肚子裡時就不應該墮胎，何況現在已經是有手有腳、會哭會笑，活生生的小人兒？要是被知曉，一干貼身服侍的鐵定沒命，還有夫人，誰家能容弒女的婦人？

或許池家會看在三個哥兒的分上，瞞下此事，安排夫人暴斃，給一分體面，但如此夫人娘家不僅會被池家握住把柄，還要讓出無數好處。

康家可不止夫人一個姑娘，若傳出康家姑娘妒忌丈夫納妾，不惜殺死親生女的事來，幽州康家的名聲就要毀了，那時，身為罪魁禍首，夫人萬死不足惜啊！

她是康家的家生子，娘和老子還健在，兄弟姊妹、七大姑、八大姨一堆親戚都依靠康府吃飯，她不能眼瞅著池夫人自己往不歸路上走，還要搭上康氏一族，所以，大小姐是不能死的，尤其不能死在夫人手裡。

康嬤嬤留了心眼，示意下人和乳娘盯緊，可喜的是五歲的二少爺特別喜歡小妹妹，幾乎一整天守在小床邊；自己稀罕不說，還拉上小尾巴似的三少爺，小哥兒倆天天吵著看妹妹，從早到晚都待在妹妹屋裡，就在榮嬌襁褓前練馬步，說是要做給妹妹看。

小小年紀的池榮勇儼然成了妹妹的保護神，榮嬌的吃穿用度，他每日都要過問，起初丫鬟、婆子們覺得好笑，等見他板著小臉，小大人似地教訓不用心的下人，沒人敢再應付了事。
原先的乳娘不盡心，他用自己攢的月錢買了欒嬤嬤，簽下賣身契，帶進府做妹妹的乳娘，任原先的乳娘如何哀求，乾脆地將其打發了。
康氏對榮嬌恨之入骨，一開始也任由池榮勇瞎胡鬧，反正那就是個小喪門星，真折騰沒了，正合她意。
等她意識到兩個哥兒對榮嬌太過緊要，護得像眼珠子時，只好打出嚴母的旗號，藉以掩飾自己對榮嬌的虐待。
在兒子詢問時，她反覆告訴兩個當哥哥的，榮嬌是女孩子，將來要嫁人，若是規矩學不好，嫁不到好人家，到了婆家也要被人詬病……
這些解釋，池榮厚一開始是全信的，到後來便將信將疑；池榮勇則是完全不信，不論練武、習文時間多緊湊，他每天早晚必要去看妹妹一次，中午再跑一趟，對還沒有啟蒙進學的池榮厚更是耳提面命，讓他看好妹妹。
就這樣，有康嬤嬤的刻意、哥兒倆的用心，榮嬌雖然吃了無數苦，總算有驚無險地長大。
這些年，池榮勇從來沒有放心，他一直清楚母親對榮嬌的殺意，攏月居那位越受寵，母親對妹妹的恨意就越深；而父親的心總是偏的，攏月居也儼然成了府中府。
其實這些都不足為慮，再受寵也是個沒兒子的姨娘而已，即便她生出了庶子，池府也輪不到她當家做主；可嘆母親看不開，一股腦兒地遷怒到榮嬌身上，總以為沒了榮嬌，這一切就會不同。

池榮勇將擔憂埋在心底，小心翼翼防著，一刻也不曾放鬆對妹妹的守護，榮嬌身邊、康氏院裡，他的眼線著實不少。

他懂人心，並不要求眼線們與康氏正面衝突，他只要她們在第一時間內將消息遞到他或厚哥兒那裡，同時在不影響她們自身安危的情況下，盡可能向夫人進些開脫勸慰之言。

能在正院當差的都是些人精，楊姨娘得寵是不假，但有三位少爺在，夫人的地位堅不可摧，大將軍只要沒傻，就不會與嫡子們離心，棄夫人、就小妾。

夫人如此硬氣，靠的是兒子，反之，少爺們的要求能拒絕嗎？即便少爺們頂撞夫人，還是母子，而她們這些得罪少爺的，卻不會有好下場；何況兩位少爺並非要誰捨己救大小姐，及時報信、酌情進言，算不得為難。

池榮勇最擔心榮嬌的性子，妹妹一天天長大，模樣好，性子好，為人良善，乖巧懂事，可她這不爭的綿軟性子著實令做哥哥的擔憂。

他最怕有一天突然接到妹妹的噩耗，榮嬌得學會保護自己，遇事不能只會逆來順受，若說母親、祖母是長輩，出於孝道不能違逆，池榮珍不過一個庶女，也敢耀武揚威，為何要忍？她有父親做靠山，但身分擺在那兒，若是榮嬌占理，父親就是偏袒也不能太過。

關鍵在於榮嬌自己，不管誰欺負她，哪怕是個不長眼的奴才，她也不敢斥責，只會躲起來偷偷哭。

為此，榮勇恨無良策，說輕了妹妹不理解，說重了怕妹妹受不住，不輕不重地說，榮嬌只會低頭掉眼淚，悄聲答知道了。

知道歸知道，下回還是照舊。

榮嬌最近的變化，他沒有親眼見到，但只聽說已是極其欣慰。妹妹終於走出了第一步，在他眼中，惹怒母親與質疑自己的身世，都是無關緊要、微不足道。

他必須要讓榮厚明白，妹妹的反擊只是自保，事涉人身安危，不能一味愚孝。

第十二章

初夏，晴光正好，暖風帶著花香，飄飄吹過三省居。

大廚房恢復榮嬌的分例，塵埃落定，康氏偃旗息鼓，暫時相安無事。

大小姐連掃夫人顏面，居然沒受重罰，只免了每日的晨昏定省，如此詭異反常的狀態令三省居眾人忐忑不安，連欒嬤嬤也是佯裝平靜，心底暗藏擔憂；唯有池榮嬌是真的淡定，每日按部就班做自己的事，壓根兒沒為忤逆池夫人後的處境而不安。

「大小姐，攏月居來人，說是楊姨娘請大小姐過去喝茶。」

榮嬌正在練字，紅纓進來輕聲稟告。

「楊姨娘請我喝茶？」真稀奇，破天荒頭一遭。「來的是誰？」

「春桃，楊姨娘身邊得用的一等大丫鬟。」

紅纓知大小姐向來不理閒事，除了二少爺和三少爺身邊，其他主子跟前的下人，她一概不理會，聽她問起，便詳細介紹。「春桃說她家姨娘見天朗氣清，正好前些日子大將軍賞了包新茶，故而一時興起，請大小姐賞花品茶。還說前幾日二小姐犯了錯，被姨娘禁足，今天也是想讓她給大小姐陪罪。」

喝茶賞花？大將軍賞的新茶？禁足陪罪？榮嬌輕輕笑了，這話裡暗藏的意思倒不少。

她淡淡一笑。「妳去告訴……叫春桃是吧，就說我在禁足期，謝姨娘的好意。」

楊姨娘的心思，榮嬌不想猜，即便她率先示好——敵人的敵人並不都是朋友。康氏對自己有殺意，康氏與楊姨娘互為眼中釘，她明白；可再明白，她也不會為了自保而與楊姨娘聯手，這是原則。

儘管康氏想她死，榮嬌並未視她如仇敵，她縱然狠毒，終歸有生恩；還有兩位哥哥，在他們面前，康氏是慈母，她前番故意質疑身世，對哥哥而言是被迫，情有可原，可謂小兒女賭氣之舉，但與楊姨娘合謀對付康氏？性質截然不同。

看在哥哥的情面上，縱然康氏有萬般不是，榮嬌亦無法以仇人待之。

楊姨娘的邀約，如同颳過的風，吹過也就過了，榮嬌更關心自己與王家的親事進展。婚姻大事，父母做主，不管與康氏有沒有母女情分，康氏都有權力決定她的婚配；尤其是池大將軍心意已決，背後定然有著不為人知的原因，左右離不開利益……榮嬌暗自撇嘴，做為不喜自己的父親，怎麼可能毫無徵兆地給她訂親？賣女求榮之話難聽，卻是亙古真理。

可惜，她暫時只能坐等。

夢裡的經歷，最後也未揭示池、王聯姻的真相，不過細細思量倒也能分析大概。若從派系相爭來看，這樁親事應是有意緩解將相關係的舉措之一，或許是有人揣測到聖意所向，抑或是為探聖意，找適合的人選來試水溫？

若是上意，難怪夢裡小哥哥因為反對這樁親事被池大將軍毒打，傷重發熱至死……

最後，她得以和離出府，一定是局勢發生變化，或上意有變，或兩家利益衝突、或王家有了更好的選擇，這才有了她的解脫。

和離後，她被池府棄在城外小莊子裡，聽聞哥哥們的消息，身心俱碎，而前夫王豐禮則迅速再娶，她離開王府不足十天，王三新娶的妻室已過門，一切不言而喻。

她當時心裡一片死寂，若不是堅信二哥不會失蹤身亡，要留著命等二哥歸來，她那個時候就死了。

池府安靜祥和，正院裡沒有半分與親事有關的消息傳來，彷彿前幾天傳得沸沸揚揚的池、王結親只是謠言。

假象般的平靜啊……榮嬌想起自己的夢，在夢裡，她還是嫁到了王府，娶她的同樣是王家的嫡三子王豐禮。

她嫁到王府，王家上上下下，除了在最後是和離還是休棄她時，王夫人破天荒地給了個和離的決定之外，沒有一個人對她表示過善意。

她在王家毫無尊嚴可言，王豐禮在新婚之夜拉著通房丫鬟在新房裡胡作非為，與她只隔一道簾子。遭此羞辱，王府諸人卻說她無能不賢、為夫不喜，淪為笑柄。

而她懦弱慣了，三朝回門，娘家竟無一個親人詢問她在夫家的所遇。康氏那裡，門都沒讓她進，只打發個婆子出來敷衍兩句；老夫人要在佛堂唸經，大嫂沒露面，孩子不舒服走不開；楊姨娘那裡，她不可能去，以前也未打過交道，庶妹池榮珍更不會管她回不回門……偌大一座池府，她竟無處可去。

她準備去自己原先的小院子，下人告知夫人嫌晦氣，已經封了，等找到風水高人看過後，要推倒重建，暫時不准任何人進出。

她只好在花園的小亭子上枯坐，飢腸轆轆挨著，直到前院來人催她離開，竟是滴水未盡。

三朝回門，娘家沒人露面，飢渴難耐……榮嬌想到夢裡曾經的遭遇，猶自發抖。她氣，不是為夢裡遭遇，氣的是面對此等境況，她居然一聲不吭地嚥下了。

更有甚者，康氏明明沒見她，卻在她與王豐禮要離開池府時，派了婆子追到前門，口口聲聲說夫人不放心，派老奴再來叮囑大小姐幾句，嫁人後不比在娘家，規矩禮儀不能少，不要壞了娘家名聲和兩府的交情；王家乃詩書禮儀之家，大小姐莫要給姑爺丟臉……

婆子竟以轉述康氏的語氣對王豐禮直言，她自小身子弱，驕縱過度，是個不懂事的，若有不妥之處，請他儘管教妻，只要別有損池、王兩家的名聲，是重學規矩還是清修養性，都使得。

一言蔽之，兩家已結親，人是王家的人了，怎麼管教都成，只要別傳出不好的風言風語，逼得池府不得不出面就行。

這樣一席話，居然贏得了池萬林和池榮興的贊同，娘家這種態度，王家人又怎會善待榮嬌？

三年裡，她被王家以養病為名囚禁在破敗小院，做為娘家的池府，竟多次在人前證實，她自小身子弱，險些養不大，沒想到成親後舊病復發，對於姑爺王豐禮為了子嗣納妾，池府也無法說話。

榮嬌後來想，若不是二哥在北遼邊境捷報頻傳，王家忌憚二哥的勇猛與護短，不敢了結她的性命，她恐怕等不到和離的那一天。

可是不對啊！按夢裡的情形，池、王結親進行得隱密，事先沒有風聲傳出，等到她知道時，婚期已定，距離且不足十日；不像這次，只是議親就滿城皆知，議親的時間也不對，夢裡的她知道婚事時，即將及笄，而這一次，她才十三歲，提前了兩年。

有了這提早的兩年，結果是不是會不同？一定會的。

榮嬌眼神微斂，她可不是夢裡的池榮嬌，任人宰割，這一刻的榮嬌，彷彿變成了與池府毫不相干的陌生人，冷靜地為自己的利益盤算。

這小小池府，還是龍潭虎穴不成？她有一絲無法抑止的不屑。

與京城相比，京東大營滿溢著陽剛之氣。

經過一天的操練，晚飯時向來是大營裡最放鬆的時刻，飯堂裡人聲鼎沸，話題只有一個：小將軍池榮勇。

大將軍池萬林的居所位於營房正中位置，一溜五間，按用處做了不同的劃分，平素他辦公、起居均在此處。

天色暗下來，數根銀燭高燃，將大將軍的書房照得明晃晃的，屋內一坐一站有兩人。

案桌後坐著的中年人，面皮白皙、長眉入鬢，留著三綹的黑鬚，氣質溫雅，嚴肅時透著絲清冷，正是京東大營的主將，懷化大將軍池萬林，榮嬌沒見過幾面的親爹。

池萬林雖年近中年，依舊一表人才，他一身便裝，赭色的寬袖道袍，頭上插了支簡單的青玉簪，神態輕鬆，不像持刀弄棒的武將，更似風度翩翩的文官，走的是儒將路線，上馬會打仗，下馬能吟詩，文武雙全，與那些只知打打殺殺的勛貴們不同，難怪入了聖上的眼。

案前站著的年輕小將一身戎裝，身形如松，氣勢如虹，清冷如初雪的面上無波無瀾。

「不錯，非常不錯。」池萬林看著站在面前的二兒子，連誇不錯，眼裡滿是欣慰。「青出於藍而勝於藍，你的身手，為父或恐不及……」

池萬林不是故作謙虛，屋裡沒外人，他心裡知曉，論單打獨鬥，自己不如勇哥兒。

以往知道自己這個二兒子身手不錯，也知道在都城年輕一輩中，有「池老二大樑城無敵手、英王之下第一人」的謬傳，不過也只是笑笑不以為意，想是那幫只會吃喝玩樂的小紈袴們瞎起鬨。

三個兒子中，他最看重的是長子，自小精心培養。長子承業，理當關注；至於老二，這孩子是個寡言的，小小年紀面冷色僵，不如小兒子討喜。重長子、疼么兒，歷來夾在中間的老二被略微忽視些，也是常情。

雖然厚哥兒動輒就在他跟前說二哥怎樣怎樣厲害，佩服得五體投地，池萬林並不以為然。厚哥兒才多大見識？他懂什麼叫高手？按勇哥兒素來表現的能力，對照他的年紀算是可圈可點，但遠不到驚豔的程度。

沒想到他還真走眼了，珠玉在側而不知。

前兩日的演習操練，池榮勇表現得超群絕倫，排兵布陣彷彿久經沙場的老將，所率之隊以絕對優勢取勝，令諸將咋舌，連讚虎父無犬子。

池萬林也非常驚訝，沒想到老二有如此高的軍事指揮能力。

若說是演習，他還可以懷疑池榮勇運氣好，到今天的軍擂賽，池萬林徹底沒了疑問。打擂，拚的是真正的實力，一過招，勝敗立現。

池榮勇穩守擂臺，到最後，為了節省時間，乾脆直接三打一、五打一，數將聯手都被他贏得輕鬆，這不是眾將看他的面子故意放水，以他的眼力，自然能夠看出榮勇的功夫是真高深。

池萬林喜出望外，讓兒子安頓好軍士，馬上過來，父子倆有必要好好談談。

聽了父親的讚賞，池榮勇並沒有喜形於色，也沒有過於謙虛，他只是欠身微躬。「多謝父親誇讚。」

兒子沒有謙虛，不卑不亢受了他的誇讚，池萬林不以為忤，一整天看下來，老二身手如何他心知肚明，只是當老子的，總不能直言打不過兒子。

看來勇哥兒往日是藏拙了……池萬林一怔，思緒開始翻騰。藏拙總要有原因的，不然以他的年紀，正是血氣方剛、揚名立萬的時候，好端端的搞什麼韜光養晦？擔心木秀於林，還是有不得已的苦衷？

池萬林轉念間就猜到池榮勇恐不願自己太出色，給榮興帶來壓力，這才故意為之吧？畢竟興哥兒沒大他幾歲，同為嫡子，年紀相近，弟弱兄強是本分常情，弟強兄弱，不利家和，若做兄長的心胸不夠，恐會埋下禍患。

池萬林笑了。勇哥兒過於小心了，他親自教導的興哥兒，豈會連兄弟都容不下？不過，也難為這孩子了，竟能自小就藏起鋒芒，這麼多年，他這個做父親的，都沒有察覺；只是既選擇了內斂，突然爆發，所為何來？

比起探究池榮勇韜光養晦的原因，池萬林更想了解他改弦更張的動機，是想開了，還是另有所求？

以前關注太少，池萬林發現自己不了解這個兒子，看不透他心中所想。

「勇哥兒，你有何打算？」

池萬林深諳人性，知他一反常態，必有所求，索性主動詢問。

兒子有出息，在自己的能力範圍內，他願意給予助力。

出乎意料，池榮勇靜靜地看了他一眼。「父親，今天我至少還有四成餘力……」

哦……什麼?!池萬林從容自若的神情出現一絲裂縫，至少還有四成餘力？

「你是說，你僅使了六成力？」

第十三章

池萬林驚喜萬分，沒想到自家這個沈默寡言的兒子，竟有這等本領。

武將與文官不同，憑的是真本事，家世顯赫，是祖宗的榮光，若沒真本事，耍一時威風尚可，想將位置坐穩，光憑祖宗是不行的。

大夏與北遼、西柔，三國鼎立，邊境不曾有一日太平，不夠勇武的將軍即便上頭有人罩著，也不能真正贏得手下的忠心擁護，不得軍心。能令兵士、將官們折服的關鍵便是武力，擁戴強者，人之常情，軍中至理；何況榮勇不是有勇無謀，論排兵布陣、兵書戰策，皆是侃侃而談，深有體悟，絕非紙上談兵。

難道他想更得看重，由他來承繼池家在軍中的根基？

不怪池萬林多想，勇哥兒這本事，興哥兒確實比不得，差距太大；可興哥兒是嫡長子……雖然，有能者居之也是有的……

池萬林表面上不動聲色，心裡卻像煮沸的水，翻來滾去的。

父親的反應在榮勇預料之中，他有自己的目的，所以才會在短時間內頻頻展現實力，父親越驚訝，他達成目的的可能性就越大。

誠如池萬林所想，他的低調與大哥池榮興不無關係。

從小，接二連三輸給池榮勇後，池榮興就對這個比自己強的二弟生出防範之心。還是孩童的池榮勇並不知何謂防範之心，但小孩子最是敏感，他明顯感覺到只要自己打贏了哥哥，哥哥都是一副看似不在意，實際卻不高興的樣子，對他冷冷淡淡的。

池榮勇是個早慧的孩子，說得少，看得多，慢慢地避免與哥哥比試，若無法拒絕，也會不著痕跡地落敗；但又不能表現得太差，因為他還要護著妹妹，若他不成器，在父母、長輩面前沒有分量，自然也沒能力護住妹妹。

他拿捏著分寸與尺度，不強也不弱，不會被無視也不張揚。

至於在外頭的名聲，那是一幫因為各種原因與他有過交集的兄弟們胡鬧亂封的，他沒當真過。

可現在，他卻有些後悔自己的低調了，應該早些發力，獲得父親倚重才對。

「父親，如今雖有重文輕武的傾向，然太祖有言，武不可廢，大夏強敵環伺，北遼狼子野心，西柔經一番休養生息，未必沒有擴張之意。」

池萬林雖然不明白他忽然說這些的意思，仍是點頭贊同，他是今上看重的臣子，自然對此深有體會。

今上好文，依個人喜好更偏愛文臣，嚮往名士風流。武將中，比他出色的有之，而他之所以能得今上青眼，與他善書法、懂詩詞有很大關係，甚至私下裡以為，與自己長相儒雅、風度翩翩也有關係。

但正如勇哥兒所說，今上不是昏庸之輩，縱使有些個人偏好，事關朝政社稷，他是不會犯糊塗的，只要外敵不滅，就沒有解甲休兵、馬放南山的一天。

「父親，以兒的能力，必能光宗耀祖，有所建樹。縱邊境無大戰，也能鎮守一方，若朝廷有意差遣，收復歸北遼的失地，亦敢言勝。」

池榮勇說得平淡，並無自吹自擂之意。池萬林知他所言非虛，越發不明白他到底想表達什麼意思，若有所求，這圈子繞得著實有些遠；或者他並無所求，只是自己突然想明白，想要一飛沖天了？

好在，池榮勇沒讓他再猜。「父親，兒素與妹妹榮嬌親厚，唯願她能嫁得良人，一生平安喜樂。」

這就是他的目的。父母俱在，妹妹的親事不容得他置喙，但要是他夠強，強到讓父親不能忽視他的意見呢？

池榮勇想了各種辦法，意識到父母倘若執意進行榮嬌與王豐禮的親事，自己也是無能為力，除非是幫榮嬌逃婚；但逃婚之後呢？妹妹要揹負罵名、被家族除名，從此成為無根零落之人，好姻緣難求。

他千好萬好的妹妹，憑什麼要被一樁婚事毀了？親是不能結的，妹妹不能有一點閃失，於是他不再藏拙，要爭取父親心中的分量；至於這般高調，大哥會怎麼想，他已經顧不上了，沒有時間徐徐圖之了。

竟是為這個。池萬林訝異，但細想也算不得意外，畢竟這兩個兒子自小對他們妹妹護得緊……

想起另一個女兒榮嬌，腦中形象模糊，一時竟想不清她的模樣，只記得瘦瘦小小，聲音低若蚊蚋，垂著頭，唯唯諾諾，比起珍兒來，不知差多少倍。

他對這個女兒的到來沒有期盼，那時剛納楊姨娘，正是蜜裡調油，對康氏懷著的這個，實在分不出心力。

康氏懷孕是他納妾的理由，嫡子他有三個，不差這一個，偏偏康氏善妒，常假借肚子不舒服，差人到攏月居叫他，興頭上數度被打斷，池萬林鬱躁之中，亦曾生過惡念，既然動不動胎氣不穩，滑了胎最好不過。

及至楊姨娘有了身子，他既沈浸在愛妾懷孕的喜悅之中，又要提防康氏使壞，哪還有餘力去管康氏生的這個？

接著父親驟然去世，楊姨娘不久產女，他欣喜不已，終於有了掌上明珠，取名榮珍，哪裡還記得康氏所出的女兒才是自己的嫡長女？

若不是因為兩個兒子，他怕是連這個女兒的存在都沒印象。

「你還沒成親，竟要插手她的婚事？」

「先立業、後成家，大丈夫何患無妻？」池榮勇目光堅毅，坦然自若。「但妹妹不同，聽說母親正在給她相看人家，男怕入錯行，女怕嫁錯郎，榮嬌性情溫和，不適合嫁到鐘鼎高門、規矩多的人家。她的親事，兒子會留意人選，由長輩們斟酌。兒子有能力給池家帶來更大的榮耀，唯一只願妹妹有椿合心合意的好姻緣。」

一句話，王豐禮不行，榮嬌的結親人選他來把關。

可惜了，榮嬌那丫頭何德何能，竟能得兄長如此愛護？池萬林心裡不是滋味，為何這份兄妹情誼不是榮珍的？

「兒亦知，妹妹的婚事自有父母做主，做哥哥的無權過問。」

池榮勇後退半步，單膝跪地。「但兒子這些年習慣了為榮嬌操心，還請父親成全。」

池萬林沈吟片刻。「你起來吧，為父暫且答應你；至於王家，只是在議……」見池榮勇沒有起來的意思，又補了一句。「為父會知會你母親的。」

「多謝父親成全。」

池榮勇得了準話，這才起身退至原處。

「勇哥兒，你是個好兄長……珍兒與你雖不是一母同胞，總歸也是妹妹，可不能太過厚此薄彼。」

池萬林想為自己最疼愛的女兒說好話，珍兒明明乖巧懂事，老二、老三就是看不到，老大雖好，終究與她年紀相差太多，不夠親近。

「父親所言極是，她有諸位親長疼愛，是否有我錦上添花，不要緊。」在他心底，妹妹只有一個。

這番話綿裡藏針，嗆得大將軍一口氣窒在喉嚨，想發作又不能，只好擺出高深莫測的表情掩飾自己的尷尬。

「父親若無別的吩咐，容兒告退。」

走出小書房，池榮勇鬆了口氣，高懸的心終究不能完全放下，順利得到應允，太簡單了，不夠真實。

父親他……會守承諾吧？

池萬林目送池榮勇離開，十八歲的身影，身高腿長、虎背熊腰，戎裝在身，越顯得英姿煥發，不知不覺間，向來不露山水的老二竟成長至此。

京東大營向來得皇上倚重，是名副其實的精英集結之處，除了少數靠祖宗恩蔭進來的，餘下諸兵將皆是從各部調集的優秀軍士，絕大多數有過真刀實槍的經歷，打過仗、剿過匪，榮勇能輕鬆力壓這些人，的確很強。

池萬林的心中百感交集，老二有本事、有能耐，不出意外，未來成就可想而知，即便沒有家族祖蔭，憑他自己的能力，也會前程似錦。

不過，他還是嫩了些，居然想用自己的能力做籌碼，來換取榮嬌的自由婚配……呵，想法不錯，能力也足夠引發重視，不過，他想差了。

他本是池家兒郎，與家族榮辱與共，如何能將自己做為籌碼來談條件？他的一切本來就該歸池家所有，天真。到底是年輕氣盛，以為自己能運籌帷幄，到時候他就會知道，即便他有萬夫不當之勇，在親長面前，是猛虎也得趴著，沒有池府，哪來的他？

拿家裡給的，跟長輩提要求，可能嗎？池萬林冷哼。

池榮勇的擔憂並不是空穴來風，池萬林根本沒打算讓他插手榮嬌的親事，答應他無非是敷衍之舉。

池萬林不覺得自己失信於兒子，若是尋常，憑榮勇展露的實力，用一個無關緊要的榮嬌換得有出息的兒子聽話，也未嘗不可；只是池、王結親不單是他的意思，王家除嫡三子適合之外，再無適齡庶子或適齡嫡女，這親事無法從旁著落。

況且，即便王來山願意為嫡子娶池家的庶女，他也不會同意。榮珍是他的掌珠，怎可能許一門試水姻緣，未來福禍不知？這種親事，不能說給榮珍，至於榮嬌，家裡養她這麼多年，是時候回報了。

池萬林並不擔心兒子發現自己食言後的反應，除非他想出族除名，否則永遠越不了一個「孝」字。

當然他也不認為自己食言，他是答應了讓榮勇一起商量榮嬌的親事，但如果他答應的時候，榮嬌的婚事已經定了呢？

大營與府裡一來一去，趕巧康氏已經與王家談好親事，過了六禮呢？理由都是現成的，這算不得老子對兒子食言吧？難道還要他到王家退親不成？

池萬林捋鬚，臉上泛起高深莫測的淺笑。嗯，訂親的消息，暫時沒必要聲張……待看請期確定之後再做計較。

康氏懶懶地斜靠在臨窗的大炕上，神態略顯疲憊，身上還穿著外出見客的衣裳。

康嬤嬤從小丫鬟手裡接過茶盅，面帶殷勤。「夫人，冰糖銀耳雪梨湯，您用些解暑。」

「沒準備冰鎮綠豆湯、酸梅湯？」康氏細長的眉毛挑起，不悅道：「怎麼做事的？銀耳湯解得了什麼暑？」

「都準備了，外面日頭毒，這些乃寒涼之物，」康嬤嬤陪笑勸慰。「您先用梨子水，等消了汗再上冰過的甜瓜，可好？」

康氏沒再堅持，接過茶盅喝了大半碗，康嬤嬤接過碗，自有小丫鬟上前收拾，她持起檀香扇，給康氏打扇。「夫人，水備好了，老奴服侍您洗漱，換身輕便衣裳？」

康氏穿的是朱紅色華服，裡外好幾層，莊重繁瑣，看著就熱，不如居家的衣裳輕爽。

「等一會兒，先歇歇。」

康氏懶得動，室裡擺著冰盤，扇子搧出徐徐的風，她有些乏困，不禁抱怨道：「小賤人真是好大的臉，大熱天的，本夫人跑前跑後、出頭露面為她忙活，也不怕折了壽。」

「夫人辛苦了。」康嬤嬤自是順著主子話意。「有的人口拙心秀，心裡唸好，嘴上講不出，再說，您這般操勞，大將軍那裡必定是放心的。」

夫人哪裡是為了她口中的小賤種操勞，還不是因為大將軍吩咐，才不遺餘力地忙前忙後？

康嬤嬤算是看明白了，夫人對大將軍死心塌地，唯命是從。誰都知道楊姨娘比夫人受寵，偏偏夫人聽信大將軍的解釋，以為楊姨娘不出小院是自己占了上風，孰不知哪家府上的當家主母不能插手姨娘院裡的事？

正妻管不得小妾，那妾還是妾嗎？夫人竟以為這是大將軍給她的體面。

康嬤嬤暗嘆，管他呢，一個願打、一個願挨，夫人要自欺欺人隨她去，橫豎有三位少爺在，楊姨娘肚皮不爭氣生不出兒子，不足為慮，做下人的，沒必要顯擺自己通透，找主子的不自在。

「那是，我辦事，大將軍哪有不放心的？」

康氏洋洋得意，若不是為了丈夫，難道她大熱天出門，是為那個不省心的喪門星不成？

「大將軍最信任您。」康嬤嬤挑好聽的說：「這天氣真是熱，所幸這次該商量的都商量了，後面若還有些瑣事，您不用親自出面，差了老奴跑腿就是。」

「總算不負大將軍所託。」康氏眉飛色舞。「後頭少不得要妳跑腿，這事，暫時不可聲張。」她環顧室內，並無其他人在場。「大將軍信裡說，不可走漏半點風聲，否則哪用得著到外面與王夫人見面？王家也是這個意思，不到成親不公開。妳讓人把嘴閉緊，若是漏了半點風聲讓少爺們知道，有一個算全家，女的賣暗娼門，男的做苦力。」

康嬤嬤從善如流，點頭應下。她自己向來是口風緊的，至於其他人，並不清楚池夫人出門見誰、談了何事，不輕不重地警告幾句就夠了，多說反惹人深究。

只是，這事就這麼瞞著，等挑明的那天，府裡豈不要鬧翻天？兩位少爺豈能善罷甘休？

第十四章

「這幾日正院可有異常？」榮嬌坐在妝鏡前，問著給自己梳頭的紅纓。

自上次交手之後，府內風平浪靜，三省居被遺忘得徹底，康氏那裡毫無聲息，老夫人吃齋唸佛，攏月居約喝茶被拒之後也沒下文，就連一向招搖的池榮珍也安分了。男丁都不在，幾個女人彷彿不約而同地選擇了避暑貓夏。

這種平靜給榮嬌的感覺，像是暗流洶湧的河，表面無波無瀾，水下卻漩渦迭生，危機四伏。

她不怕，經過無數次前生的夢境，榮嬌對池府、對池萬林夫婦，再無期盼，她如陌生人般冷眼旁觀著池府發生的一切，沒有傷害、沒有傷心，只有防備。

與其相信自己是重生，再活一世，她寧願相信自己是夢中另一女子的轉世再生。她喜歡她的行事做派，喜歡她肆意灑脫，那是她熟悉而嚮往的……

每每回憶起前世的生活經歷，她都覺得汗顏——那些不堪、窩囊的記憶，居然是自己的。

池榮嬌就是自己——不知為什麼，榮嬌常有自己不是自己的感覺。

對於她近期的變化，哥哥與欒嬤嬤都說她是長大開竅了，對這種變化欣喜樂見，但榮嬌還是覺得奇怪，無法全然接受。腦海裡的事情只有自己清楚，那些想法與念頭，就像突然出現在她腦中，以往的池榮嬌再如何聰明，似乎都不會出現這些反應。

最重要的是，她清楚地意識到康氏對自己有殺意，不僅僅是洩憤那麼簡單，但不管是以前的還是夢裡的榮嬌，對康氏的害己之心，總是不相信。

雖說虎毒不食子，但她就是有這種直覺——

欒嬤嬤知道她夜裡睡不好，熬了安神湯，連喝了幾日，那麼多安神湯喝下去，夢還是會作，該有的直覺還在，絕不是心神不寧造成的恍惚。

一個對自己有殺意又有著長輩身分的瘋狂女人，她絕對需要警戒。

「正院一切如常，倒是夫人出府兩次。」

出府？榮嬌眼神微閃。「可知去哪裡？見了何人？」

康氏身為當家夫人，輕易不會無事出府。

「大正街。」紅纓表情困惑。「只帶了康嬤嬤，逛了綢緞莊與金鋪，在茶樓歇過腳。」

池府這樣的人家，採買向來有固定的鋪子，新貨自有店家管事送到府裡供選，鮮少親自上街。當然，還是有人喜歡到鋪子採買，尤其是年輕小姐們，大正街上商家眾多，花色全、樣式多，府裡固定供應的商家不可能囊括所有的花色樣式，即便空手而歸，也是難得看看街景、放放風。

「可有採買物品？」

這兩日熱得很，坐著不動都冒汗，時下非年非節，康氏選此時出府採辦？

「有，買了幾疋料子，花色年輕又喜慶；給老夫人訂了個玉把件，一套時新的金頭面……聽說康老將軍十月要過六十整壽，三舅爺家的六公子九月底要成親，夫人要備壽禮，還要為六公子親事採辦些京裡的時新物品。」

「那幾家鋪子可有特別？」

「都是老字號鋪兒，專做鐘鼎高門生意，並無其他特別的。」

紅纓挑了枝粉紅色的珠花簪在榮嬌梳好的雙螺髻上，接著又從妝匣裡挑了朵東珠攢花簪在另一側。

「可曾遇見什麼人，搭過話？」

榮嬌滿意地端詳著銅鏡裡的自己。以前的她喜歡淡雅裝束，頭上是不戴花的，病好之後忽然愛打扮了，喜歡亮晶晶的首飾、顏色鮮亮的裳裙，一改往日的清湯寡水。

對此，欒嬤嬤喜出望外，誰不希望自己養大的姑娘打扮得漂漂亮亮的，有嫡出大小姐的樣子？二少爺說得好，大小姐若不把自己當大小姐，下人們難免不將她當成主子；不論長輩如何，只要有嫡出大小姐的身分，有哥哥們撐腰，為何不能拿出大小姐的氣勢？世人多敬衣冠，一個穿著打扮不如二等丫鬟體面、對著下人也要陪小心的大小姐，有誰尊敬？

現在好了，這些年，少爺們送來的首飾、頭面總算派上用場，原先壓在箱底的鮮亮料子，欒嬤嬤全翻找出來，指揮著紅纓、綠殳幾個給榮嬌做新衣裳。

「這倒沒問，要不奴婢讓聞刀去查？外頭的事情他做起來更方便。」

雖然對大小姐緊盯著夫人的行為不解，紅纓還是盡責，想方法滿足大小姐的要求。

「行，妳讓聞刀去查，不要驚動其他人。」

榮嬌總覺得康氏按兵不動是反常之舉，況且與王家結親之事，前些時日還傳得熱鬧，這會兒沒了後續，不合情理。

榮嬌沒忘記，夢裡的她，最後還是嫁給王三。

豔陽高照，蟬鳴層疊不休，沒有風，悶熱難耐。

三省居沒用上冰，欒嬤嬤找過管事的幾回，對方答按例日期未到，夫人沒吩咐提前，她不敢擅自違規。

直到欒嬤嬤看到明珠院的丫鬟來取冰，問及原因，管事的卻道，是明珠院自己掏錢買的，付了銀子的。

「……欒嬤嬤，妳也是府裡的老人了，怎麼忘了規矩？不到統一供冰的時候，哪位主子要用，都是自己使銀子的，跟大廚房加菜一回事啊，誰想開個小灶單點菜，自己另掏銀子就是……妳要拿了銀子來，只要不超過數量，要幾塊我讓妳搬幾塊。」

聽了這番冠冕堂皇的解釋，欒嬤嬤暗惱。當她不知道嗎？什麼依例還不到日子？今年天熱得突然，老夫人、夫人、大少奶奶、楊姨娘、二小姐……這一個個的，哪個屋裡沒擺上冰盆子？都是自己個兒掏銀子買的？

欒嬤嬤反擊道：「行，妳講規矩，我不敢勞妳破例，要銀子買是吧？等著。」轉頭轉身揚長而去。

柳二家的被嗆得半晌沒反應，這個老貨，何時挺起腰桿說話了？

因榮嬌性格綿軟之故，三省居的下人也承了她不惹事的風格，遇事多忍氣吞聲，能避則避，即便是榮嬌身邊最得臉的欒嬤嬤，亦是如此，皆因每次三省居的人與外人起了衝突，不管占不占理，池榮嬌都會不喜，不是因為自己的人被欺負，而是不喜她們與人爭是非、惹麻煩。

她堅信是自己不好，才得不到父母的喜歡，律己也律下，唯恐下人間的糾紛惹康氏責怪她御下不嚴，也怕康氏懲戒當事者，自己護不住。息事寧人，能不爭則不爭，是池榮嬌一向的原則，哪怕池榮勇、池榮厚反覆教她，亦屢教不改。

如今榮嬌一反常態，敢跟池夫人較量，三省居上下也能抬頭挺胸。

欒嬤嬤窩著火一路疾行，頂著汗珠進了院門，原想洗把臉，平撫情緒後再跟榮嬌稟告，不料她剛進院子便被榮嬌遇到，見她熱得面紅耳赤，少不得喚人上涼茶，關切詢問。

欒嬤嬤三言兩語把要冰的事講完，榮嬌有些意外。「……我們沒銀子？」

她第一個念頭是吃驚，總覺得自己應該是不缺銀子……不對，她不是不缺錢，而是從來沒想過這問題。

欒嬤嬤卻沒覺得奇怪，大小姐以往的確不過問這些，難得她問到，便就勢詳細說明。「大小姐有銀子，這些年零零碎碎攢下來，有兩百多兩。」

「這麼少。」才兩百多兩？攢了多年才兩百兩的身家，還不夠她買一柄刀……

「不少啦，五十兩夠尋常人家一年的花費，再說，有少爺們在，還能短了大小姐的？」

這倒是實話，從小到大，榮嬌幾乎是兩兄弟養大的，就拿月例來說，榮嬌做為大小姐，起初一分月錢都沒有，後來說要給，每月都會因各種原因被扣光，總之一分都拿不到手就對了。

兩位少爺深知原因，頗感無奈——每月為一兩銀子鬧得母子不歡實在不值，索性自己給榮嬌零花。說起來，攢的這些銀子都是少爺們的。

「少爺們月例多少？」池府乃新貴，祖上家底薄，不是那等鐘鼎之家。

「少爺們是十兩。」

夠花嗎？榮嬌懷疑，光買給她的首飾、衣服都不止這個數。

「少爺們不止這些。」欒嬤嬤解惑。「二少爺有餉銀，外頭鋪子有收益，城外還有田莊，月例就是個意思，少爺們在外頭應酬，單靠這十兩哪夠？」

榮嬌深以為然，別看五十兩夠尋常人家過一年，那是普通人，在上流圈子交際，十兩銀子未必能買一杯茶，像池府少爺與圈子裡的少爺、公子們隨便聚聚，打場馬球、喝頓酒，十個十兩都不夠。

如此說來，這兩百兩銀子還真不耐花，用來買冰豈不是虧了？

「不買冰了？」

欒嬤嬤微怔，天熱成這樣，沒有冰，姑娘怎麼練琴？屋子熱，扇子搧起的都是熱風。

「要不先少買點？不能耽誤大小姐練字、練琴……」

「嬤嬤，想要冰還不簡單，不用花錢買。」

榮嬌不以為然，她想用手頭的兩百兩銀子做點別的事情，但也不至於吝嗇到要省幾塊冰的小錢。

簡單？不花錢買？「請少爺們出面？」

欒嬤嬤實在想不出除了這個，還有什麼辦法可以不花錢又能用上冰的。

「這點小事何須煩勞哥哥們？」榮嬌素手執扇，漫不經心道：「想用冰，自己製些就是。」

自己製？這下，欒嬤嬤和紅纓幾個都愣住了。大小姐被熱糊塗了吧？眼下是酷暑，怎麼能製出冰來？府裡建有冰窖，嚴冬伐冰時買了藏在窖中，夏天時取用。

榮嬌沒多解釋，吩咐紅纓找聞刀買硝石，讓欒嬤嬤預備幾個乾淨的大盆、小盆，她自己則拿了本書，有一頁、沒一頁地翻著，想著心事。

應該為自己將來的生活謀劃一二了，她已不是原來那個榮嬌，至於是重生了，還是那個樓滿袖鳩占鵲巢，眼下的她還搞不清楚；當然，她並不在意這個，不管是這兩個的哪一個，從夢裡看，她們一個早死，一個賴活，都不怎地。

難得重來一次，這一世，她可不想過得那般淒慘，她就是她，不是前世的榮嬌，也不是夢裡的樓滿袖，她是自己，要為自己而活。

眼前兩樁事亟待解決，一是與王府的親事，二是……

「嬤嬤，哥哥們開什麼鋪子？」

以前沒關心過這個，心思全浪費在反省、討好康氏上。

「兵器鋪子，在和興街，前頭店面，後面帶大院子，裡頭是作坊。」欒嬤嬤去過一次，向榮嬌描述自己見到的鋪面情形。「作坊老師傅手藝高，很多人想請都不成，結果被二少爺請到了。」

自帶作坊的兵器鋪子啊？倒是很符合池家少爺的身分。大夏對鹽鐵、兵器、馬匹的買賣有一定的限制，需要有行商批文，能介入這類生意的，沒門路、沒背景是不可能的。

榮嬌並不意外兩位哥哥能開兵器鋪子，還做得一帆風順，不過，這類鋪子她卻開不了。

「姑娘想開鋪子做買賣？」

欒嬤嬤聽了榮嬌的打算，頗感意外，繼而眉開眼笑，滿嘴的贊同與支持。「姑娘有這個打算敢情好，不過也急不得，姑娘想選哪個行當？」

榮嬌搖頭。「沒想好。」

「不急不急，哪能想開就開？做買賣哪是容易的？總要籌劃一番的。」

欒嬤嬤生怕榮嬌是一時心血來潮，稍微受阻就打退堂鼓。

說實話，這兩年隨著大小姐年紀逐增，欒嬤嬤沒少為她將來發愁。自來女子的嫁妝有兩個來處，一是家裡公中出，二是繼承娘親的嫁妝，以康氏對待榮嬌的做派，公中不會給多少，她的嫁妝更是不會分榮嬌一絲一毫。

雖說有兩位少爺添妝，不會讓大小姐受委屈，可畢竟未成家的男子，不懂內宅的門道，與夫人又是母子，若康氏有心唬弄，要在嫁妝上做手腳，備一份看上去不差實際不值錢的嫁妝實在太簡單了，即便將來大小姐知曉真相，也有口難言。

將來少爺們各自娶妻成親，康氏不喜榮嬌，她手下的兒媳婦必不敢明面上跟婆婆對著來；私下裡也兩說，大小姐手裡若沒些田產、財物傍身，以後怎麼安身立命？

哥哥們千好萬好，成親後就有妻子、兒女，嫁人的妹妹不能全指望哥哥養活，趁現在，自己能有個營生，哪怕虧了、賠了，也是花錢買經驗，康氏終歸是不會教大小姐管家理事、打理嫁妝鋪子的。

「嬤嬤說得是，急不得，最好能到街上轉轉……」

榮嬌想到三省居後院緊挨著的府牆——她若明著出府肯定是不行，只能偷溜出去。

「嬤嬤，妳找幾件小哥哥的舊衣服給我改改……」既然要偷溜出去，著女裝多有不便，不如男裝方便。

欒嬤嬤想反對，卻發現沒有更好的法子，少爺們不在，大小姐想出府是沒可能的。

「帶綠殳一起，叫聞刀陪著？」

大小姐只帶聞刀，欒嬤嬤是不同意的，聞刀機靈歸機靈，可畢竟是小廝，萬一有事，還是要貼身丫鬟在。

「行，聽嬤嬤的。」

「大小姐，二少爺來信了。」

接過丫鬟遞來的信，榮嬌細細看完，又驚又喜。二哥在信上說父親已經答應會拒絕與王家的親事，將來她的親事由二哥斟酌人選。

「謝天謝地，太好了。」

欒嬤嬤兩掌合十，連呼菩薩保佑。「這下子不用擔心了。」

以二少爺對姑娘的疼惜，必會給姑娘許一門好親事。

「二哥確實厲害……」

不對呀，二哥能主導自己親事，這件事在夢裡的那一世是沒有的，難道因為她重生，有些情況改變了？

榮嬌不懷疑此事的真偽，二哥向來堂堂正正，不屑撒謊，何況事關她的終生；但她信不過池大將軍，對這個父親，不管今生還是前世，她都沒有好印象。

二哥會不會被他騙了……

第十五章

三省居後院挨著府牆，府牆外是一處窄小的夾道，另一側是鄰居府牆。

榮嬌和綠殳著男裝，借助繩索輕鬆翻過牆頭，跳到府外，與牆外的聞刀會合。

雞崽似的大小姐竟然一個鷂子翻身，輕落在地面，姿態優美，聞刀驚愕不已，下意識抬手揉眼，這是大小姐嗎？

他自小跟著池榮厚，深得信任，與三省居打交道最多，對池榮嬌非常了解，大小姐就是個麵人兒，用架子撐都立不起來，少爺們為她費盡心思，奈何她自己不行，扶不起來。

聞刀在旁邊看著都怒其不爭，替自己主子心疼著急——大小姐自己不想立，少爺得耗多少心神在內宅？前腳離府，心就懸著，生怕大小姐出了狀況，鞭長莫及顧不上，束手束腳的比成家的漢子還難為。

這回三少爺將他留下來供大小姐差遣，聞刀心裡不情願，若有選擇，這差事他是不樂意的，沒想到大小姐作風大改，突然開竅了？

「見過大小姐。」

聞刀回過神行禮，大小姐這身裝扮，比少爺還像少爺。

榮嬌穿一身天青色薄緞外袍，沒繫腰帶，用深碧色的粗絲絛鬆鬆地攏了兩圈，隱約勾出腰線；烏髮高高束起，在頭頂綰成髮髻，沒插簪戴冠，天青色包髮巾加同色束髮帶，面白如玉，一雙劍眉，目若朗星，好一個俊美少年郎。

聞刀不敢細看，只覺得那一雙黑亮的眼掃過來，溫雅中透著股清冷，氣勢與少爺不分上下，心裡暗自稱奇，不敢怠慢，轉身在前帶路。

這條兩家院牆形成的小夾道，人跡罕至，夾道頂頭是堵牆，另一端出去是池府後街，聞刀已將馬車安排在街邊等候，恭恭敬敬請榮嬌上車。

馬車外表普通，車廂沒有掛標幟，車伕四十多歲，相貌平凡。榮嬌看了暗自點頭，單看這車的安排，聞刀辦事還算得力。

「大小姐，小人跟著少爺，街上認識小人這張臉的也有一些，到了地點，是小人跟著還是找個信得過的老成人帶路？」

榮嬌主僕上了馬車，聞刀在車外請示。

與三少爺玩得好的那幫公子們都見過他，知道他是池三少爺小廝的店家也有，大小姐面生，遇到熟人少不得有好奇打聽的。

榮嬌明白他是在向自己討說法。「小樓公子，來自江南，初到京城，你家少爺的朋友。」

誰也不如聞刀可靠，況且她有意行商，起初也少不得要聞刀跑腿。

「是，小樓公子。」

聞刀從善如流，知道榮嬌沒上過街，體貼地將沿途經過的地方挑重點介紹。

馬車走了約小半時辰，兩邊的商鋪漸漸多起來。

「樓公子，前面就是大正街，大樑城有名的老字號鋪兒都在那裡，最繁華熱鬧不過；大正街周邊這幾條街巷，商鋪也不少，正陽路綢緞成衣鋪子、昌樂路古玩字畫裝裱、和興街是兵器鐵匠鋪子，二少爺的鋪子也開在那裡，聚仙路飯館茶樓最多，您看先去哪裡？」

聞刀不知榮嬌易裝上街的目的，只當她一時心血來潮，想要看街景熱鬧。

「大正街。」

榮嬌早有主意，既然要做買賣，自然要先見識最繁華的地段、最好的鋪子是什麼樣。

其時天下三大國，北邊是北遼，西北乃西柔，大夏居中，做為大夏都城，大樑城天下聞名，三國之內，最是繁華。

一行三人從一側逛起，榮嬌逢店必進，只看不買，渾然不知離店後夥計的白眼。

天氣漸熱，待走到大正街臨近聚仙路路口時，街邊有店面掛著斗大茶字招牌，樓前有一處露天位置，支著遮陽棚，擺著桌凳。

「樓公子，這青雲居的茶還不錯，裡面說書的先生講得也好，您看要不要歇歇腳、喝壺茶？」

聞刀是個機靈的，察覺到榮嬌視線所落之處，忙開口請示。

榮嬌也渴了，說了半天，應該來杯茶潤潤喉，聽書倒不必，正事要緊。

幾人在門口找了張無人的桌子坐下，要了壺涼茶，一盤水果。茶還沒上，就聽見隱約從聚仙路那邊傳來倉皇的喊叫，伴著急促的馬蹄聲，茶棚裡的諸人側耳傾聽，只聞馬蹄聲越來越近。

「馬驚了，快跑啊！」驚恐的喊聲轉瞬就到了眼前。

剎那，熱鬧的大街猶如冷水滴進熱油鍋，逛街的、擺攤的、路過的，如熱鍋螞蟻般逃竄，榮嬌所在之處也不安全，茶客們紛紛跳起來往茶樓裡跑。

榮嬌剛起身，一匹白馬如閃電般直奔過來……

「小寶，我的孩子。」

驟然響起一個婦人淒厲的叫聲。

人群四散後，空蕩蕩的大街正中留下一個三、四歲的小童，正張著手喊娘，小臉上一片茫然與驚慌。

「快跑啊！」

「馬驚了，快跑！」

躲在街邊的人群發出各種焦急的叫喊，小孩越發不知所措，哭得大聲。

那匹驚馬衝著小童直直奔去，膽小的閉眼驚呼，千鈞一髮之際，一碧一青兩道殘影同時出現，青影在上，從左上方直奔馬頭，如套馬索一般套中疾衝的驚馬，碧影則從馬的對向左下方而來，朝站著發呆的小童而去。

電光石火間，只聽得驚馬狂躁嘶鳴，那道青影將馬拽向左後方，阻住驚馬的去勢，那匹馬前蹄離地，馬首向上連連嘶吼著。

這時，碧影已捲起小童，將他放到淒厲哭喊的婦人面前。

「娘、娘！」呆呆的小童見到娘親，哇哇大哭，張開兩隻小手要抱抱。

「小寶！」婦人跌跌撞撞上前，一把將兒子摟在懷裡，母子倆抱頭痛哭。

「哪位恩人救了我的兒子？」

緩過神的婦人再找，對方已不見蹤影，有眼尖的人看清之前捲在小童身上的是條碧色絲條。

施恩不圖報，無名英雄啊！

那位救人的走了，那麼將驚馬制伏的這位是誰？

青色的帶子還套在馬脖子上，驚馬已安靜下來，打著響鼻刨地，不似方才那般激動。

茶樓裡，走出一個精幹的年輕男子，快步來到白馬跟前，牽住韁繩，將馬拴在茶樓前的拴馬樁上，伸手將馬脖子上的青色套馬索解開，人們這才發現那分明是幾條青色窗簾結成的，想來是方才情形危急，樓上出手之人倉促間找不到襯手的傢伙，拽了窗簾擰繩，勉強應急。

好本事，能以布套住驚馬，誰呀？

有消息靈通者指著那拴馬之人悄聲道：「看著面熟，像是英王府的人，或許出手的是英王殿下……」

英王殿下?!真的假的？不是說英王外出遊歷、不在都城？

年輕人將馬安置好，走到受驚的婦人面前。那婦人抱著孩子要跪，年輕人阻止後叮囑她孩子受了驚嚇，建議到醫館檢查，然後揮揮手。「大家都散了吧！」

他轉身回到茶樓包廂，屋內，上首坐著位翩然俊雅的玄衣公子，正是大名鼎鼎的英王宋濟深，下樓善後的是他的親衛。

「人是誰救的？」

彼時他在馬後，小童在馬前，要救小童不及，無奈只得選擇阻止驚馬，孩子或許受輕傷，但能免於踐踏；沒承想在他出手之時，另外一人竟與他配合默契，一制馬，一救人，時機拿捏得不差毫釐。

「出手之人已先行離開。」親衛回答。「有旁觀者稱其是個少年，當時在外面喝茶，小二證實有這樣的主僕三人，出手的小公子甚是年幼，有人看到他用的是腰繫絲條。」

英王眼中閃過一絲訝異。瞬間能取下腰間絲條化做軟鞭，將孩子捲起，雖說小童體輕，但少年人手上的功夫也著實了得，哪家府上有這般出色的少年人，他竟無所聞？

「小公子面生得緊。」時間雖短，親衛掌握的資訊卻不少。「兩個僕人之中，小二道其中一個疑是京東大營主將池萬林三兒子池榮厚的長隨，不過池榮厚如今常駐京東大營，多時未見，小二不能確定。」

池萬林三兒子的小廝？

池家三個兒子，他聽說過老二池榮勇，至於老三池榮厚，倒沒有印象。

他對池萬林印象一般，聽到此人或與池府有關，興致便減，他也不是好奇之人，只是因緣際會生出結識之心。

「吩咐下去，若這三人再來，以禮相待。」

無意間做了英雄的榮嬌不知自己引起英王殿下的注意，在聚仙路上轉悠，看著那一家家高掛的店招，不由心生感慨。飯館、酒樓的生意最好做，民以食為天，吃飯的地方，只要真材實料用心做，不管大館子還是小攤子都有人光顧。

但是，在這條街要開飯館，沒有靠山和本錢是不行的，兩百兩銀子，最小的鋪面一個月的租金都不夠。

算了，先吃飯吧，逛到現在，已經飢腸轆轆了。

一轉頭看到聞刀躲閃不及的小眼神，榮嬌不禁好笑。「怎麼，你不餓？」

當她不知道呢，自從救了小童之後，聞刀就沒少偷看她，還與綠殳擠眉弄眼的。

「不是。」被抓個正著的聞刀一驚，臉頓時紅了。上下尊卑、男女有別，他偷看大小姐就是不對，一緊張有些語無倫次了。「小人失態了，樓公子見諒，小人是太過驚訝，公子的身手……」

雖是親眼所見，他仍是不敢相信，那竟是大小姐所為?!永遠扶不起，對誰都不敢說不的大小姐，竟是個比他家少爺還厲害許多的高手，老天啊……

一連幾天，榮嬌連續出府上街，將大正街及其周邊街市來來回回逛了幾遍，終於確認了一件事——大正街周邊的鋪子，她開不起。

大樑城最繁華的商業街，說是寸土寸金毫不為過，她一沒靠山、二沒本錢，想在那一帶開鋪子，行不通。

銀子啊……

榮嬌苦笑，問了聞刀才知道，哥哥們開的兵器鋪子是接手現成鋪子，前東家連買帶送，本金還花了五千兩。

所以，做什麼好呢？榮嬌小口小口抿著冰甜的酸梅湯，想著心事。

紅纓和綠殳坐在一旁的小凳上打絡子，綠殳這幾天跟著榮嬌出去，對市場行情也了解了一些，知道自家姑娘在為開鋪子的事犯愁。

兩人見榮嬌一直若有所思，不由互換了下眼色，紅纓率先開口道：「大小姐，您看這是奴婢新學的絡子花樣，與您那條新做的雪綃撒花裙可還相配？」

說著，將手中的絡子舉給榮嬌看，用了蓮子綠的絲絛，打的是縷空蝴蝶，看上去清爽活潑。

「嗯，不錯。」榮嬌瞟了瞟，新做的雪綃撒花裙是白不透亮的外裙，繫這樣花色的絡子，行走搖擺間，蝴蝶像在輕盈舞動。

「奴婢這就打好了，大小姐要不要試試效果？」紅纓目光殷切。

「算了吧，大熱天的，懶得折騰。」榮嬌懶洋洋地提不起精神。「妳的眼光手藝，我信得過。」

「大小姐只相信紅纓姊的眼光？奴婢的手藝也不錯呢！」綠殳笑咪咪地湊趣兒。

榮嬌看著兩個丫鬟，嘴角泛起笑意。「怎麼了這是，個個都爭著搶著要我誇？打什麼鬼主意呢？還是觸了嬤嬤的霉頭，要我求情？」

「瞧您說的，奴婢可沒惹嬤嬤，嬤嬤這幾天心情好著呢，沒心思理我們。」

「行了，妳倆也別打馬虎眼了，純粹是沒話找話吧？」

被看出來了？紅纓臉一紅，開口道：「大小姐，奴婢不懂做生意的事，只覺得這大熱天的，本就睡不好、吃不下，若再有個什麼事著急上火的易傷身……聽說少爺們當初打算開鋪子，前後籌謀了不短的時間呢……」

「就是呀大小姐，大正街不合適就換個地方，大樑城這麼大，除了大正街，別的地方就不能做買賣了？總能找到合意的地方。」綠殳跟著附和。

「說得都對，這些都不是關鍵，資金不足還有哥哥做後盾，關鍵是要做什麼。」

「這個啊，當然是照您說的做嘛！」

我說的？榮嬌微怔，她何時說過？自己都不知道呢！

「您不是說做生意就是人無我有，人有我優？照這樣說，要麼就選別人沒做過的，咱們獨一份，要麼就做得比別人家更好。」綠殳答得輕鬆。「依奴婢看，就是開個賣冷飲涼茶的鋪子也好，奴婢嚐著外面大茶樓裡的酸梅湯，都不如嬤嬤做的好喝，自從咱們自己製冰之後，嬤嬤做的解暑湯水比外頭賣的強多了。」

欒嬤嬤親眼目睹榮嬌用一大一小兩個盆，外加清水、硝石做出冰後，驚喜之餘就迷上了這神奇方法，一頭扎在茶水間，一邊著迷地做冰，一邊開發各種與冰食有關的解暑飲食，不單是榮嬌，幾個丫鬟都跟著享口福。

沒想到大小姐居然可以在暑天讓水凍起來，榮嬌笑答是夢裡得神仙指點，至於她們信不信，她不在乎，信如何，不信又如何？

欒嬷嬷幾個毫不懷疑地信了，在她們眼裡，大小姐是鞘裡的寶劍、蒙塵的明珠，少爺們都說了，大小姐是厚積薄發，做下人的哪有少爺們懂得多？

「我再想想……告訴聞刀，我們明日去南城走走。」

她知道心急吃不了熱豆腐，做生意也要看機緣，但還是有種緊迫之感。她已經十三歲了，時間不多，而眼下手裡一點籌碼也沒有。

以二哥和小哥的實力，要撼動池萬林這棵大樹並不容易，她絕對不允許因為她的親事，讓上一世的慘事重演。

日前，二哥來信說父親答應他，與王家的親事不會再提，她的親事二哥能做大半的主，但榮嬌信不過池大將軍，有前世為鑑，對他不敢盲目信任，更不相信他看中二哥的潛力能夠光耀門楣，才做出讓步。

二哥本姓池，一切榮耀皆是池家的，難道他還能叛出家門？本朝以孝治國，頂著不孝叛出家門，二哥的前途也完了。

因此榮嬌迫切地需要讓自己盡快強大起來，做生意不是解決之道，但至少，手裡有銀子才好辦事。

第十六章

次日一早，榮嬌帶著綠殳，依舊著男裝翻牆出府，與聞刀會合，直奔城門。

「……南城門進出者最多，而且從南方北上的有錢人居多……」

聞刀建議先去南城，距離最近不說，南門每日的人流是四座城門中最多的。

三人轉了好半天，一無所獲。城門這一帶熙熙攘攘，熱鬧是有，商鋪不少，規模都不大，經營的也是普通用品，賺的是辛苦錢，與大正街的高利潤有著天壤之別。

賺辛苦銀子沒錯，但不符合榮嬌的規劃。

「聞刀，這些鋪面一年的利潤有多少？」榮嬌站在街頭，隨手比劃眼前的商鋪問道。

「估計一個鋪面一年少則兩、三百兩，多不過千。」

聞刀這些日子在街面上晃悠，很熟悉行情。

一年收入幾百兩，實在太少，這樣攢錢太慢。

「先找地方吃飯吧！」

跑了大半天，三人一身汗，灰頭土臉，又渴又熱，沒多挑剔，就近找個看起來還乾淨的食肆，挑空桌坐下。

食物簡單，主食是烙餅、涼麵，葷菜有滷的醬貨，素菜是應季的青菜，可選的不多。

待坐下點了食物後，才發現這小食攤收拾得乾淨舒適，門前梧桐綠蔭如蓋，樹蔭下搭著涼棚，擺著粗木短桌、方凳，腳下鋪著碎石子，靠牆一排種了牽牛花，因是午後時分，那些小喇叭花全都閉著睡覺去了，只留下半牆高的心形葉子抖著綠意。

已過用餐時間，只有三、四桌客人，各自坐落。四人那桌已用完餐，桌上杯盤狼藉，四個形容猥瑣的漢子正半敞著衣襟閒聊天。

「……什麼得道高人，狗屁，裝神弄鬼的牛鼻子！」一個漢子陡然拔高了聲音，火氣十足。

「張大鼻子，你嚷什麼。」同伴喝止道：「管他是得道高人，還是裝神弄鬼，與你有何干係？」

「就是，你又不是善男信女，人家信人家的，香火錢又不花你一個子兒。」另一個同伴也勸。「你打的哪門子不平？」

「誰說不花老子的錢？」張姓漢子性本無賴又喝了酒，嚷得更大聲。「呂小寡婦拿老子的錢孝敬那些牛鼻子，怎不干老子事了？」

「嗤。」

同伴擠眉弄眼，一陣狂笑。「行啊張大鼻子，居然把那小寡婦弄到手了，那小模樣……嘖嘖。花你銀子應該的，不能白睡啊！」

「她拿老子的錢去養野牛鼻子，老子要樂呵樂呵還不情不願，你們說，那桃花觀是什麼正經去處？野道士肯定誆著良家婦女弄什麼陰陽採補術……那個小子，你笑什麼?!」

張大鼻子突然一拍桌子，指著榮嬌這廂吼起來。

主僕三人沒理會，誰想聽他們聒噪？奈何只隔幾張空桌，那幾人嗓門大，想不聽也往耳朵裡灌。

「說你呢！穿綠衣服的小白臉，你剛才是不是在笑話你家張爺爺？」

穿綠衣服的小白臉？榮嬌抬頭，是說她嗎？

「這位大哥，飯可以亂吃，話不能亂講，我家公子何曾笑話於你？」見那大漢莫名挑釁，聞刀心生不悅，沈聲回道。

你算個什麼東西，滿嘴的穢語污言，大小姐聽了髒了耳朵，會理你？

「喲，小子，毛沒長齊，還挺橫啊！敢跟你家張爺爺頂嘴？」

這四人是南城門一帶有名的地痞，平時橫慣了，見聞刀三人年紀不大又面生，衣著打扮也看不出名堂，是以口氣越發蠻橫。「爺爺說他笑，他就是笑了。」

「你！」

聞刀平素跟著池榮厚，一般人見了也要稱聲聞刀小爺或聞刀小哥，何曾被街頭混混吆三喝四爺爺長、爺爺短的？何況是當著大小姐的面呢！

他臉色一沈，就要起身，榮嬌看了他一眼，這四個恐不是善類，不欲多生事。

「兄臺誤會了，在下雖不才，非禮勿聽、非禮勿言的道理還是懂的，適才與家僕交談，未曾留意其他。」

她喬裝而出，辦正事要緊，並不想橫生枝節。

「哈哈，這兔兒爺的小模樣真不賴，比呂小寡婦都好看。」

豈知那漢子竟瞇著醉意迷離的眼睛，露出滿臉淫笑，調戲起榮嬌來。「爺雖不好那一口，瞧這小模樣，倒真想壓一回嚐嚐滋味。劉老三，這比你以前玩的貨色強了幾百倍——」

「住口。」一聞刀脹紅了臉，怒喝一聲，抓起桌上的杯子擲出去，直奔那漢子的面門，起身擋在榮嬌側面。

綠殳同時站立，向後半步，站在榮嬌偏後的位置，以防後背受敵。

這番爭論引來他人側目，靠外面那桌坐著主僕兩人，見爭執升級，為僕的那個眼光微閃。「公子，您瞧……要不要屬下……」

他的主子穿著一件普通的青布衫，舉手投足間卻是氣度非凡。「再看看。」

或許用不上幫忙，那兩個僕從配合默契，攻守兼備，搭話的那個年紀不大，下盤倒穩，那幾條泥鰍討不到好。

「天熱火氣旺，一場誤會，你道歉，我不計較你酒後失言。」

榮嬌不想打架，那漢子言語雖過分，但看在他醉酒之故，放他一馬未嘗不可。

「哈哈，你們聽小兔兒爺說什麼了吧？讓爺給他道歉？小子，你讓爺爺幹一回，把爺伺侯爽了……啊！」

大漢齜著黃牙，正說得起勁，榮嬌惱他嘴髒，拈起一枝筷子便擲過去，竹筷挾風直奔其面門，躲避不開，漢子情急之下頭一偏，原本射向他嘴巴的筷子微微偏離，擦著嘴角、耳邊而過，頓時一道粗粗的筷子痕蜿蜒而過，皮肉見血。

「兔崽子，你死定了！」大漢捂臉怒吼。

榮嬌氣定神閒，又拈起一枝筷子。「嘴巴放乾淨點，不然……」這個無賴太過可恨，應該教訓。

「公子？」聞刀見榮嬌率先動手，遂側身回望，躍躍欲試。

榮嬌不想打架，但眼下形勢逼人，對方顯然不會就此作罷，於是衝聞刀點頭。「速戰速決，別出人命。」

好端端地想吃頓飯，居然莫名招災惹禍，既非善類，打就打了。

「綠殳，護好公子。」聞刀領命，他自小即是池榮厚的陪練，尋常三、五個漢子不在話下。

那廂，吃了虧的漢子哇哇大叫，三個同夥原先笑看他耍瘋，尤其叫劉老三的，有龍陽之好，盯著榮嬌滿眼淫光，極品啊極品……比樓子裡的小倌更讓人心癢難耐……

哪知場面陡然急轉直下，上一刻還聽張大鼻子說得開心，下一刻臉上見血，頓時驚惱，嘩啦一聲推翻桌子。「小兔崽子，居然敢跟爺兒們動手。」

聞刀早知城門一帶龍蛇混雜，沒想到居然亂到自己頭上，連大小姐都敢冒犯，要是兩位少爺知道了，還不得扒他的皮？心頭憋火，恨不得割掉這幾個狗東西的舌頭。

得榮嬌指令，他抬腳將前方的凳子直直踢過去，一個接一個，邊走邊踢，越走越快，凳子、桌子接二連三地飛向那四人，對方不甘示弱，叫號著掄起凳子迎上。

聞刀一對四並不顯得吃力，但吃虧在對敵經驗少，對方是街頭混混出身，慣常打架，心狠手辣，雖拳腳無章法，但力大拳沈，四人配合起來，什麼陰損招都使得出來，下手毫無分寸。

相較之下，聞刀則心有顧忌沒放開手腳，既要避開對方要害之處，不傷性命，又要閃躲對方層出不窮的下流招數，雖不曾落敗，但想要速戰速決拿下對方也不輕鬆。

「公子，快走吧，他們還有人……」

店小二裝作撿地上的物品，偷偷悄聲向榮嬌示警。

還有人？她可不想陷入小混混的群毆中，更不想驚動城衛軍。

時間一長，不管是他們的幫手來了還是驚動官兵，都非榮嬌所願。

最可恨那四個流氓，打架時亦滿嘴噴糞，問候聞刀及榮嬌祖宗八代……嗯？

榮嬌心中微微驚訝。視線所及，場面如此混亂，最外邊那桌的主僕兩人依然淡然地吃飯喝茶，好整以暇地旁觀一場演得十分賣力的武打戲。

絕非尋常人！

她念頭微閃，正待收回視線，這時，低頭喝茶的年輕人彷彿察覺到她的注視，抬起頭，目光淡淡地投過來，迎上她的視線。

平靜淡然，如古井深潭般深邃無波……

驀然，他的眼神忽然泛起淡淡的笑意，剎那如陽光投進深潭，灑落點點碎金，整張面孔散發著綺麗眩目的光采。

他抬了抬手，舉了舉手裡的茶碗，做了個請飲的示意，骨節分明的白皙手指輕捏在深藍色的瓷碗上，漫不經心之中透著高貴的倜儻姿態。

榮嬌怔了怔，但能感受到對方的善意，揚起唇角，報以微笑。好奇怪的人。

她收回視線，拿起桌上的筷子，環視場上情形，一揚手，用力一枝枝擲出去，衝著對方腿上的曲泉膝關穴而去——她要幫聞刀盡快結束戰局。

榮嬌出手，準頭極足，去勢狠重，那四人怎能逃得過？中招之後，聞刀跟上，乾脆索利地卸胳膊、卸腿。

他們動不了，沒有武力，自然消停了。

聞刀鬆口氣，轉頭剛想說話，就聽得遠處傳來嘈雜聲，欸，還真有幫手來了？真討厭。榮嬌輕蹙眉，難道要與流氓群毆？

「走。」她掏了塊銀子投擲到掌櫃懷裡。「賠償。」

話音未落，人已消失。

對方的幫手到了。「小子，別跑，快追！」

「大哥，你們沒事吧？」

只見平時威風凜凜的大哥們橫七豎八地躺在地上，頓時七嘴八舌。

「都閉嘴。」張大鼻子忍痛怒喝，手腳被卸，嘴巴還好用，真恨不得將榮嬌幾個抓回來食肉啖血。

他磨著牙吩咐手下小弟。「死不了。快去追，那邊……那邊，路口全堵上，別讓這三個小子跑了，抓住人先斷兩條腿，死活不論。」

「姑娘，前面是死胡同。」跑在前面的綠殳驚呼。

為躲是非，主僕三人本欲離開了事，結果露了行跡，被攆兔子似地追得滿街亂跑，偏偏城門區多小街小巷，地形複雜，閒雜人等也多，俱是對方眼線。

聞刀熟悉大樑城，卻是達官貴人出入的東城、西城一帶，像這種平民區、甚至棚戶區，池榮厚那樣的貴公子，如非特殊原因，不可能貴腳落賤地，所以聞刀素日裡也走不到這兒來。

窄狹如迷宮似的小巷子，彎彎曲曲地通向不知名處……彷彿四面八方都傳來隱約的斥罵聲。

「這邊。」

榮嬌心裡微嘆，可憐綠殳一個沒經風雨的內宅丫鬟，哪見過這些，難怪被這群混混一追，人就慌了，言語間也露了馬腳。

「別慌，不是怕他們，實在躲不過，解決了就是。」她出言安撫。

「公子，前面又是死胡同。」

聞刀跑得滿頭汗，呼呼喘著氣。「不然我們分頭……小人去引開他們，您和綠殳往大街上去。」

越想越覺得憋悶，想他是池三少的心腹，何曾被一群流氓小混混追得慌不擇路？而且他還領著大小姐在髒黑的小巷子裡如沒頭蒼蠅似地亂竄，要是少爺們知道了，他就等著挨板子吧！

既然這頓板子跑不了，還不如乾脆將這群混蛋好好收拾一番，驚動城衛軍也沒什麼大不了的，池府的面子，城衛軍還能不看？只要沒走漏大小姐的行蹤，小爺還治不了一群地痞流氓？

這……

榮嬌不是怕，真要打起來，吃虧的一定不會是自己；驚動城衛軍也無妨，聞刀報出池府的名號，不管城衛軍統領是誰的人，不會不賣池萬林一個面子。

只是，如此一來，聞刀少不得要受懲戒，他的同夥也暴露了……這非她所願。

「不急，再走走看。」

她就不信自己這麼倒楣，在這小陰溝裡翻了船。

說完，她率先轉了方向。

「小公子，幸會。」

滿是斑駁綠苔的青磚巷子前忽然轉出一人，正是之前食肆裡的主僕兩人之中的年輕公子。

普通青布長衫，靜立巷中，身長玉立，窄狹的深巷忽然便幽靜入畫，彷彿淡墨氤氳的詩畫之作，鋪陳出朗月清風的韻致。

嗯……榮嬌怔然，竟然是他？

「幸會。」她停住腳步，微喘。

「日長無事，不知在下能否請小公子飲茶閒話一二？」

清淡的語氣中透著誠意，好像沒看見三人狼狽擇路的形容，彷彿是與友人不期而遇，忽生出喝茶的興致，於是出言邀請。

隨興而遇，隨興而至，卻讓人生不出冒昧之感，再自然不過。

啊……這是在不著痕跡地幫他們解圍？

看衣著，貌似家境尋常的讀書人，那通身的氣度又如皚皚白雪般清貴高潔，不似普通詩書之家的子弟……

榮嬌微頓了一下，嘴角泛起笑意，拱拱手。「恭敬不如從命，叨擾了。」

「無妨。」

他似乎不大擅長與人寒暄，依舊是清清淺淺的表情，彷彿她答應或不答應都在他預料之中，分寸拿捏得恰到好處，卻不會讓人覺得受到輕慢或過於尊寵。

本是一面之緣的陌生人，或輕或重的態度都令人莫名，這樣的距離，恰到好處。

他微錯身，露出身後虛掩的小角門。「請。」

榮嬌邁步跟上，聞刀張張嘴，素不相識，跟他去喝茶真的好嗎？小樓公子不是公子是大小姐……

算了，與陌生人喝茶也比被小混混追得滿街跑要體面……聞刀很沮喪，深覺自己沒用，心底將那幾個地頭蛇徹底恨上了。不報此仇，他聞刀還好意思做三少爺身邊第一人嗎？

小角門進去是一個園子，草木繁茂，樹竹幽深，那邀客的青衫公子話不多，自顧自在前帶路，榮嬌主僕三人跟在他身後，一行人沈默地走在青石甬道上，耳邊只有不休的蟬鳴唱得歡快。

園子好大，穿過竹林、走過假山、繞過小湖，好一會兒也沒見主人要停下的意思。

會不會喝茶只是種說辭，人家實際上是好意用此說法來幫他們脫困的？如果是那樣，她不能傻乎乎地等著對方請喝茶。

「那個……公子……」

榮嬌看著前面那道修長飄逸的身影，恍惚想起自己還不知對方姓名。

「嗯？」前面的人停住腳步，側過身，顯露出線條極美的側面，薄唇輕啟。「玄朗。」

榮嬌隨之止步，眼露疑惑。玄朗？什麼意思？

「小公子如何稱呼？」

哦……榮嬌這才明白他所說的玄朗應該是他的名字。好奇怪的名字，有姓玄的嗎？聽起來像道號……未必是真名。

「如不介意，玄朗公子稱在下小樓即可。」

小樓？如不介意……

玄朗黑眸中閃過微不可察的幽光，心知小樓這稱呼或許不是他的真名實姓，但僅一面之緣的陌生人，有防範之意也是人之常情。

「小樓？甚好。」

玄朗微笑。「茶點已準備，到前方小亭即可。」

「謝謝玄朗公子。」

榮嬌聽他說已經安排準備，不管對方是否是客氣，此時都不好提出告辭，只好繼續跟在後面。

小亭建在竹林的高處，到了小亭下方，榮嬌才發現看似平緩的小道，蜿蜒下來，不覺間竟繞至高處。

八角涼亭邊，立著兩個身形筆挺的護衛，見他們一行四人過來，躬身施禮。

「公子，已按吩咐備好。」

涼亭的石桌上，果然如玄朗所說已有準備，榮嬌見了，面露驚訝。

第十七章

涼亭石桌上鋪著青色細竹餐簾，上面擺著黑陶粗釉的碗盤，一份份色香誘人的食物，顏色清雅，透著涼爽，即便在這大熱天裡，也令人垂涎三尺，何況榮嬌三人餓了大半天，才打了一架，又跑路逃竄，早就又餓又渴，飢腸轆轆，猛一見到這誘人的美食，肚裡五臟神忍不住，自行叫喚。

「太客氣了，怎好如此煩勞玄朗公子？我……咕嚕……」

客氣話尚未說完，肚子便不爭氣地叫起來。那聲音在安靜的亭子中格外響亮，榮嬌的臉迅速燙了起來，耳尖、脖頸都火辣辣的……真丟臉。

玄朗眼裡閃過笑意，隨即斂去，彷彿沒聽到剛才的古怪聲響，依舊雲淡風輕，嗓音清淺。「空腹飲茶不宜，時間倉促，隨便備些飯菜，小樓隨意即可。地方小，如不介意，你的隨從可去那邊用餐。」

他指指與小亭連接的觀景臺，樹蔭下的石桌上也擺了飯菜。

「玄朗公子費心了，謝謝。」

之前一直緊繃著，一鬆懈下來，只覺得前胸貼後背，想來聞刀、綠殳兩個也好不了多少。「你們去吧！」

聞刀從善如流，綠殳卻有些躊躇。大小姐不是真的小公子，與陌生男人同桌用餐不好吧？飯菜裡有沒有加料啊？這玄朗公子也不知從哪裡冒出來的，就這樣用他備下的餐飯，會不會出意外？

「去吧，無妨。」

榮嬌知她的心意，不由笑了笑。

飯菜裡有沒有加料，她只須一聞一嚐就知曉，除非加的料特別偏門且高明。

綠殳身材偏瘦，著男裝雖沒大破綻，但嗓音細，故在外一直不敢開口講話；而榮嬌先天不足、生來瘦弱，身材沒有長開，著男裝雌雄莫辨，像極未發育的小少年，講話時刻意放低嗓音，並無多少破綻。

綠殳努努嘴，不情不願地走開了。如果嬤嬤知道她陪大小姐出來，卻把大小姐單獨丟下與陌生男子一起用餐，嬤嬤會怎麼罰她？

她打了個冷顫，腳步沈重。

榮嬌不客氣地坐下，取了盤裡的濕帕子擦過手臉，舉箸。「多謝，小樓不客氣了。」

哎呀，太好吃了。

是她太餓，還是做菜人的廚藝太高？榮嬌帶了萬分的意外與驚喜，這是一桌素齋，卻是她吃過的最好吃的素齋，沒有之一。

「多謝款待，這是我吃過最美味的齋菜。」

榮嬌幾乎席捲了盤中大半，方才放下筷子，再次向玄朗道謝。

這自稱玄朗的神秘人，雖然陪坐用餐，卻沒怎麼動筷，靜坐一旁，不動聲色地觀察著榮嬌的舉止，目光不著痕跡地游移在她持筷的纖細手指，以及白中衣下露出的小半截白皙脖頸。

「小樓喜歡就好，桃花觀的素齋倒還能入口。」

玄朗神色矜貴，不緊不慢地答道。

「桃花觀？」榮嬌迷惑地眨眨眼睛，那是什麼地方？

她放眼四處環顧，難道這裡距道觀不遠，還是這就是道觀所屬之地？

玄朗挑眉，意味不明地看她一眼，卻沒說話。

「桃花觀很有名？」榮嬌被他這一眼看得有些不自在，能做出這麼好吃的素齋，想來不會籍籍無名，不由訕笑解釋道：「我甚少出門，見識淺。」

「哦……」玄朗輕呷一口茶。「不是很有名……我以為你之前在食肆聽說過。」

在食肆聽說過？

榮嬌狐疑，她在食肆裡沒聽到什麼人說桃花觀啊？她剛坐下，茶都沒喝一碗，就莫名其妙被找碴。

見她玉白的小臉一片茫然，玄朗的唇角不由彎起好看的弧度。之前聽那無賴大喊大叫質問，他還以為真是小樓聽那人說得太過粗俗，不小心笑了被賴上。

原來真的沒聽到，這孩子真是運氣不好，平白惹身騷。

或許是那幾個混子見他生得好，故意生事？想到這種可能，神色間就帶了絲肅意。

「沒有啊？」

榮嬌蹙著小眉頭，將自己到食肆後的種種情形又在腦海中過了一遍，再次確認自己沒聽到什麼桃花道觀之類的。

「無事，算不得出名，唯素齋還能入口。」

哦。榮嬌點頭，桃花觀與自己無關，便沒繼續探究，見聞刀、綠殳也吃完了，覺得時間差不多，自己也該告辭了。

「看小樓的樣子，不常來南城這一帶吧？」

玄朗對榮嬌印象頗佳，之前見他小小年紀，涵養品性均屬上佳，無故被辱，卻能小事化無，怎奈對方欺人太甚；看模樣是好人家的孩子，卻被下三賴的混混攆得滿街跑，這才出手相幫，知他沒用午膳，又備下桃花觀的齋飯款待。

哪知這孩子竟連桃花觀都沒聽說過，眼神乾淨無辜，不由生起惜才之心、攀談之意。

「嗯，這是第一次過來。」

榮嬌老老實實地回答，本來她還想看看南城門一帶有沒有商機，結果事與願違，經過這一遭，她對於在城門一帶做生意興趣大減，太亂了，又沒賺頭。

想到這裡，神色間就露出一絲怏怏。

「此番為何？恕我冒昧，若不方便可不答。」

玄朗難得起了好奇，這個孩子瘦瘦小小的，明明年紀不大，卻有種與年齡不相襯的沈靜，對敵時狠辣卻又心存善念，看上去清瘦，一顰一笑間卻又帶著股別緻的嫵媚。

「隨便看看。」榮嬌順口答道。

桌上的餐盤已經被收走，換上了茶具。

玄朗輕輕嗯了聲。他的手很漂亮，骨節分明，修長白皙，一絲不苟地泡茶，動作輕柔優雅，彷彿對她的回答不置可否，又彷彿對這略顯敷衍的回覆有小小的疑問。

「真的是隨便看看。」

榮嬌覺得萍水相逢，他卻主動出手相助，帶她脫困又請吃飯喝茶，頗有善意，自己也無不可告人之事，遂解釋道：「我本想能不能在這邊開個鋪子、做點生意的。」

「你想做生意？」

他這麼小，居然想自己做生意？還是在南門這邊？

玄朗有些意外，現在的小孩想法真怪，京裡有姓樓的厲害人家嗎？

「你想做什麼生意？」這小少年還真有意思。

「還沒想好。」榮嬌搖頭，要是想好了，就不用為難了。

「哦……這做生意，說起來簡單，真要做好也不容易。」玄朗語氣溫和。「你年紀還小，應該多學習，經商之道，過幾年也不遲。」

這個年歲，正是勤學發憤的時候，從商嗎？玄朗不排斥商人，對他而言，錢財商貿乃國之動脈，重要得緊，斷不會瞧不起，只是小小年紀便滿腦門的生意經，他卻是不贊成的。

「謝謝你。」

榮嬌知他好意，不過她又不是真正的少年，對她來說，銀子最真實，更是自己應該謀劃、為之努力的。

玄朗這番語重心長的話，令她有種很奇怪的感受，看他年紀也不是很大，最多也就二十出頭吧？跟大哥池榮興的年紀差不多，語氣與神態卻頗令人親近信賴。

以前聽說有些人天生具備魅力，易令人心生好感或服氣，今日偶識玄朗，才知道這世上確實有人能讓人見之心喜，如冬日暖陽，生不出排斥之心。

比如她今天，雖被流氓追趕，卻不是無路可走，非須玄朗救於水火；但應他之邀，跟他走，還吃人家的飯、喝人家的茶……這些冒失的行為，因玄朗的存在，都變得再自然不過。

「我說得不對？還是有為難之處？」

玄朗見他只顧睜著烏黑的大眼睛，端詳著自己不說話，不由輕笑，替他斟茶。

「不是，你說得對，不過我需要比較多的銀子，目前來看，做生意是我唯一能想到的、最快達成目的的方法。」

坦誠缺錢不丟臉，正如她要是坐擁金山、銀山，也不會故作清高，視金錢如糞土。

缺錢？玄朗似乎對這個答案有些意外，狹長的鳳眸快速掃了榮嬌一眼——頭上是雪緞豆沙綠束髮帶，身上是同色的豆紗綠雪緞外袍，領口處露出雪白的淞江細棉布中衣，腰間沒束帶，用青碧色的絲條鬆鬆地圍了兩攏，腳下是青色薄底牛鼻子短靴，除此之外，年輕小公子慣常用的荷包、玉珮等飾物，他通身上下沒有一件。

看似樸素，但以玄朗的眼力自能看出這身衣料不便宜，天南府出的上等冰雪緞，夏天穿最是涼爽不過，普通人家有錢也買不到。

穿著價值超過百兩銀子衣料的小少年，皺著眉頭，認真地說自己缺錢，要做生意賺很多銀子，看鋪子看到南城門一帶了……玄朗有些想笑。

「家裡給你多少月例？」

「二兩。」榮嬌低聲回道，卻沒好意思說根本沒見過月例銀子。

真不多……玄朗又問：「你上書院還是族學？」

這般年歲正是好面子的時候，難免要與同窗朋友來往，二兩銀子確實不夠。

「都不是。」

「讀的是家學？」

若是家學，一起讀書的就是自己家的兄弟，花錢的地方並不多。

「也不是，我不上學。」因為我是女孩子，這後半句的解釋當然不能說。

不上學？「只習武術？」

玄朗眼中閃過輕輕的愕然。他還沒見哪家像這般大的孩子只練武的，即便重武輕文，書總是要讀，字總要認的。

榮嬌繼續搖頭。「都不是，是哥哥閒暇時教……今天謝謝你了。」

玄朗的目光中多了幾分了然，這小孩的身世或許有些為難的隱情，是庶子或外室私生子？他腦子轉了又轉，沒想到大夏有姓樓的名門世家，樓姓少見，倒是西柔，樓乃國君之姓，是最尊貴的王族姓氏。

「可想好要做哪種生意？」他清淺的聲音中摻入了幾分溫和，想到自己的身世，看榮嬌的眼神也多了絲憐憫之情。「或許能幫你出出主意。」

「沒有。」說起這個，榮嬌面露沮喪。「我只有兩百兩的本金，先前中意大正街的鋪面，可太貴了，才想到南城……」

玄朗的氣質很矛盾，明明看上去清俊，卻是氣息溫和、平易近人，特別是他專注地瞧著人講話時，很容易讓人放下心防。

榮嬌能感受到他的善意，對她而言，玄朗是幫助自己的人，雖只有一面之緣，但前世經歷過太多人情冷暖，是善意、惡意，她自能體會。

兩人伴著微微山風，喝茶、閒聊，自然愜意，各自的隨從卻暗自吃驚。

玄朗的兩個護衛內心波濤洶湧。天，爺這是怎麼了？神鬼附體了？對著一個陌生小孩無比耐心溫和？知道這是兩人第一次見面，不知道的，還以為是他幼弟……太驚嚇了。

綠殳目光炯炯，視線緊盯著這邊不放。自家姑娘向來不多話，更無與陌生人暢所欲言的時候，這個玄朗是怎麼回事？姑娘與他怎會一見如故？

相對綠殳的緊張焦慮，聞刀更關心玄朗的身分，他是何人、有何目的——

榮嬌不知桃花觀，聞刀卻知曉它的名聲，桃花觀的素齋名氣大得很，每天限量供應，多少人拿著銀子排不到，玄朗是什麼人，如何能在倉促間備下兩桌桃花觀素齋？

聞刀的目光一遍遍在玄朗和他的隨從身上掃過。

「公子，阿金回來了。」

「讓他進來。」

面對書架的身影轉過身，聲音清淺，正是玄朗。

他剛沐浴過，黑髮用翠玉簪綰著，衣裳裡外皆玄色，越發襯得他如初雪般清冷峭峻，彷彿隔絕了塵世喧囂，與下午在八角亭喝茶的溫雅公子判若兩人。

隨之進來的阿金是下午隨行的兩個隨從之一。

玄朗抬頭看他一眼，阿金施禮之後彙報。「……屬下將小樓公子送出大門後，小樓公子說去南風街。到了南風街，他的馬車等在那裡，便下車換乘了他自己的車。

「車上無標幟，車伕沒穿號衣，看情形的確是在等小樓公子主僕。屬下本欲跟上，小樓公子囑屬下謝過公子的盛情，並說相逢何須曾相識，相識何必問根由，他日有緣定請玄朗公子喝茶……所以，屬下就回來了。」

那小公子，明顯不想透露自己的家世來路。

那孩子，還真機靈，玄朗眼裡閃過一絲笑意，或者他這「小樓」也是順嘴取的？

腦中浮現出在那條林中小道上，他微仰著頭，鼻尖布滿細密的小汗珠，告訴自己可稱他為小樓的情形，那般自然輕鬆，不像是臨時編造的。他的兩個隨從，聽到小樓這個稱謂時神色不變……

倒是個有意思的孩子。

「公子，小樓公子的那兩個隨從……」

阿金猜不透自家主子為何對這不知從哪裡冒出來的小樓公子青眼有加，不過，做為一個下屬，他不需要猜測主子的心思，只需要提供可能是主子需要的訊息即可。

玄朗俊雅的眉頭微挑。小樓的隨從還好吧，能力雖一般，卻知道忠心護主。

「個子矮、一直沒開口的那個，小樓公子上馬車後，他也跟著上車……」向來公子、少爺出行，隨從都是跟在車外隨行的，斷不會跟著坐進車裡，只有閨閣女子才會在坐車時帶著貼身丫鬟。

玄朗清淺的眼眸投向阿金，想說什麼？

阿金莫名有點心慌，公子的氣勢太壓人了，這麼多年他還是不習慣，還是會緊張，越緊張，他的話就更直截了當。「屬下覺得他的身形舉止……不大像男子。那個高一點的，屬下隱約聽車伕喊他聞刀小哥……」

聞刀？在哪裡聽過這個名字？玄朗確定自己有印象。

「池萬林的小兒子池榮厚的小廝叫聞刀，前幾日大正街驚馬之事，阿水說過這個名字。」

凡是公子入眼的人或事物，他們做屬下的都會上心。

阿水說，公子對那個救人的小公子有興趣，當時也是主僕三人，跟在少年公子身邊的疑似是池府的小廝聞刀。

聞刀這個名字比較特別，池三是自詡有文采的將門之後，給小廝起名字都拽著文，四個小廝分別叫聞刀、問劍、挽弓、洗錘，以前聞刀最得他看重，去哪裡都帶著。

一個不知來歷的少年公子，一個疑似丫鬟的僕從，一個池萬林幼子的長隨，這麼怪異的組合，接二連三出現在公子身邊……身為公子的忠心下屬，他本能地對一切不按常理出現的事情抱持懷疑。

「公子，要不要查查這個小樓公子？」

「不必多事。」

這孩子沒有壞心眼，更不是別有目的地接近他，對於這一點，玄朗相信自己的判斷。有意思的小孩，他不想讓自己知道他是誰，那他就不問……

玄朗覺得自己好些年沒有與小少年打交道的心情了，也好些年沒有人能讓他放下自己的身分，單純地聊天喝茶，真難得遇到一個讓自己順眼又不知曉他身分的。

不過城衛軍太閒了，南城一帶的垃圾太多，也該清理了。

「聞刀，今天的事情不要跟哥哥們說。」

回府爬牆之前，榮嬌特意叮囑。聞刀隔天都會給小哥哥去信，告知她的情況。

哥哥們關心她，平時她都裝作不知，任由聞刀彙報，但今天這種去南城跟地痞打架、被混混追趕、與陌生人吃飯喝茶的事，單單一樁就夠兩個哥哥跳腳的了。

「可是……」

聞刀為難，他要是不告訴少爺，等少爺知道了，還不把他的皮剝了？

「沒什麼可是的，三少爺讓你聽我的。」榮嬌拿出大小姐的派頭。「還有妳，綠殳，不想嬤嬤罰妳，就誰也不要說；若是因為這些小事，嬤嬤不讓我出門，哼。」

「是。」

聞刀、綠殳四目相覷，大小姐好厲害。

京東大營裡，池家兩位哥哥早就知道妹妹要做生意，天天偷溜出府找商機的情況，有聞刀這個稱職的耳報神在，榮嬌的事，從來都不是秘密。

「哈哈，嬌嬌這丫頭，還真是……」

池榮勇搖頭，眼前浮現出妹妹倔強的小表情。做生意哪有這麼容易的？若是在大街上跑幾天就跑出商機，那銀子還不從天而降了？

「二哥，大暑天的，妹妹累壞了怎麼辦？還是找人幫幫她吧？」

池榮厚一想到欺霜賽雪的妹妹可能曬成了黑炭，就覺得心疼。「要不，先從鋪子裡取些銀子給她，讓她等天涼了再忙活？」

妹妹是缺銀子，還是擔心將來嫁妝沒著落，怎麼一下子想到做買賣？

「嗯，讓她別急，我們會幫她留意的。你把手頭的事情處理下，儘早找個時間回府一趟。」

有件事，池榮勇一直不能完全放心，思來想去，還是應該讓弟弟親自去確認一下。「你去探探王三的口風，看議親的事，是不是真放下了。」

父親雖應下，但事關妹妹的終身，謹慎還是必要的。

第十八章

「老爺，已經與池府說定了。」

王侍郎府上，王來山正與夫人謝氏品茶閒話。

聽夫人說完與池府親事進展，王來山輕呷口茶，面色平和。「夫人辛苦了，禮哥兒那裡，夫人還要用心一二。」

三子聽說這樁親事後，是抗拒不願的，好在他是懂事的孩子，待明白這其中的利害關係後，倒也沒再鬧騰；只是，花樓去的次數更多了，還連做幾首歪詩。

在大夏，文人狎妓是風流韻事，才子若無花魁相伴，總有些名不符實。王來山早年也曾風流，自然不認為兒子心情不好、流連花間有何不妥。

倒是王夫人對兒子眠花宿柳、徹夜不歸頗有些抱怨。「禮哥兒有兩日沒回府了，妾身想找都找不到。」

天天在勾欄與妓女調笑，真的好嗎？說來說去，這孩子還是對親事心懷不滿，用這種方式在洩憤呢！

「他這個年紀，偏愛顏色，無妨，逢場作戲而已，何種女人能入王家門，他自是清楚的。」

王來山不以為意，滿樓紅袖招算什麼？如此方顯才子風流。

在女色這件事上，男人與女人的看法永遠相悖……謝氏不欲與丈夫爭辯，遂岔開話題。

「老爺，雖說這親事不同尋常……總歸是占了名分，池家大小姐不會見不得人吧？」

「妳沒見過人？」王來山有點意外，議了半天親，難道連人都沒看到？

外界傳言池家大小姐先天不足、體弱多病，雖然與池府聯姻不是為了人，但若體弱多病又貌似無鹽，就太委屈禮哥兒了。

畢竟占了正室嫡妻的名分，即便將來有變故，還是被她占了原配髮妻的便宜。

「不曾見。」王夫人搖頭。「妾身每次提及，都被池夫人岔開婉拒……妾身聽池夫人的語氣，若非時間對得上，妾身都要懷疑池大小姐是不是池夫人所出了。」

謝氏也是為娘的人，她還從未見過哪家的母親提起親生女兒是那種表情、語氣，古怪得很。

池夫人對親事的態度也令人稱奇，就算是池大將軍的主意，她改變不了，但做母親的對女兒的終身大事，總不應該如此無情才是。

當然，自家兒子是百裡挑一的人才，池家能將個病病歪歪的姑娘嫁過來，是他們高攀了。

「無妨，若她體弱多病，嫁過來以後，找個院落讓她安心養病就好……到時給禮哥兒納幾個合心意的妾室。」

總之，娶過來後看情況安置吧！若池家姑娘有問題，想來池萬林也不會有二話，就憑他願意將女兒拿來聯姻，可見對這個嫡長女也不看重。

「可是，禮哥兒總不能沒個嫡子……」

王夫人雖了解結親的原由，可畢竟娶來就是兒子的嫡妻，貴妾再貴，也是妾，所生亦為庶。

「有何擔心？禮哥兒是我的兒子，我還能斷了他的香火？」王來山不耐煩道：「妾出是庶，平妻繼室所出總是嫡吧？行啦，那池家姑娘妳也不用相看了，免得看過了平添不自在。禮哥兒是個明白的，利害說通了，他知道怎麼做。」

女人算什麼？太原王氏的嫡系，公主都能娶得，還怕以後娶不到更好的？池萬林都能拿個嫡女投石問路，他王來山難道還不如一介武夫？再說，好男兒一娶再娶是能耐，禮哥兒還能缺妻妾？

笑春風，大樑城有名的青樓。

入夜後，華燈初上，鶯歌燕舞，香風醉人。

一位英俊的少年公子站在笑春風大門對面的樹蔭下，盯著倚在門口搔首弄姿的迎賓香娘，暗自咬牙切齒。該死的王三，早晚有一天死在女人肚皮上！

池榮厚咬牙暗罵，若不是為了見那王三，他何必大晚上的不睡覺，站在青樓門口？可他回城兩天了，這王三就沒出笑春風一步。

看來只好進去堵他了。

池三少真心不情願。池府對子弟約束很嚴，諸如笑春風的煙花窟，向來是不允許出入的，若是被父親知道他偷回都城，還去了花樓，挨板子是少不了的；但挨板子事小，關鍵是怎麼能把事情做成？

池榮厚腦中浮現出來之前與二哥的那番談話。「……厚哥兒，妹妹的婚事我覺得不踏實，父親答應得太容易了……」

「二哥，那是父親看到你的能力。」

池榮厚覺得不解，既然已經答應了，還能反悔不成？在他的印象中，自己父親一言九鼎，哪怕對兒子也不會出爾反爾。

「我心難安。」池榮勇神色鄭重。「父親做事向來謀定而後動，既然明知與王家結親是開文武之先河，又怎會輕易退讓？我，沒有那麼大分量……」

這幾天他越想越不對，父親真的可能因為他收回原先的打算嗎？若是之前沒有與王府結親的動議，或許還有可能，但有王家的議親在前……

「會不會只是謠傳，本就沒有議親之說？」

「不會，無風不起浪，不然為何不傳別人？」

池榮勇不確定，但事關榮嬌親事，他不敢大意。「母親身邊的康嬤嬤連番出府，打著為給表弟成親採辦的旗號，未必不能暗渡陳倉……你去找王三，探探他的口風，那王三自詡風流，必定也不想與武將結親，只要能讓他一起反對這門親事就成。」

想到這裡，池榮厚咬牙。拚了，不就是個青樓嗎？龍潭虎穴都難不倒池三少爺，何況只是區區煙花地？

「……桃花觀好啊！說起來，桃花觀對嬤嬤有救命之恩……」

三省居裡，榮嬌本想岔開欒嬤嬤問東問西的話題，隨口提到桃花觀，豈知卻打開了欒嬤嬤的話匣子。「當初嬤嬤老家發大水，日子過不下去，只得背井離鄉來京城投奔親戚，誰知投親不成……」

走投無路之時，又染病在身，一家三口龜縮在偏僻小客棧，身無分文，欠了幾天的房錢，遑論請醫買藥。

好心的店小二告知桃花觀定期免費施藥，欒嬤嬤病得輕，強打精神去了桃花觀，得到六包對症的草藥。

丈夫、兒子病情太重，喝了藥未能好轉，最後一命嗚呼，但欒嬤嬤症狀輕，慢慢好了起來。可憐她一個外鄉女人，夫死子亡，連下葬的錢都沒有，更欠了客棧不少食宿費，無可奈何只好賣身籌措銀錢，趕巧被池榮勇買下，入池府做了榮嬌的乳娘。

榮嬌沒想到欒嬤嬤與桃花觀竟有這番淵源，不由道：「嬤嬤想去還願嗎？」

欒嬤嬤愣了愣，可以嗎？自從入池府後，她還從未出過府門。

「怎麼不可以？」

池榮嬌看著怔住的嬤嬤，不由心裡暗嘆。她以往做人多失敗，自己乳娘聽說能出府去個桃花觀，都覺得不敢奢望。

她不由越發放軟了聲音。「我們明天就去，我陪妳。」

「這……還是算了。」

欒嬤嬤很動心，當年她用二少爺給的錢安葬了親人，結清欠債，就直接入池府，對於無意中救下自己性命的桃花觀，一直想還願感恩，只是每回想到榮嬌的處境，又歇下心思。

大小姐不容易，自己就別給她添麻煩了，桃花觀又不會跑了，有機會再說吧！

「沒事……我們可以不走大門，只要嬤嬤別覺得翻牆頭不雅就好。」

榮嬌笑了笑，池夫人不會同意，不過她本也沒想徵得她同意，放著院子的牆頭捷徑不走，去求康氏做什麼？想去哪裡，翻牆出去就是。

「嬤嬤一把老骨頭……」

欒嬤嬤為難著。雖然她已接受榮嬌與綠殳翻牆的現實，卻沒想過自己翻牆。她雖出身不高，沒賣身為奴之前操持家務、漿洗煮掃、女紅繡活都要做，是規矩安分之人，爬梯子翻牆這種事，以往真沒做過。

「嬤嬤別擔心，上梯子沒什麼大不了的，牆外那頭讓聞刀也架上梯子，妳就當是平常上下樓梯就好，很穩當的。」

榮嬌一副理所當然的語氣令欒嬤嬤不能拒絕。好吧，小姐說得沒錯，她要想出門，與其指望池夫人同意，翻牆還更實際。

第二日，欒嬤嬤在桃花觀前下了馬車，人還是暈的。

像作夢似的，她戰戰兢兢爬上梯子，牆頭上有綠殳等著，大小姐在梯子下方護持，牆外亦架了把梯子，聞刀在外扶著梯子。

她腳踩棉花似地爬上爬下、翻過了牆頭，糊裡糊塗地上了小巷子口的馬車，一路到了桃花觀。

池榮嬌是第一次到桃花觀，好奇地四處打量著，居然是座位於城中的道觀，她挑挑眉頭，有意思。

一般說來，道觀、廟宇多會選在山水奇秀、風水上佳之地，取秀水靈峰之意，而這桃花觀居然堂而皇之地建在人間煙火之中。

雖說是在一座小山上，但這小山是在外城門裡，密密麻麻的民宅半圍著小山至山腰處，上面是鬱鬱蔥蔥的大片桃林，桃林綿延至山頂，於綠蔭叢中隱露著白牆灰瓦的道觀。

桃花觀除了素齋外，道觀所屬的大片桃林亦是一大特色，三月賞花，七月品果，桃花觀的水蜜桃個大汁多、色豔味美，被譽為仙桃，備受貴人追捧。

此時，果期將過，又非初一、十五，香客不多，他們這一行人便顯得很打眼，頻頻被人關注，讓沈浸在傷感往事中的欒嬤嬤有些不自在。「姑……公子，他們怎麼……」

這些人怎麼回事？老看她做什麼？榮嬌忍不住翹起唇角，是覺得奇怪吧！她這個少年公子的身邊跟著一個小姐出行才會帶的嬤嬤。

「聞刀，你陪嬤嬤進去，我與綠殳到那邊轉轉，等會兒在大殿外會合。」

兵分兩路後，榮嬌帶著綠殳在觀中隨意閒逛。桃花觀遠看不大，走起來才發現內有乾坤，一整片後山都歸桃花觀所有。

桃花觀的布局頗合風水之道，即便是一棵樹、一株草所在的位置亦最妥當不過，讓人覺得樹就該長在那裡，草就該長在這兒。

榮嬌邊走邊看，暗自驚嘆，她原是不懂風水的，跟二哥學排兵布陣時看了幾本，前些日子重新翻閱，頗有心得。按書中所寫的對照著眼前的實景，越看越讚嘆。「高明！渾然天成，絕對是高人所為！」

綠殳看不懂，亦不明白自家小姐興致勃勃，時而驚嘆、時而愕然所為何來，在她看來，這就是道觀而已，道觀不都是這樣的？反正她也沒去過別的道觀，沒有比較，小姐說好就是好。

她著男裝，在外面不能講話，只頻頻點頭以示贊同。

「昨日聞刀說起桃花觀，坊間褒貶不一，說人家把道觀建在城裡，就是要借著人多，甩著拂塵招搖行騙好撈香火錢，真是以小人之心度君子之腹。小隱隱於野，大隱隱於世，這才是真正的世外高人……」

後院寂靜，榮嬌心中感慨，情不自禁地與綠殳多說了兩句，就聽綠竹叢外傳來一道清淺如玉的聲音，透著幾分熟悉。「好見識。」

咦？這麼僻靜的地方居然也隔牆有耳？果然不能在背後論人短長，好在她並無冒犯之意。

不待她轉身溜走，輕淺的腳步聲傳來，抬眼看去，她不由愣住——怎麼是他?!

「小樓。」

來人從綠竹叢後繞出，身著素衣錦袍，腰繫白玉帶，手持一柄白玉扇，緩步而出，如謫仙突現，眼眸閃過不容錯失的笑意。「真巧。」

「玄朗大哥？」榮嬌訝異，的確是好巧。「你怎麼在這兒？」大樑城有這麼小嗎？昨天偶遇，今天竟然再遇？

玄朗走到小樓身邊，勾起唇角，露出淡淡的笑意。「怎麼？我不能來這裡嗎？還是，小樓不高興遇到我？」

悅耳的聲線中似乎有一絲鬱悶，榮嬌連連搖頭。「怎麼會，只是太驚訝，沒想到會遇到玄朗公子……」

「如此甚好。」

玄朗心情不錯，沒想到在這裡能碰到這孩子，更沒想到他會有那番關於大隱、小隱的見識；只是這孩子戒備之心挺強的，見到他的瞬間，小臉看似自然，實則下巴繃得很緊，流露出小獸般無意識的提防與緊張。

「我來訪友，小樓呢？」

玄朗身形高大，榮嬌的個子頂多到他胸口，挨得近了，要抬頭才能與他對視，榮嬌下意識退了半步，拉開彼此距離。

「乳娘嬤嬤來還願，我左右無事，陪她一道。」

榮嬌頓了頓，還是決定直言相告。嬤嬤與聞刀隨時都可能出現，雖然少有公子陪著嬤嬤來還願這種事情，可信不信是別人的事，她不想撒謊。

「小樓心甚善。」

陪乳娘嬤嬤來還願？玄朗微笑，這孩子對下人倒是厚道，沒聽說誰家小公子陪乳嬤嬤來上香還願的。

「嗯，桃花觀雖小，也還有幾處可看的地方。你看那裡……」

玄朗極自然地轉換話題，向榮嬌介紹起桃花觀的景緻來。他的態度親切隨和，讓榮嬌覺得自己若是拒絕他的好意，就是典型的不識好歹。

她雖然不會對他推心置腹，卻也不會提防他，何況身處道觀，隨時有道童、香客走動，再有綠殳陪同，實在沒理由拒人於千里之外。

一來對玄朗生不出惡感，二來吃人的嘴短，榮嬌主僕昨日剛受人恩惠，今天就冷淡疏離，未免不通人情。

鑑於此，綠殳雖覺得不應該讓自家姑娘與男子並肩相處，卻找不出拒絕的理由——人家玄朗公子不知道自家小姐是女扮男裝的姑娘啊！

綠殳亦步亦趨地跟在兩人後面，玄朗和榮嬌說了些什麼，她全都沒聽到，心裡只有一個念頭：不要被嬤嬤看到，不要被嬤嬤看到……

玄朗的聲音清淺好聽，既熟悉桃花觀，又學識淵博、談吐風趣，逸文軼事娓娓道來如數家珍，榮嬌聽得連連點頭。

躲在一邊的暗衛看著自家主子如沐春風的臉，暗中驚嚇。老天！道祖顯靈了?!主子為何對那麼一個毛都沒長齊的小子一而再地禮遇？莫非是主子流落在外的……

不可能，以主子的年紀，不可能生出這麼大的兒子；再說主子向來潔身自好，沒有房裡人，更不可能始亂終棄。

與暗衛的八卦心不同，綠殳是真著急。姑娘啊，您昨天還對奴婢和聞刀下禁口令，怕嬤嬤和少爺們知道，今天就這般大剌剌地與他逛道觀，還在嬤嬤的眼皮子底下；昨天還能說是意外，得玄朗公子相助，今天這算怎麼回事？

更為難的是，她又不敢開口提醒，而榮嬌談興正濃，任她在背後怎麼使眼色，硬是一個也沒接著。

最後綠殳實在懼怕欒嬤嬤的數落，忍不住伸手拽了拽榮嬌的袖子，指指日頭，示意時候不早了。

榮嬌一拍腦門，啊！光顧著聊天觀景，嬤嬤該上完香了。

「多謝玄朗大哥，時辰不早了，我該回去了，嬤嬤還等著呢！」

他剛才說要訪友，也耽誤了不少時間吧？

「快午時了？小樓不用過齋飯再走？你的乳嬤嬤難得來上香，桃花觀的素齋值得一嚐。」

玄朗很誠懇地建議，時候不早，也該用午膳了。

榮嬌的臉上浮現出小小的不自在。對呀，桃花觀的素齋很好吃，確實應該請嬤嬤吃一次的，可是……心頭泛起微微的酸楚與愧疚，誰教她是窮人呢？連請嬤嬤吃齋飯都捉襟見肘。

「太貴了，我現在銀子不多，等以後有錢了，一定會讓嬤嬤大飽口福的。」

她坦言相告，桃花觀的素齋，最便宜的也要五十兩一桌，是她全部銀兩的四分之一，她不是捨不得，大不了再跟哥哥要銀子就是；但嬤嬤會難受，即便最終軟磨硬纏地讓嬤嬤用了這頓飯，她一定吃得不自在，搞不好還心疼出毛病來。

等以後，以後她有了無數白花花的銀子，請嬤嬤吃頓素齋還不是小菜一碟？

嗯？玄朗微微一怔，沒想到是為了這個，對上那雙黑白分明、目光堅定的大眼睛，那句即將脫口而出的「我請客」就嚥了下去。

他心思微轉，臉上依舊是不變的溫和笑意。「是我唐突……」

「不是，玄朗大哥是好意。」

是她自己窮，與別人沒關係。

「小樓有所不知，桃花觀的素齋並不都是席面，也有花費不多的齋飯，只是菜色簡單，雖是普通的湯菜、饅頭，味道也是不錯的。」

這個榮嬌倒沒料到，不過仔細一想，也對呀，桃花觀的素齋貴且限量，不是吃不起就是吃不上，那其他香客怎麼辦？總不會都自己帶乾糧或是來了即走下山用餐，做為一家香火鼎盛的道觀，不可能讓香客餓肚子的。

真笨啊！

榮嬌眉眼彎彎，笑得極開心。「普通齋飯吃得起的，我這就叫聞刀安排，玄朗大哥，要不要一起來？」

第十九章

桃木方桌上，簡單的兩菜一湯盛在特製的白瓷器皿裡，盤碗邊一抹雲朵狀的桃花瓣，是桃花觀的標誌。兩雙竹筷，兩碗素麵，還有白藤條筐裡柔軟的白饅頭。

桃花觀的齋飯名不虛傳，即便是最簡單的素麵，也是色香味俱全，甚是引人食慾。

榮嬌與玄朗分坐兩旁，玄朗率先拿起筷子。「桃花觀的香菇素麵很不錯，我不客氣了。」

說完，他不慌不忙地舉箸用餐，一碗素麵也吃得風姿優雅，頗具貴氣。

榮嬌埋頭吃飯，耳朵一陣發癢，不用猜也知道是嬤嬤在念叨自己——

適才她一時嘴快，邀請玄朗……不對，連邀請都不算，她雖然是順口說了句請他一起，但也不算是敷衍的客氣話，誠意是有的。

昨天吃了人家的，榮嬌是想過回請一頓的，但不是今天啊，欒嬤嬤跟著呢！

請客的誠意與打算是真的，但絕對不是今天，不是現在，哪知玄朗竟真的答應了……於是榮嬌就悲劇了，綠殳更是萬箭穿心。

欒嬤嬤從大殿出來，等了好一會兒不見榮嬌，急得她連連催促聞刀去找，結果自家大小姐竟與一個年輕公子說說笑笑，還請了人家一起用飯。

嬤嬤滿心的不贊成，整張臉全黑了，但礙於在外人面前，榮嬌又是作男子裝扮，她再反對，也不好硬拉了大小姐走人。

能想到的婉拒理由全找了一遍，終歸還是沒有開口。

雖然欒嬤嬤把榮嬌看得比自己的命還重要，但她從來都守規矩、知本分，當著玄朗的面，她不可能掃主子的臉面，即便十分不贊成自家姑娘的行為，卻還是聽從安排。

欒嬤嬤有氣不能對榮嬌發，綠殳、聞刀就沒那麼好命了。聞刀是三少爺的小廝，欒嬤嬤總歸要留些情面；可憐的綠殳，欒嬤嬤一連串的眼刀全戳在她身上，綠殳只恨不能把身子縮成一顆球。

玄朗也不知自己怎麼就答應了，他本來是來找老道下棋的，看到小樓便停下耽擱了，然後小樓問他要不要一起用齋飯，他居然鬼使神差地應下了，倒是省了那牛鼻子老道一桌素齋。

這孩子應該沒想到他會應下，有些不自在，莫非是帶的銀子不夠？

玄朗發現他應下邀請後，那孩子的神色有些不自然，待他的乳嬤嬤出現後，臉上更有一瞬間的心虛氣短……

他的這個乳嬤嬤有什麼不對嗎？

玄朗不動聲色地觀察著四人的神態舉止，越看越覺得有趣又不解。

小樓的舉止透著貴氣，氣定神閒，至少出身不差，自小受過教養，這種浸到骨子裡的自在風雅必不是短時間能養成的……如此，他原先關於私生子或庶子的猜測就不準了。小樓神態間的自信不是浮於表面的，是自然而發的，這一點他不會錯識。

生子。

可小樓的乳嬤嬤，倒像是普通人半道改為奴僕的，舉止雖無失禮之處，卻不會是世家家生子。

她對小樓的關愛之情發自內心，所以這乳嬤嬤的身分應該不假，但世家府第，主子的乳嬤嬤是很重要的，必是在家生子裡再三甄選，不是隨便什麼人都能當小主子的乳娘；小樓的乳嬤嬤不是不好，而是她原本應該是沒有資格的。

那主僕四人卻沒有這樣的意識，看他們之間的互動，關係必是真實不假，特別是小廝那副小心翼翼的模樣，無不表明，這位乳嬤嬤的地位不低。

食不言、寢不語，齋飯雖簡單，味道卻不錯，榮嬌吃得挺開心，走了一上午，著實有些餓了。

較之用餐，吃得津津有味的小樓比香菇素麵更令玄朗關心。

另一桌的三人各懷心事，頗有點食不知味。綠殳怕欒嬤嬤回府後算總帳，欒嬤嬤盯著自家姑娘與外男同餐，心急如焚，恨不得上前奪了榮嬌的筷子，拉著她轉身即走。

聞刀想著，三少爺那裡瞞不住了，以少爺們對大小姐的重視，知道自己護主不力在前又隱瞞大小姐相識外男在後，身上這層皮怕要被三少爺撕了……

自己已是泥菩薩過河，哪裡還敢給綠殳求情？心思難得與欒嬤嬤同步，趕緊吃完，馬上回府。

他倆想得好，奈何有人不配合，等玄朗慢悠悠地放下筷子，用完餐了，餐後總得上杯茶吧？

榮嬌覺得這個必須有，昨天玄朗請自己吃的是上等席面的素齋，自己回請簡單的已經不好意思了，若連茶水都省，更覺過意不去。

「小樓，你說的生意之事，可有眉目？」

榮嬌搖頭，昨天剛說過的，一宿之間怎麼可能突然來了商機。

「可否想過與人合夥？」

合夥？也不是不行，自己那點本錢，若有信得過的人合作，倒也是好事；只是除了哥哥，她哪有認識什麼信得過的外人？

看了看榮嬌的神色，不待她回答，玄朗自行說了下去。「我看你對茶頗有研究，我有間茶樓，因不常在京裡，打理不上心，經營得不大好，你若是願意，能否幫我打理一二，積攢些做生意的經驗，若有適合的商機，也不耽誤你自己做生意。」

嗯？榮嬌瞪大了眼睛。「你是要找我去做掌櫃的？」

這可不行，她要做生意，自然是自己做東家，怎麼可能去給別人當掌櫃的？她是想有練手的機會積累經驗，可也不可能天天翻牆去上工啊！

看到她瞪得滴溜溜的眼睛，玄朗眼神流轉，唇角輕揚。「我說的是合夥，茶樓有掌櫃的。」

「可是，我本錢不多……」

生意不好，是要重新開業嗎？可她只有兩百兩銀，僅能做小本生意，開茶樓是杯水車薪……怎麼合夥？

「不須出本錢，只須以二東家的身分打理生意，具體的事情，掌櫃的會帶人做。」

天下居然會有這麼好的事？不用出錢，白送個二東家？

欒嬤嬤急得要跺腳——大小姐，這人沒安好心，您千萬別答應！

白送個二東家？榮嬌的眼底轉過不解，拿不準玄朗是什麼意思，有何種意圖。

昨日一面之交，她是覺得玄朗沒惡意，所以接受了他的幫助，也安然享用了他準備的飯菜，可不出本錢，平白當二東家，這餡餅也忒大了些，他們並沒熟到這個分上啊！

「多謝玄朗大哥厚愛，不過無功不受祿，非是小樓不識好歹，還請大哥見諒。」

榮嬌果斷婉拒。

欒嬤嬤在心裡稱讚，對，無事獻殷勤，非奸即盜，白送上門的便宜絕對不能占，難不成這玄朗公子是道貌岸然的花花公子，看穿了小姐是女扮男裝，想誘拐千金閨秀？

「不是白給，我有條件的。」

玄朗彷彿沒察覺榮嬌婉拒之後的戒備，神色自若地解釋道：「茶樓交給你經營，以一年為期，在這其間，我不參與任何經營上的事情，如何經營全由你來決定；若需要重新佈置，本錢由我來出，若是不滿意現在用的人，也可以換你想用的……依著現在的盈利，若生意好上兩成，分你一成的紅利，好四成分兩成，若能翻倍，才會分割股份。

「當初開這間茶樓，目的不在營利，主要是為自己方便，如今常年不在京中，我也用不上，若你做得好，轉讓給你也無妨……說白了，這個二東家是虛的，能不能名副其實，甚至成為大東家，要看你的能力。」

這是……白給她一個練手的機會？非親非故的，便宜還是占大了。

若是自己哥哥開的茶樓，榮嬌肯定就應下了，但提建議的是玄朗……還是算了吧！

「當然，我這個機會也不是白給的，」

玄朗慣會察言觀色，揣測人心，知道小樓有所鬆動，但還是不夠，在她想要繼續拒絕時，率先開口。「一年為期，季度結算，若三個月後情況沒有任何起色或繼續下滑，約定就沒有繼續的必要了，得不到分成，你白幹三個月，我不會付你工錢；若有起色，約定繼續，下個季度以觀後效。你不是想做生意，對自己有沒有信心？」

榮嬌被反將了一軍。

這提議，聽起來得失清楚明白，做得好，賺錢得利，做不好，損失的是時間精力……嗯，她的時間貌似不值錢，若是不偷溜出來，也就是窩在三省居裡打拳、練字、彈琴、做女紅。

要不要答應呢？玄朗也說了，在這其間並不干涉自己做別的生意，說起來就是三個月的時間，若是三個月沒有起色，人家也不會再用她了。

當然，前提是玄朗這個人得可靠，茶樓沒有別的貓膩……榮嬌再想賺銀子，也沒頭腦發熱，忘記自己是個假公子，若是她的身分暴露，給池家門楣蒙羞，那對爹娘一定會毫不猶豫地讓她暴斃消失，以示家風清白。

不過，就算她老老實實地聽話，他們就拿她當女兒相待了嗎？

榮嬌的眼中閃過一絲冷意。

不好、不好。

旁聽的欒嬤嬤直衝榮嬌使眼色。可使不得啊！姑娘可千萬別答應，做買賣的事情可以慢慢想法子，若是與外男有了瓜葛，名聲就壞了啊……千金小姐沒了清白名聲，閨譽受損，一輩子就完了。

「咳咳……」

欒嬤嬤見榮嬌不看自己，知道眼色沒用，心中大急，連連清咳，總算成功吸引到榮嬌的注意。「公子，茶涼了，可否要換盞熱的？」趁著玄朗沒察覺，連連衝榮嬌搖頭，示意她應該拒絕。

欒嬤嬤的這幾聲假咳，卻讓榮嬌想起夢裡的那一世，欒嬤嬤隨她陪嫁到了王府，隨她被關在那破敗的小院子裡，生病無醫，從早咳到晚，直到咳血。

不管自己如何跪地哀求，王家的主子沒有一個露面的，窮途末路時，她將身上但凡值錢的都塞出去，守門的婆子收了東西後卻翻臉不認帳，欒嬤嬤就由一點小病生生被拖至咳血而亡，屍骨無存……

想起夢中的無助與淒慘，榮嬌的眼底泛起紅意。不管是夢是真，這一世，她絕不會再讓這種事發生。

「為何？」

她幽黑的雙眸直視玄朗，為什麼提這個建議？為什麼幫她？

只是簡單的兩個字，玄朗卻明白她的意思。「順眼，合眼緣。」

沒別的，就是看順眼，覺得合了眼緣，順手而已。

順眼？這真是個出乎意料又在情理之中的答案。

又一個為何接踵而來，彷彿困境中無助的小獸，執著又堅決地要個能心安的答案……

「為何？」

玄朗笑了，神色認真了幾分。「你的不甘心，我也曾有體會。」

這個奇怪的小孩，看似不設防，實際上卻是包裹嚴密的小獸，儘管他極力掩飾，還是能在他的眼裡看到了滿滿的不甘心，強烈的不屈服，就像曾經的他一樣，不甘心自己有那樣的身世，不甘心自己無法擺脫被安排的一生。

所以，他反抗了，竭盡全力爭分奪秒，讓自己變得更強大，變得更重要，強大到不容忽視，重要到不可或缺，令居高位者愛恨交加，且忌憚、且安撫，從此我命由我，無人能夠強行干涉。

功成名就之後，所有人都讚他智多近妖、英勇如神，誰知道他只是不甘心，一無所有之時，他堅定信念：即便是死，也要拿命去搏一場……

在這個小少年身上，彷彿有自己曾經的模樣。

不甘心嗎？

榮嬌垂下眼簾，斂起眸中的驚濤駭浪，他居然看出了自己深藏的心思？

她當然不甘心，不甘無良的父母、親長，不甘揹負喪門星的罪名，不甘唯唯諾諾、溫良乖巧，卻落得個淒慘悲涼。

不甘自己什麼也做不了，只能眼睜睜接受命運的安排。

她要做自己的主宰，哪怕最終沒有成功，也要全力去爭取。

「你不必現在就答覆我。」

玄朗清淺的嗓音帶著暖意。「這兩天，你找個方便的時間先去茶樓看看，了解之後再做決定。在商言商，做為東家，若有人能幫我把茶樓經營好，多賺銀子，自然是好事，提這個建議也是各取所需，你不必為此惶恐。若問為何是你，說起來，無非是合了眼緣，提供一個機會給你；何況，這算不算是機會，還要看你自己能否把握。」

玄朗知道看不看茶樓，小樓都不會拒絕自己的提議——他不會放過可能的機會。

只是他不明白，這個孩子為什麼篤定賺錢做生意是最重要的出路？要知道，商賈地位不顯，縱富甲天下，也是沙上城堡，如他這般小小年紀，若真心有不甘，立志向遠，應該去讀書進學，走仕途方為正道。

商富而不貴，在權勢面前是不堪一擊，這孩子心心念念的全是賺錢，焉知在很多時候，銀子不是萬能的，有一種情況叫做有錢無門路……

他是進學與投軍皆無門，才選了門檻最低的商業？到底是誰家的孩子？

玄朗失笑。唉，他的心操得有點多了。

第二十章

「姑娘，要去看那茶樓嗎？」

回程路上，欒嬤嬤滿臉糾結，礙於自己的身分，不好太過僭越，數次欲言又止，最終還是沒能忍到回府。

「去。」榮嬌點頭。

之前玄朗把那間茶樓的位置等訊息均詳細告知，且稱會馬上通知掌櫃的此事，明天起，她隨時可以去茶樓考察。

「可是……」

欒嬤嬤知道自己是下人，大小姐雖然看重自己，自己卻不可失了下人的本分，但是，這樣的合夥真的是十分不妥啊！

「姑娘，那玄朗公子是不知根柢的外男，他這樣會不會別有用心啊？」

一定是別有所圖，不然哪有這樣的，看自家小姐想做生意就主動開口請她做二東家，這不相當於白給嗎？

「別有用心？」榮嬌笑了。「他圖什麼？我們有什麼值得人家謀算的？」

雖不知那玄朗公子是何來歷，但就算不知曉其家世，單憑他通身的風華氣度，必不是寒門小戶。

而他的穿著配飾看似不起眼，實際上卻是奢華的罕見之物，單單是他今日手持的白玉扇，所用的材料是頂級羊脂玉尚在其次，那扇面是史上著名的書畫大家國鐸的真跡，即便是放眼世家，那柄扇子也夠資格供起來當成傳家寶了，而玄朗，那麼神態自如地拿在手裡，輕輕地搧風。

這樣的人，會圖謀她什麼？兩百兩銀子的本金？

「那可不一定，若他看出姑娘是女子了呢？」

雖然大小姐說得有理，但欒嬤嬤是不會輕易就被說服的。他不圖銀子，保不齊是圖色呢！大小姐花容月貌，又有池府的門第在，他若是搭上這條線，假意幫忙，故意與大小姐沾上關係，到時事情爆出……

「姑娘，他這個年紀，家裡肯定是早有妻室，說不得兒子都老大不小了……若是傳出去，他一個男人是不怕的，還能說是一樁韻事，但對女子可不同，一輩子都毀了，到時是做妾還是出家，完全身不由己啊！」

想到那種可能，欒嬤嬤心裡發寒。以大將軍與康氏夫人的一向做派，姑娘與外男有牽扯，一定是不會輕饒，性命堪憂啊！

噗哧。

榮嬌看著憂心忡忡的欒嬤嬤，又感動、又好笑。「嬤嬤啊，妳想多了。」

別說玄朗不像看出自己是女子，就算是真識破了，像他這種人，如果想，什麼樣的女人要不到手，還貪圖她的美色？就憑她裝扮後的相貌，勉強算是清秀的小公子，換作女子，紙片似的身材，身量都沒長開，哪裡值得他費心思覬覦？

榮嬌身體底子不行，先天有些不足，後頭又受康氏精神與肉體的雙重虐待，營養缺乏，精神壓抑，如同陰暗角落裡的小樹苗，一直不曾沐浴陽光，自在地舒展枝條，雖然十三歲了，卻比同齡人瘦小，面相也顯稚嫩。

或許過幾年，美色會與榮嬌沾上一些邊，但眼下的她是沒有的。

玄朗多半是因為憐憫，或許真如他所說的看順眼而心生善意，隨手為之，但一定不會是嬤嬤所說的貪圖美色與家世。

「大小姐，事關閨譽，後果嚴重，不管他是好意還是惡意，總歸是外男。」欒嬤嬤極不贊成。「做生意的事不急在一時，就算做不成，左右還有兩位少爺在，無論何時，少爺們總會護您周全的。」

以兩位少爺的心性，就算將來成了家、有自己的妻兒，就算將來兩位嫂子受婆婆的影響，對小姐不夠親善，少爺們也不會丟下妹妹不管的。

與不知底細的外男有牽扯，無異於與虎謀皮，哪有依附自家兄長可靠穩妥？退一萬步說，少爺們是絕對不會傷害大小姐的。

「是啊，哥哥們總是會護我周全的……」

榮嬌低聲喃喃，二哥、小哥哥是世上最好的哥哥，上一世，他們為了她拚上性命，她豈不知？可是，她不想再讓哥哥們陷入絕境，更不想哥哥們因為自己與長輩決裂，眾叛親離，英年早逝。

她要的，是哥哥們的平安喜樂，夙願以償，平步青雲。

玄朗沒有惡意——她相信自己的直覺，玄朗的提議，機會難得，她不想錯過。

這個決定讓她有機會邁入商場，為自己經商積累經驗，二來玄朗不似尋常人，與他建立關係、結下善緣，總不會有壞處，即便自己是女子用不到，或許能幫哥哥們多交個朋友、多條路子。

池大將軍雖簡在帝心，但他看重的歷來是長子池榮興。長子持家守業，家族資源偏向池榮興在所難免，小哥哥還好，有康氏偏愛；但二哥就沒人管了，二哥本領超群，但若無大戰事，單憑在軍中熬資歷，何時才能出頭？

池家是軍中新貴，人脈關係有限，大將軍的路子全鋪給了池榮興，那二哥呢？

「可是，二少爺那麼厲害……再說，那玄朗公子看上去普普通通的，也沒有出奇之處。」欒嬷嬷對這個理由不大能接受。

榮嬌面帶苦然地笑了笑。「嬷嬷，我知道妳是為我好……不用再說了，我意已決。」

二哥極優秀，榮嬌毫不懷疑哥哥的能力，不過，她不再是傻傻的閨中小女子，天真地以為哥哥夠優秀，就一定會有機會傲視群雄、平步青雲。

亂世出英雄，太平年間，武將不以英勇授將軍。二哥為人耿直，不善交際，又是不受重視的池家二子，大哥那人心眼小，自負不凡，不是個能容人的，對比自己小三歲又樣樣出色的嫡出弟弟，很難相信他會胸懷坦蕩。

以夢裡的情境看，大哥對他的親弟弟、親妹妹著實無情，即便不說夢裡的上一世，單這十三年的現實生活，榮嬌也想不到池榮興曾經對自己付出過任何善意。

「姑娘，您真想好了，嬤嬤不會再攔著，但凡事三思而後行，多從壞處想，如果事發暴露，如果玄朗公子不可靠，夫人要大義滅親以正家風，您要怎麼辦？」

她也不是不同意，就是覺得風險太大，萬一露了餡……這比翻牆私自偷出府嚴重多了。

「嬤嬤，妳覺得沒有這些事，池夫人就沒惦記著大義滅親嗎？」

榮嬌冷然反問。從小到大，她循規蹈矩、逆來順受，只會事事自省永遠息事寧人，一心討好親人，得到的又是什麼？

愛她的，不管她是好是壞，都是愛的；不愛的，任她如何討好，依舊一心想要她死，既如此，又何必瞻前顧後？

佈置清雅的棋室中，一道俊逸的身影跪坐在棋案前自弈，白皙修長的手，一隻閒閒地擱在膝上，另一隻手的指尖時而挾起白子放在棋盤上，時而拈黑子應手。

室內幽靜無聲，只聞輕微的棋子落盤聲。

那雙手，精緻如玉，五指修長，骨節分明，節勁如竹，彷彿隻手間可指點江山，摘星落日。

不知過了多久，弈棋人盯著盤面，眉宇間泛起一絲無奈。又是和棋，想贏自己或輸自己，還真是不容易。

「岐伯那裡，安排好了？」

清淺的聲音響起，自弈的棋者起身，露出玄朗那張俊臉，不同的是，這張面孔冷峻而威嚴，與榮嬌熟悉的相差甚遠。

「是。」

先前幾乎沒有存在感的阿金恭敬地回答。「已將小樓公子的形容、樣貌吩咐下去，岐伯會坐鎮那裡，隨時恭候小樓公子。」

玄朗負手立在窗前，眺望著夏暮初秋的風景。臺子搭好了，就看那孩子怎麼跳了……還真有一點期待呢！

「公子，屬下不明，能否請公子解惑？」

阿金真心不明白，主子是何等的人物，居然會對一個不知從哪裡冒出來的小人兒這般上心？反常！忒反常了！

雖然主子的行為從來不是他這個做屬下的能懂的，不過做為公子的心腹，他還是有必要虛心請教，以辨別這個莫名出現的小樓是否存有歹念，是否幕後有人操縱，故意將人推到公子面前的……

嗯？

玄朗淡淡地掃了他一眼，不怒自威。

阿金的心一哆嗦，硬著頭皮道：「公子，屬下想查小樓公子的身分底細，請公子允准。」

「不必，只是個有趣的小東西而已，無須防範。」

謹慎是應該的，太過小心、草木皆兵就過了。

有趣的小東西？阿金愣住了，把岐伯連同曉陽居茶樓都指派給他玩耍，原來只是有趣的小東西？有趣的小東西是什麼意思？

阿金平時挺靈活的腦袋頓時不夠用了。

這是把小樓公子當寵物養嗎？主子何時添的這種怪癖好？

「可是……他來歷不明，屬下恐其別有用心。」

玄朗輕飄飄地掃了他一眼，薄唇輕啟。「膽小類鼠輩，他不是。」

阿金傻眼了。屬下只是不敢有絲毫馬虎，怎麼會在您眼中留下類如鼠輩的印象？

他怔怔的表情取悅了玄朗，冷峻似乎融化了些，於是前所未有地好心解釋了幾句。「難得看到一個合眼緣又心有不甘的小東西，順手拉拔下，看他能走幾步。岐伯閒得發慌又好為人師，送他個便宜小徒弟，事在人為，成了，是小東西的造化，不成，本公子也沒損失。」

玄朗自認不是個軟心腸、好施恩的善人，主要是看這孩子順眼，又與年幼時的自己有幾分相像，這是舉手之勞，給他個機會，成不成，也要看他自己的本事。

反正就這麼一次，成了，才有下一步。

他絕對不會承認是自己最近不方便出京城，在大樑城待得太無聊，遇到個有意思的小孩子，看他努力不甘心，如溺水之人遞塊木板，給對方機會只是順便，給他自己解悶才是主因。

「公子高明，屬下愚鈍。」

阿金拍了記馬屁，心中卻將信將疑。解悶逗趣的？那也用不著讓岐伯出山吧？還拿曉陽居做人情？

曉陽居哪裡是生意不好？不是沒人來，是根本不開門營業，不想讓人進來喝茶。最重要的是——公子是什麼人啊？既然是無聊解悶的行為，每次遇到小樓公子都成了冰山掛暖陽，所為哪般？既是將之視做寵物，用得著如此紆尊降貴嗎？

心裡納悶，面上卻不敢露出半分。阿金知道，若無其他新的情況，小樓小公子的事到此為止，無須再談，還是彙報正事。

「……以上是近日要聞，另有一樁爭風吃醋的小事，涉及兩派小輩。」

阿金將最近兩日朝堂內外的大事做了彙報之後，微帶躊躇之色。公子日理萬機，向來是由他和阿水兩個將報上的情報整理、分類，按輕重緩急報給公子知曉，如權貴子弟爭風吃醋這類小事，本是沒資格報到公子這裡的，只不過他要說的這樁，涉及人數較多。

打了小的，驚出老的，處理不好，或許會引起兩派新的紛爭，而消弭文武之爭，力主將相和諧是公子心之所向。

阿金偷覷了玄朗兩眼，見他沒別的表示，遂繼續道：「昨夜在笑春風，安國公府世子張津等人，與林大學士的小兒子林立飛為爭頭牌起了齟齬，推推搡搡之間，有三人掛彩，王來山的三兒子傷勢最重，頭部受傷，右手腕脫臼。當時場面混亂，雙方都動手，又被有心人滅了片刻的燭火，誰下的黑手並無定論；不過據我們的消息，傷人滅燭的是池萬林的小兒子池榮厚。」

提到這個名字，阿金語氣微頓，偷覷了一眼玄朗，彷彿在提醒他小樓公子身邊那個叫聞刀的隨從，十有八九是池榮厚的貼身長隨。

「池、王兩家繼結親傳聞之後，目前已議定親事，聯姻的是王來山第三子王豐禮與池萬林嫡長女池榮嬌。從昨天池榮厚的反應看來，屬下懷疑他對親事不滿，故意挾怨報復，乘亂重傷王豐禮。」

「理由。」

玄朗眼中閃過不悅。池、王結親是文武破冰之舉，雖非他主導，卻不希望此事被破壞。

「池榮厚這半年一直跟著池家老大池榮興辦差，常駐京東大營，前天下午他回京城，並未回府，落腳在他與池榮勇合開的兵器鋪子。池府有家規，不許涉足煙花窟，故此屬下猜測，池榮厚明知故犯，出現在笑春風是為了王豐禮。

「事發前，他曾尾隨王豐禮去官房，有過交談，內容不詳。事發後，池榮厚回府短暫逗留，即返京東大營。

「池大小姐多病體弱，池家老二、老三待妹親厚……王三自詡風流，素愛流連煙花窟，紅顏知己數不勝數，池家兩兄弟自然不願將妹妹嫁予他。」

「那是池萬林的問題。」玄朗面色冷淡，聲音冷冽。「找個妥當人給他遞個話，管好自己的兒子。」

不論池萬林出於什麼目的張羅這門親事，池家大小姐想嫁給誰，皆與他無關，唯一有關的，是他力主將相和諧，池萬林的兒子卻在挑事、製造是非，這是他不允許的。

第二十一章

自桃花觀回來，榮嬌泡了個澡，換了身月白色的家常小襖，繫了條淡紫色的八幅馬面裙，如一朵嬌俏的豌豆花，頓覺渾身清爽舒適；烏溜溜的頭髮披散著，越發襯得眉眼精緻、膚白如玉。

榮嬌以前體質弱，氣血不足，頭髮枯黃，池榮厚從書中讀到什麼「三千青絲綰，雙鬢鴉雛色」的文字後，再對照自家妹妹，發動二哥一起去找自己的哥兒們，讓他們去問自己家的女性親長、姊姊妹妹討要養髮秘方，冰糖黑芝麻、烏雞何首烏的沒少折騰，皇天不負苦心人，總算成績斐然，榮嬌的一把青絲終於又黑又亮，髮質柔軟，手感順滑。

紅纓站在榮嬌身後，手持大塊的乾帕子給她擦頭髮，一邊輕聲細語地將這大半日發生的事情慢慢道來。

「……三少爺回來過？」榮嬌訝異。小哥哥一大早回府了？

「是，您剛走，三少爺就回府了。」

「三少爺有沒有說什麼？」

榮嬌有點不安。她每天翻牆外出這件事，有聞刀在，哥哥們肯定是早就知道了，沒阻止也沒拿到明面上說，就表示哥哥們默認了此事；不過，被抓了現形總歸不好……一向是乖寶寶的她有種心虛與慌亂。

紅纓搖搖頭。「三少爺沒來三省居，奴婢沒見到面。聽說三少爺行色匆匆、似有急事，入府後只回了趟自己院子，洗漱更衣後在正院逗留了片刻，連老夫人那裡也只是在小佛堂外磕了個頭，並未等老夫人唸完經。」

三少爺回府卻沒來看大小姐，這是極少出現的情況，紅纓知道榮嬌會擔心，不待她問，就將自己知道的一五一十全說了出來。「……三少爺差人給您送了點心，是挽弓送到二門上的，他說三少爺是抽空回來處理鋪子上的事務，要即刻返回大營。他還說三少爺知道您不在府裡，這回事急，就不等您回府了，下次有時間再回府看您。」

這麼急？榮嬌心裡疑惑。「可知鋪子裡出了什麼情況？」

哥哥們的兵器鋪子，掌櫃的與大師傅、包括夥計在內，都是可靠、可信之人，鋪子的經營向來也是不錯，又有池府做靠山，會出什麼急事需要小哥哥連夜趕回來？

「挽弓有沒有說三少爺是何時回城的？」

莫非小哥哥是昨天回來，先處理了鋪子上的事情才回府的？

「奴婢不知。」

三少爺的四個小廝中，與內院打交道的向來是聞刀，問劍次之，挽弓與洗錘兩人多在外頭行走，甚少與內院聯繫，紅纓與他不算熟悉，況且挽弓又是個寡言的，她也沒問那麼多。

「算了，回頭問聞刀。」

小哥哥既然回去了，事情自然是辦妥了，她沒再糾結，小哥哥回來，聞刀事先一點話風沒露，還樂呵呵地陪自己去桃花觀，想來是臨時之事，他也不知曉。

「您看，三少爺送來的點心，單看這匣子就誘人得很。」

紅纓見榮嬌不言語，以為她是沒見到池榮厚情緒低落，索利地給榮嬌梳好了髮髻，指著案几上的點心匣子岔開話題。

翠色匣子上繪著幾瓣粉色的荷花，顏色清雅。

榮嬌的心頭泛起暖意。小哥哥就是這樣細心，不管去到哪裡看到好吃、好喝的，總想著她的那一份。「是漂亮，打開看看。」

綠色編織細密的細葦墊上鋪著雪白的油紙，雪白透亮的是馬蹄糕，淡粉暈紅的是荷花餅，小小巧巧的，個個做得精緻。

明暖的笑意在榮嬌秀美的小臉上流淌。「嗯，看上去真的很好吃……這個要趁新鮮吃，妳一樣留一個，剩下的拿去給嬤嬤，妳們幾個想嚐鮮的，去找嬤嬤討要吧！」

自從說出自己的決定後，嬤嬤雖然沒再多勸，可榮嬌清楚她的擔心並未放下。

她理解嬤嬤的擔憂，她也相信，不論到何時，兩個哥哥都會是讓她安心倚靠的大山，正因為如此，她才會執著地想要自己變強，不至於處處扯哥哥們的後腿，讓哥哥們夾在她與父母之間，左右為難，舉步維艱。

不論是真假難辨的上一世，還是今生當下，欒嬤嬤都是真心待她，願意為她付出性命，雖然無法將自己也解釋不清的前世夢境說與嬤嬤聽，但嬤嬤對她的好，她是領情的。

「是，奴婢這就給嬤嬤送去，順便向嬤嬤討個口福。」

紅纓笑盈盈地湊趣兒，拿起匣子告退了。

榮嬌端了杯茶，慢慢理著思緒。原本打算給哥哥們寫封信，問問小哥哥回來的實情，又再想，明天要去玄朗所說的曉陽居茶樓看看，等看過做了決定再寫不遲——這麼大的事情，她沒想瞞著哥哥們，當然會一五一十交代清楚。

自己要不要也找個信得過的小廝？

不是信不過哥哥或要瞞著他們行事，只是覺得康氏在兩位哥哥面前是慈母形象，特別是小哥哥，向來是她的心肝兒，對自己卻抱著必殺之心，如果康氏繼續冥頑不靈、手段激烈的話，她不知道自己會不會有一天忍不住反擊，屆時，恐讓哥哥們左右為難……

她現在身邊得用的、可信的，全是哥哥們安排的人，手裡有幾個自己的人，只忠於、聽命於自己，也是有必要的。

正院裡，康氏又氣又怒、又有些疼惜，聽完康嬤嬤的稟告，臉上露出羞惱之色，恨鐵不成鋼地道：「這個厚哥兒，真是氣煞我了，他怎麼敢跑到那種地方去？也不怕大將軍打斷他的腿！」

糊塗啊！明知道家規禁止去煙花窟，他怎麼還敢去？更倒楣的是，還碰上了紈袴打架。

「哥兒是什麼人，您還不清楚嗎？不會是那等好色、逛樓子的。」康嬤嬤勸慰著。「聽說是安國公世子宴請哥兒，張世子爺的喜好誰不曉得？歷來喜歡招那些個鶯鶯燕燕的……」

三少爺這次是趕巧碰上了，再說，少年公子天天跟軍大營裡的兵混在一起，那些個軍中粗漢個個沒口德，葷素不忌，哥兒對男女之事起了好奇之心，也不為奇。

「可不能讓厚哥兒去那些骯髒之地，嬤嬤妳看他屋裡的大丫鬟，哪個守本分、懂規矩的，叫過來我看看，等下回哥兒回來，他想要，就開臉收到房裡。」

康嬤嬤笑著應下。康氏又想起另一樁要緊事，掃了一眼內室服侍的，揮手讓她們都下去，壓低了聲音問道：「點心送去了？」

「送去了，老奴親眼見挽弓拿去二門了……」康嬤嬤心一緊，泛起寒意，她真心不贊成夫人的決定。

「沒露馬腳吧？」

「沒有，老奴很小心，並未假手他人。」

康氏滿臉的陰寒，不無恨意。「小畜生，早死早清靜！」

次日天氣陰沈，灰色的天空如倒扣著的鍋，低低地壓下來；悶而黏濕的天氣，讓人全身無力，頭暈氣悶，實在不是個利於出行的好天。

一早欒嬤嬤就拿天氣說事，勸榮嬌過了今日再去。「……這是有雨沒下下來，等下了這場雨就舒服了，您要不要歇上一日？」

嬤嬤說得有道理，榮嬌卻不想白耽擱一日。

每年大樑城都有四、五日是這種天氣，這天氣是夏、秋的分界，一旦熱過這幾日，意味著夏天要結束，節氣馬上要立秋，之後早晚便涼快許多。

貓夏的人開始出動，生意好做，在這之前，更應該抓緊時間，提前做好準備；玄朗的茶樓是何情形、這提議是否可行，榮嬌不想浪費時間。

用完早膳，換了衣服，走到老地方翻牆，帶著綠殳、聞刀坐車前往玄朗名下的曉陽居。

曉陽居在東、西城交界的棠樹街，若從池府正門走，要繞一段路，但與榮嬌翻牆出來的池府後街就近了許多。

榮嬌沒到過棠樹街，掀起車簾向外看，真心覺得玄朗說茶樓位置偏僻、生意不好是句實話。

馬車拐到棠樹街，彷彿涼快了一些，街的兩旁長滿了樟樹，綠蔭蔽地。街上沒有行人，兩旁幾戶人家，皆關門閉戶，安靜幽深，人影不見一個，看上去的確不是個做生意的好地方。

雖說茶樓走高雅路線，但畢竟是開門做生意，大門隱藏在讓人找不到的地方，也有點過了。

曉陽居門口沒匾額，聞刀指著院門一戶戶地數，好不容易在漆黑大門旁的青磚牆上發現一塊小小的木牌，刻著「曉陽居」三字。

敲門進去，不似茶樓，倒像是進了某個富貴人家的園林，迎面是青磚粉牆的照壁，照壁之後，別有洞天。

青竹翠立，或三、五株或叢叢生，假山玲瓏，上有飛瀑濺珠，曲徑流觴，錦鯉嬉戲，水面圓碧平鋪白蓮點點，蓮葉高、粉荷半殘，朱廊蜿蜒，有室外茶座錯落……

時間與沈悶的氣候彷彿在此間遺落，走在其中，只覺得心曠神怡，若有還無的香氣，似遠還近，一切煩躁都消散了。

目光掃過茶樓大廳的擺件，榮嬌的心裡越發震驚。這般流淌著貴氣與高雅的茶樓，會生意不好？難不成做生意真有曲高和寡？還是養在深閨無人識？

早在榮嬌三人叩開大門時，曉陽居的掌櫃岐伯就得了消息，出現在廳堂前。見禮寒暄之後，初次見面的岐伯與榮嬌互相打量著。

岐伯是瘦高個子，看不出實際年齡，面上皺紋不多，眼底卻藏著滄桑，往年輕裡說不過四十出頭，若往老裡看，五十幾許也是有的；穿著一身青色文士袍，看人時視線專注親切，帶著些許的慈愛，與榮嬌印象中和氣生財的掌櫃形象不同，更像是哪家坐館的先生，與曉陽居的氣質倒是十分的契合。

岐伯自從得到阿金的傳信，便十分好奇能入了自家公子青眼的小樓公子會是何方神聖？乍看上去是沒長開的小哥兒，瘦小單薄，臉太白了，身子骨兒太弱，倒是長了雙好眼睛，墨玉般的大眼睛，靜時如深潭古井，顧盼生輝，碎芒點點。

細細端詳，倒是有幾分內涵，落落大方，神態自若，對於曉陽居的高雅奢華，帶著一絲恰到好處的驚嘆，舉止間竟如進自家園子般自然灑脫。岐伯的心裡開始點頭——

他閱人無數，這般年紀能做到如此沈穩的，沒見過幾個。

任誰初次進了曉陽居都會驚愕，就算那不識貨、沒見過世面、辨不出好壞真偽的，也會在不知不覺間受影響，屏息凝氣，放輕手腳。

小樓隨意灑脫地漫步，眉宇間認真地審視，著實讓岐伯有些猜不透。

其實她想得很簡單，一進院子，她便明白了三件事情——一，玄朗不缺錢，既貴且富；二，玄朗對自己無所圖，請她打理曉陽居真如他所說，順眼、順手下的提議；三，機會難得，時不再來。

她幾乎是瞬間下定決心，一定要接下這個提議，竭盡全力，成為曉陽居的二東家。

玄朗絕對是老天派來拉她一把的，這曉陽居裡隨便一幅字畫拿出去，都不止千百兩銀子，這回真是老天開眼了。

有曉陽居做起點，她一定要成功。

但疑惑也隨之而來，這樣一間茶樓怎麼會生意不好？她接手後，如何做才能讓生意蒸蒸日上？

岐伯領著榮嬌將曉陽居裡裡外外看了一遍，然後找了間靜室，沏了茶。「聽說小樓公子行商賈之道是因為缺錢，要賺銀子？」

「是。」

榮嬌沒有否認，這是實情，她之前與玄朗說過。

岐伯微微笑了笑。「恕岐伯直言，觀小樓公子通身上下，不像缺銀子的。」

「哦？」

榮嬌不解。她身上有值錢的東西？隨便一柄扇子就價值千金的是你家玄朗公子好不好？

她窮得連頓桃花觀的素齋都吃不起。

「上等的杭綢外袍，靴子用的是塞外小野牛皮，束腰的絛帶乃廣化的金沙棘絲所製……

您這一身，銀子少了可置辦不起。」

小公子不誠實哦！穿用得起這些，還口口聲聲喊沒錢？

榮嬌怔了怔。她還真不知道小哥哥的舊衣服這麼值錢，轉瞬心中了然，是了，以康氏對小哥哥的寵愛，他的吃喝用度自然是好的。

「……這是他人所贈的舊衣物，不知竟如此值錢，倒教岐伯見笑了。」

榮嬌回過神來，坦言道：「事無不可對人言，人窮不是過，小樓接受玄朗公子的提議，請岐伯轉告貴東主，以後要多倚仗岐伯支持了。」

岐伯是此間的主事者，榮嬌清楚，他的配合至關重要——雖然玄朗說過，若人員不合用，她有許可權調整更換；但一來她手上並無現成可用的人選，二來不過短短三個月，除非岐伯對她十分的排斥與抗拒，否則用生不如用熟，她是不會換人的。

岐伯不置可否地笑笑。「小樓公子年紀雖小，倒是爽快，老朽定會及時知會東主……不過，你與我家東主素昧平生，你就不擔心有閃失……」

「岐伯說笑了，我信得過玄朗公子。」

「小樓公子，遇事三思而後行啊……」

榮嬌淡淡地笑了，語調輕鬆、半真半假道：「岐伯是在提醒我，當心有陷阱？你家東主不懷好意或是別有所圖？」

第二十二章

「有意思。」

玄朗俊臉泛笑。岐伯這隻老狐狸，老奸巨猾，挑撥人心頗有一套，難得見他吃癟呢！

「公子……」

阿金同情地看了岐伯一眼。

不過，公子如此暢快，真是百年難得一見，就憑這個，那小樓公子就有存在的價值；與公子的好心情相比，曉陽居的二東家算什麼？白送幾個曉陽居都值得。

果然，如公子所說，小樓公子是解悶逗趣的小東西。

「小樓那孩子有點特別……岐伯羞惱了吧？」

玄朗斂了笑。他相信自己的識人眼光，小樓那個小孩，與別人確實有幾分不同。

「是，不動聲色地挖坑，難怪不長個頭，光長心眼了吧？」

岐伯其實並未真生氣，見玄朗情緒不錯，他繼續一副憤憤不平的樣子。「他說……」

岐伯的聲線一轉，竟字正腔圓地吐出小樓的聲音。「說起來，我對貴東主才別有所圖呢，不知是哪路神仙大發善心，讓我偶遇貴人。白頭如新，傾蓋如故，小樓對玄朗大哥感念萬分，恩情謝當面，我就不煩勞岐伯轉告了……你說，這孩子是不是小心眼？話裡話外都在暗示對屬下之前出言的不滿呢！不過，倒是個知情知義的，不枉公子給他機會。」

岐伯自然明白，小樓這番話有嫌他話中暗含挑撥之意。按說玄朗是他的東家，小樓是第一次見面的外人，當著外人的面質疑自己主子的決定，顯然是不對的，小樓的這番話，既有對玄朗的維護，又隱含對岐伯的指責之意。

「嗯，倒是有心。」

畢竟是自己看順眼的小東西，他雖不在意他的感謝，但小東西能知道他的好，是好事不是壞事。

「有時間，你提點一二。」

岐伯有滿肚子的商業經，小樓若能得他指點一二，受益匪淺，賺個缽滿盆滿並不難。

「公子，既然有心，為何要將曉陽居指給他？」

岐伯不解，自家公子既有心要給那小樓一個機會，公子在大正街周邊有的是鋪子、店面，隨便選哪家，就開門學做生意而言都好過曉陽居。

不是曉陽居不好，而是不適合。

曉陽居本就不是對外營業的茶樓，拿來練手實在是大材小用，而且太可惜了，糟蹋好東西。

「擔心他做不到？」

玄朗清淺的嗓音透著冷漠與疏離。

這點小事，他若是做不到，足見非可造之材，不堪大用，有再多的不甘心也不過是心比天高、命比紙薄，不值得提攜。

「那倒不至於，他是個聰慧的，只要有心，這點事情還是能做好的；只是他既有意從商，棠樹街卻不是個學習的好地方。」

自家公子行事向來出人意表，岐伯自忖猜不透他的用意。

棠樹街看似冷清，實則暗藏乾坤，挨著國子監的後院牆，與貢院隔了兩條街，前者多得是有權有勢、家境優渥的學生，裡面的先生也個個出身不凡，推崇風雅之事，曉陽居若開門納客，客源是現成的。

而貢院周邊，平時冷清至極，但明年四月春闈開考，入京的外地考生日漸增多，棠樹街四周空閒了兩、三年的院落將陸續迎來進京趕考的考生，那小樓公子只要不是個拎不清的，這麼好的時機，稍微動下腦筋，三個月營利增長是手到擒來。

他若能細心觀察，心思通透，這考驗並不難，簡直是白送他一個二東家之位。

「小樓篤定行商是唯一之道，放他與那些士子們親近親近，想來有趣。」

小東西前番可是信誓旦旦說自己只想從商，若是把新的選擇放到他眼前，不知他是初心不改，還是會改弦易轍，渴望進學？

「公子所言甚是。」

也太促狹了。

岐伯從來不知自家公子會這麼無聊，得多閒才會有這等想法，弄這麼多事，就為了試探人心？

不過，這麼好的事，怎麼沒落到自己頭上？那個小樓，也不知走了什麼好運，不管選了哪條路，只要有主子的提攜，從此平步青雲，從商或走仕途，他只要別糊塗，怎麼看都是前程似錦。

以岐伯對玄朗的了解，不管小樓選哪條路，自家主子都會給個機會。

他決定要趁這段時間好好考察一下這孩子，能得主子看重，必有非凡之處，況且，他也一直想找個人傳授自己大半輩子的經商心得，若小樓是個可信、成器的，收個小徒弟也挺好的。

紅燭高照，一身輕裝便服的池榮勇坐在燈下，修長的手指不自覺地叩著桌面，盯著面前的信箋，濃眉輕皺，眸中閃過猶豫。

「二哥，這不妥當吧？」

坐在他對面的池榮厚，揉了半天的眉頭，突然出聲。

憑自己的了解，但凡二哥猶豫不決時就會以指叩桌，但這件事，沒什麼好猶豫的，絕對不能答應，不能允許。

好半天，池榮勇抬頭看他，低聲問道：「那晚……沒人看到你出手吧？」

「沒有，我回來時不就說過了，我是先滅了燭火才下手的。」

他當時非常謹慎，原本是沒想動武的，只想與王三動之以情、曉之以理，讓他在他父母面前表態，說他不滿意與池家結親；誰知道那小子那麼欠揍，而且聽不進去人話，將自家妹妹貶得一文不值，還揚言親事由父母做主，若他父母願意，管她病秧子、母夜叉也必定娶得，無非就是娶回家供著，一個擺設還養得起，到時再多娶幾個如花似玉的美嬌娘來紅袖添香。

所以自己才一怒之下，決定給他些教訓。

既然王三口口聲聲池家滿門粗魯人，那就狠揍他一頓，讓他知道粗魯人的手段，或許就知難而退了呢；不過……

「我沒想到他那麼不禁打，還那麼倒楣，果然是個衰人。」

池榮厚恨恨咬牙。誰知道那傢伙真是個紙糊的，他只不過出了一掌，推了一下，還沒開打呢，那傢伙就倒地，至今還在昏迷中，聽說若是不能及時醒來，保不齊要變成傻子。天地良心，他沒想弄出人命來，更沒想令其癡傻。

「本想雙管齊下圖個保險，誰知……」

池榮勇覺得晦氣，誰知王三是個倒楣的，他原想讓三弟找他談談，拉個同盟的，結果卻是如此。「是我失算了，高看了那小子，不怪你。」

事已至此，只希望他運好命大，別真傻了、死了。

「我沒想去花樓，但那小子待在裡面不出來，無奈之下……」

誰知那小子居然日夜流連青樓不出，自己哪有時間與他乾耗？

「我說是替你送信給張津的，趕巧遇上。」理由很充分，替二哥送信，請張津幫忙關照下鋪子，這解釋說得通。

「若父親知曉，可能要吃些苦頭。」

池榮勇神色不變，心底卻沈甸甸的。這回他真是關心則亂，錯估了王三，沒想到那就是塊爛泥，不足為謀。

只要王三醒來沒事，這事就是小輩間的爭鬥，吵鬧幾天就過去了，以前不是沒發生過，若真鬧出了人命……

那就不妙了，王家必會追究，上奏聖上徹查此事；只要做過，就不會天衣無縫，若是榮厚因此出事，他真是難辭其咎，悔不當初。

池榮厚卻沒想那麼深，反正不是他打死的，真死了，查到他頭上，他也不會認的。與王三的生死比較起來，他更關心妹妹信上說的事。「二哥，妹妹想開鋪子我贊成，但這什麼幫人管茶樓的事，我是絕對不同意的。」

聞刀這小子，竟敢帶著榮嬌去不該去的地方，南城門龍蛇混雜，是大家閨秀、千金小姐能去的地方嗎？還跟混混打架、與陌生男人吃飯?!氣死他了。

「玄朗？」池榮勇沈吟著。「這是字還是假稱？你可曾聽說過？」

看榮嬌的描述，不該是位籍籍無名之輩，他怎麼從無耳聞？

「管他是字還是假稱。」池榮厚氣急敗壞地嚷嚷。「總之是不安好心的外男、外男。二哥你可別忘了，妹妹裝扮得再像，她也是妹妹，不是真男子。」

這有什麼好猶豫的，他是千百個不同意，妹妹想做生意、想賺錢，做哥哥的想法子幫忙就是，就算一時半刻開不成鋪子，有他們在，還能短了她的花用？

還是名聲要緊。

「我也不是要贊同……」池榮勇無奈一笑，揚了揚手邊的信箋。「妹妹自己早拿定了主意……我是在說服自己。」

榮嬌信裡將事情交代得如此詳細，不就是她自己早想好了嗎？都答應了對方後才給他們寫信交代經過，這小丫頭，連先斬後奏都學會了。

如此明顯地表明她的態度與決心，難道三弟沒看出來？

「沒看出來，我不同意。二哥，妹妹年紀小不知世事險惡，我們不能由著她。」池榮厚的態度甚是堅決。「家裡長輩對妹妹素有成見，平時還好，若這種事暴露出去，你我護不住她的。」

難道要看著妹妹去死嗎？一時的縱容會埋下何等可怕的隱患，他不敢心存僥倖，榮嬌再心心念念，也不能同意。

是啊，此事風險太大，池榮勇焉能不知？

只是他昨晚忽然臨時有事去找父親，無意中聽到父親交代幕僚，備一份上好的藥材補品，給王侍郎府上送去。

池府與王府素無交集，唯一的牽扯就是結親的謠傳……既是謠傳，王三受傷，父親為何要送藥材派心腹看望？

他有一種非常不好的預感。

他想過馬上給榮嬌找個合適的軍中袍澤，先訂下親事，但翻遍大營，竟沒找到個合適的能放心託付。

是他太過挑剔？可這畢竟是妹妹的一輩子，馬虎不得，他既擔心所託非人，又怕自己關心則亂，想得太消極，妹妹的年紀畢竟還小，畢竟父親答應過自己……

池榮勇患得患失，真心覺得自己不擅長這種事情，比排兵布陣還難。

最後長嘆一聲，下定決心。「這事聽妹妹的吧！你先聽我說……」

他抬手阻止正欲出言反對的池榮厚。「你我不可能護妹妹一輩子……別不服氣，男女有別，娘家哥哥是無法插手出嫁妹妹內宅之事的，除非她嫁的人，無父無母、無兄無弟、無族親長輩，既沒有婆婆、小姑、妯娌，又沒有小妾、姨娘、庶子女，否則，有人就有爭鬥，妹妹得學會自己去應付解決。難得她現在長大了，有主見、有自己想做的事，趁著她年紀還小，放她去做吧，成不成都有收穫。

「家裡也沒人教她管家理事，能從外面學得識人、知面，也是好的，只有親身經歷，才能真正領悟。你擔心的最壞結果，未必會真的發生，若不幸言中，大不了我們幫她遠避他鄉，過上一、兩年再找個適合的人家……」

兩害相較取其輕，他決定冒險一次，支持榮嬌的決定。

八月的這天，明亮的晨曦喚醒沈睡的大樑城，榮嬌一身短打，下樓去後院晨練。

迎面吹來的風透著些微爽意，榮嬌微紅微腫的眼睛卻洩漏了昨夜的失眠。

昨天下午，接到哥哥們的回信——在寫信之前，榮嬌已做好他們反對的準備。以兩位哥哥對她的愛護，不會允許她做這件事的，畢竟她是女子，名節大過天，結交不知底細的外男，偶爾為之，可謂意外，與對方合作生意，另做他論。

池府不是小門寒戶，會為生計允許女兒家拋頭露面，特別是二哥池榮勇，稱得上少年英傑，怎麼會同意她女扮男裝，替人經營茶樓行商賈之道？

結果卻出乎她的意料，哥哥們竟同意了，只要求她：一要小心謹慎，不要暴露池府與自身性別；二要穩妥，不要急於求成，能成自然好，不成還有別的機會。

隨信附上的還有一小疊銀票與一張房契……

聞刀解釋道：「這是二少爺送您的，您喬裝在外行走，恐有不便之處，這是臨時落腳的應急之所。少爺說，院子是兩進的，小是小了些，勝在位置便利。」

榮嬌看了看房契，院子位於芙蓉街，正處在池府與棠樹街曉陽居的中間，從那裡出發，去兩邊都方便。

「宅子空著沒人，少爺們吩咐小人陪您一起去奴市，買幾個合適的奴僕安置在那裡，最好選一家子，男的跑腿管事，女的打掃張羅。少爺為您配了輛馬車，車伕也要買，要身家清白、人品可靠的，您只要將賣身契攥在手裡，他們自然知曉誰是主子。這八百兩銀票，是買人、買車馬的，若有剩下的就留做不時之需。」

聞刀一板一眼，分毫不差地複述兩位少爺的吩咐，聽得池榮嬌心裡又酸又甜——哥哥們為她考慮得周到至極。

酸甜之餘又不由得羞愧心虛，虧得自己之前怕哥哥們將來難做，還打算買些只屬於自己的人手來用，結果哥哥們都先替她考慮到了，倒顯得她小肚雞腸。

雖然她也是好意，不想兩位哥哥牽扯進來，將來為難……榮嬌的心頭湧動著濃濃的愧疚，晚上不出意料地又失眠了，作了一整夜的夢。

第二十三章

她夢到上一世，母親視她若仇敵，她唯唯諾諾，小心翼翼躲在哥哥們的羽翼下。

從小到大，從來不曾邁出過二門，母親無心帶她，哥哥們的提議，她怕惹母親不喜都回絕了，更多的時候，她縮在屋裡不敢出門。

有一天，正院的康嬤嬤忽然領人過來，說長輩將她許給了王侍郎家的第三子，不日後成親。

她當時就慌了，她再傻，也知池府是將門，王家是文臣……

二哥出任務不在都城，小哥哥得了信，連夜匆忙來見她，她只會哭，話都說不明白。小哥哥滿臉倦色，溫和地看著她，讓她別怕，他說：「……別擔心，有哥哥們在呢，妳安心等著……保證不讓妳嫁王三……」

那是她最後一次見到小哥哥。小哥哥讓她安心等著，她就安心地等著，篤定哥哥會再來找她。

在她的眼裡、心裡，哥哥們就是天，沒有他們辦不到的事情。

直到出嫁，她也沒有見到小哥哥，揹嫁的是素來不親近的大哥，而她，竟怯懦地不敢開口詢問小哥哥的消息。

那股椎心的痛楚，即便是在夢裡，也是如此鮮明，痛徹心腑。

突然，一聲幽幽的嘆息響起……

一道嬌糯沙啞的嗓音帶著笑意。「……太醫唬我，明明哥哥這裡的沙菊茶就是不苦的。」

「真的嗎？都包給妳，妳這幾天嗓子啞，又不願吃藥，應該多喝沙菊茶的。」

榮嬌可以斷定自己從未聽過這陌生的男音，這不是二哥也不是小哥哥的聲音。

奇怪的是，在夢裡她竟覺得這道聲音非常熟悉，熟悉得彷彿他是在與自己對話，而那沙啞的女聲是她自己……

她還有一個哥哥？

夢裡，榮嬌迷糊著。她當然還有一個大哥，不過，她很清楚那個人絕對不是池榮興。

榮嬌作了大半夜的夢，驚醒後發了好一會兒呆，突然想到夢裡是誰在說話了——那道女聲是樓滿袖，頻繁地在自己夢中出現的樓滿袖。

只是樓滿袖的嗓音向來甜脆清爽如泉，乍然聽到那沙啞的聲線，一時沒有想到……

夜夢作多了，榮嬌對於夢魘的出現已經淡定，雖然沒有與任何人講過，她內心已經相信自己夢到的是上一世，那個榮嬌是真實存在過的，現在的她也是真實的，上輩子活得不好，她唸經拜佛，老天又給了她一次機會……

大千世界，無奇不有，重生不迷胎，在佛經裡不算什麼。

倒是跟著出現的樓滿袖是誰？榮嬌確信，前世今生，她從未認識過這個人，從未聽說過這個名字，可她對樓滿袖是那麼的熟悉，熟悉得就像自己……

對照著夢境，榮嬌發現，除卻相貌之外，她眼下的性格行事半分不像池榮嬌，反倒與樓滿袖相似。

意識到這一點，榮嬌難得惶然。她當然是池榮嬌，她一定、必須得是池榮嬌。

她是榮嬌，池榮勇、池榮厚的親妹妹，如果她是樓滿袖，豈不是鬼物上身？二哥、小哥第一個不會饒她。

一邊是沈甸甸的手足情深，一邊是不能告人的古怪夢境，榮嬌哪裡還睡得著？

直到天色發白，她才緩過勁來。真是庸人自擾，她活了兩輩子，經歷了多少慘痛，性格有些許變化不是應該的嗎？難道還要像上世那般懦弱淒慘？

重生便是為了不重蹈覆轍，若她如前世一樣呆蠢，又何必浪費時間再蠢一次？

池榮嬌摩拳擦掌。「綠殳，換衣服隨我出門；紅纓，帶人再改幾套男裝；嬤嬤，一切就交給妳了……」

欒嬤嬤心領神會，若有人找就說禁足，誰都不見；若是康氏或老夫人派人，就說去園子了，後花園那麼大，沒有目的地找人，費時不少還未必能找到。

大小姐鐵了心，少爺們也支持，她沒別的本事，就把院子看好吧，欒嬤嬤最務實不過。

榮嬌動作很快，既要做，就要快速，用了早膳，翻牆而出——聞刀在牆外看得直咧嘴，難怪三少爺罵自己把大小姐帶壞了，看大小姐與綠殳兩個，翻牆比走門還俐落。

不然，在牆面開扇暗門？

榮嬌覺得十分有道理，以後會經常出門，不能總翻牆。「聞刀，門開得矮些，貼牆一半地面、一半地下。周圍多栽些灌木與叢竹……哦，開在練功的後院盡頭，出了牆就是後街，馬車直接靠過來。」

聞刀點頭稱是，這樣更能掩人耳目。「今晚就找可靠穩妥的人來弄，請欒嬤嬤約束院裡的下人，找個由頭，未經允許不得隨便到後院。」

在大小姐的住院開扇通往府外的門，若不是二少爺授意，打死他也不敢提這種主意。話說，二少爺的行事，他本來也看不懂，但自己的主子三少爺以前還是很好懂的，按他對三少爺的了解，主子不可能同意大小姐接手曉陽居啊！雖說那玄朗公子看上去是好人，曉陽居裡的掌櫃岐伯連帶小二等等亦不像壞人，可大小姐畢竟是大小姐，裝扮得再像，她也不是四少爺……

哦，那天岐伯與大小姐閒聊，隨口問起她的排行，大小姐順口就接了個行四，按著年齡論，倒的確是排第四位——是池四，不是樓四。

這人哪，原來真有開竅之說，以前他還不信，現在大小姐是活生生的實例，變得跟另外一個人似的，通竅睿智、英姿颯爽。

與之前相比，自己更樂於接受現在的大小姐。看樣子，綠殳也是，不然她即便做小啞巴不也喜孜孜地跟著？還纏著灑掃的啞婆子學手語？

綠殳被聞刀的眼神看得發毛，狠瞪他一眼，聞刀訕笑，往綠殳身邊湊了湊，壓低嗓音道：「欸，好意提醒一個，妳可別那什麼咬呂洞賓，不識好人心，妳這樣是不行的。」

欸？綠殳嫌惡地往旁邊閃了閃，什麼意思？

「公子以後少不得要在外行走，貼身長隨若是啞巴多有不便，要麼妳學會變聲，要麼就再買個假小子帶著……少爺們不會放任不管的。」

綠殳眼神黯然，沒有搭腔。

聞刀是好意，誠如他所說，他是真男子，肯定不方便近身跟隨小姐；而小姐要做生意，少不得來往交際，自己不能開口講話，確實大有不便。

「我會跟小姐提的，謝謝。」

她對著聞刀動動嘴，聲音小得幾不可聞。

聞刀說得很對，打小姐決定接手曉陽居時，她就意識到這個問題了，只是心裡迴避，能拖一天是一天，實在拖不下去了，聽大小姐的吩咐，大小姐怎麼說她就怎麼做。

「不謝……」

難得聽到綠殳的謝字，聞刀耳朵都紅了，胡亂擺了擺手，望著她難掩失落的小臉。「妳很想跟著？」

綠殳白了他一眼。還用問嗎？她當然想跟著大小姐。

聞刀撓撓頭，其實說真心話，跟著大小姐不如跟著三少爺舒服，不是大小姐對下人嚴苛，而是跟著大小姐出門，他的小心肝就沒放下過，既要處處服侍周到，又要顧忌大小姐的身分，男女有別，得時刻拿捏，不如服侍三少爺自在。

但這話他可不敢說給綠殳聽，他瞅了瞅她低落的情緒，掂量著輕重，還是賣好透露了個訊息。「二少爺手裡有會口技的斥候，聽說有天分的話，學起來不難。」

如果想學，可以請求大小姐，只要大小姐開口，二少爺肯定會讓他來教的。

是啊，綠殳的眼睛亮了，再買個假小子服侍小姐，怎能比得上她貼心可靠？

不覺間，馬車到了奴市，榮嬌下車，四下打量。

池府多用家生子，買賣奴僕有固定的人牙子，榮嬌、綠殳哪見過以人為市的場面？心裡知道下人、奴僕是買來的，但真的見了，無論如何也無法將與自己同樣活生生的人，當作是綢緞莊裡一疋疋的布料。

偌大的場子裡，有跪地自賣的，有露天站成排的，樣貌好一些的在棚子裡展示，賣者揚聲招攬著客戶，除商品是人之外，與其他市場無甚區別。

聞刀指著場邊一排的屋子給榮嬌兩人講解。「……那是辦買賣文書、大宗業務的洽談處，精品或特殊來源的也在屋裡。我們先在外面轉轉，應該不需要進棚子就能挑到合適的。」

聞刀建議，要買普通奴僕，會趕車不算特長，外面露天的這些夠滿足要求的了。

「打擾打擾，是聞刀小哥兒吧？」

突然一道陌生的男聲插進來，指名與聞刀打招呼。

一個胖乎乎、笑咪咪的中年男子，滿臉的和氣生財，見聞刀三人看過來，忙拱手施禮。

「見過幾位公子貴人，小人黃胖子，是大鍾胡同盧牙婆的親戚……」

聞刀神色了然。「哦，盧牙婆推薦的就是你吧？」

盧牙婆口碑不錯，若非她手裡多是僕婦、小丫鬟，聞刀會建議榮嬌從她手裡買人。

「是，盧牙婆是小人的姨家表姊……小人在人市做中人，幹了半輩子，經驗豐富，不知哪裡可為貴人效勞？」

黃胖子態度恭敬，開門見山，大清早的，誰不想開張？

聞刀將請示的目光投向榮嬌，有中人介紹更省時方便，因此榮嬌點頭。

要買什麼樣的人已經確定了，與其在場中花費時間挑，不如讓黃胖子推薦，縮小範圍。聞刀得到榮嬌的示意，向黃胖子說明自家的要求。

「要一個老實穩重的男僕，年紀二、三十歲，要會趕車。一個內宅粗使僕婦，人索利手腳勤快，能下廚，要求不高，能做點家常菜就成。一個十來歲的跑腿小廝，不須識字，人要機靈……」

黃胖子聽完聞刀的要求。「聞刀小哥，您要的可必須是本地人？」

「只要熟悉街道即可。」

找個車伕不認識路、跑腿的小廝不識東西南北，那怎麼成？

黃胖子辦事果然老道，提供的人選各方面都比較合適，最後榮嬌選定了原姓包的一家四口。

「小公子好眼光，會挑人。」黃胖子滿臉真誠地拍榮嬌的馬屁。「包力圖這一家子，男人穩妥、女人能幹、小子機靈，小閨女年紀雖小也是個索利孩子，拆開了個個都是好行情，只因為他們不想一家子分開，非要選能買下全家的主家，這不，總算能等來了心善的貴人！」

榮嬌笑了笑，不置可否。

她本也有意買一家人，而且這家人如黃胖子所說，挺不錯的，雖然比計劃中多了個小姑娘，但是看包力圖一家感恩戴德的模樣，就知道這多出來的銀子花得值了。

辦好文書手續，時辰不早，榮嬌讓聞刀帶著包力圖一家去芙蓉街安置，之後採辦馬車、馬匹，她帶綠殳去曉陽居。

聞刀應下不提，榮嬌與綠殳上了等在人市旁的馬車，綠殳不解。「公子，您不是說要親自去挑馬的嗎？」

「時辰晚了，我們事前與岐伯約好的。」

買人、買車是昨天下午才決定的，與岐伯卻是前天約好的。

綠殳欲言又止的表情讓榮嬌發笑。「有事？」

「公子，岐伯只是掌櫃的，還是做不好生意的掌櫃的，您、您幹麼對他那麼客氣？」

大小姐現在是他的東家，雖說是暫時的，也應該是他聽大小姐的。

「怎麼，為我抱不平？」

榮嬌好笑又有點感動，難怪幾次見岐伯，綠殳的眼神都有些幽怨，她還以為是裝啞巴不能說話，憋悶了，原來是為自己抱屈。

「岐伯不普通，妳家公子我想跟他偷師學做生意，態度自然得端正點。」

「跟他偷師？他身為掌櫃的，連曉陽居的生意都打理不好，您還跟他學？」

自己雖然是小丫鬟沒什麼見識，可曉陽居的氣派還是能體會到的，佈置得比自家府上還講究許多，這麼一個聚寶盆擺在眼前，岐伯都不能讓它生財，還說他會做生意？

榮嬌笑了笑，沒多加解釋。「以後妳就知道了，總之，對岐伯要尊敬。」

這幾天，榮嬌也看出些門道，曉陽居哪裡是生意不好？是東家與掌櫃的根本無意於經營，如果她猜測沒錯，玄朗純粹是拿出一個自己喜歡的私人場所幫襯她的。

這人情欠大了，不過，榮嬌不想拒絕。

有時候，貴人做事不需要理由，皆因順眼、順心，即便玄朗真是別有用心，她也無所懼。有利用價值的人才值得被利用，她應該慶幸自己有價值被玄朗看上。

曉陽居。

岐伯在靜室烹茶，入茶注水，動作如行雲流水。

綠殳心裡撇撇嘴，話說他仗著年紀大，也太沒有掌櫃的自覺了，做掌櫃的上工期間不守在櫃上，反而在屋裡偷閒烹茶。

「好茶，岐伯的手法當真老道。」

榮嬌讚嘆，不請自坐。

「嚐嚐。」岐伯微微一笑，抬手將榮嬌面前的空杯沏上青碧色的茶湯。

「如何？」

榮嬌品了一口。「好茶，水老了。」

「你來晚了。」

岐伯慢悠悠地呷了口茶。小子識相，他雖然做生意時無所不用，常行詭道之術，品茶時卻最忌別人敷衍說假話，尤其是他親手煮的茶，只聽真話。

「抱歉，途中辦事，耽誤片刻。」

榮嬌坦承遲到，幾次接觸下來，她大致了解岐伯的脾氣。他看似隨和，實際性子古怪刁鑽，講真話，他說你死板不懂變通；說假話，他指責你不誠實、為人滑頭。你沈默，他就扣一頂驕傲自大的帽子；你解釋，他就告誡言多必失，話多是非多……

榮嬌乾脆只管自己的想法，想說什麼說什麼，除了語氣與用詞注意些之外，並不受他干擾。

「不用解釋，你是東家……三個月內。」

綠殳偷瞟了他一眼。

「你的隨從對我有意見。」

榮嬌微笑，第一次見面，岐伯一口一個老朽，裝得那個恭敬，自從知道她要暫時接手曉陽居後，岐伯忽然不裝了，你呀、我呀的，雖不至於前恭後倨，可態度隨意，並未將她當成東主看待。

她也不在意，與其去爭表面的服從，不如圖謀內裡的認真，何況她對岐伯也有所圖。

「她是在贊同。」

榮嬌一副「你看錯了」的表情，否認了岐伯的指控。「三個月稍縱即逝，我有幾個想法，岐伯看看可行與否？」

時日不多，銀子不好賺，咱們辦正事要緊。

第二十四章

聽完槃嬌的想法，岐伯不意外。客源不出所料，打上國子監的主意，棠樹街看似冷清，實際人氣就在一牆之隔，學生雖有門禁，先生則沒有任何限制，曉陽居若能得到他們的認可，從此高枕無憂。

就說公子題目設得太簡單，只要長腦子都能通過，眼前的小樓四，明顯是帶著腦袋來的。

岐伯一邊腹誹自家主子，一邊挑刺。「國子監的先生不缺茶喝，你能請來？」

「不能。」

槃嬌老老實實地搖搖頭。她哪有人脈啊？更別說什麼大儒呀、泰斗之類的，果斷承認不認識，但她沒打算自己請。「你可以。」

「我請？」

岐伯沒想到槃嬌的主意打到自己頭上。

「岐伯做了三年曉陽居的掌櫃，進進出出的鄰居們，能不認識？剛才還提醒了，現在我是東家……哦，暫時的，我知道，但這三個月內，我是代理東家，你是掌櫃，我有主意，你要負責實施執行。」

槃嬌笑盈盈像隻小狐狸，半開玩笑、半認真，不容岐伯拒絕。「況且，你家真正的東主有過承諾，自我接手曉陽居之日起，有關經營之事，上下全力配合，唯我是從，莫非他忘記交代了？」

岐伯瞪圓了眼睛，又氣又笑，這小子，居然敢威脅他?!

這話不須公子明示，既然公子有意要給小樓公子機會，相關人等自然全力配合，不敢輕忽。

「成，我明天就到國子監門口蹲著去，給樓東家你揪人。」

「岐伯，你辦事我放心，等你好消息。你昨兒個還說和氣生財，揪來的畢竟不好，勉強的生意不長久。」

聽了榮嬌的語重心長，岐伯咬著牙笑。「樓東家說得對，你放心，不過，國子監先生喝過的好茶比你喝過的水多，除了茶，還有別的嗎？不然，一錘子的買賣也長久不了。」

「岐伯說得是，國子監先生清貴不凡，眼界過人；不過，但凡茶樓，不外乎茶水、環境與服務，曉陽居不缺，無非少個請人的噱頭。」榮嬌方方面面考慮周詳。「風雅之士所愛無非琴棋書畫、香玉茶器，盡我所有，投其所好。」

「一般的尋常物可入不了他們的青眼，那類風雅物，我可沒有。」

別指望我給你找幅多少年前的大家真跡或書聖、大師的，他說的這些，公子那裡有的是，不過公子可沒說要拿出來用。

「作為代東家，我總要想方設法分擔一二，這個由我負責。」

榮嬌絕不承認有時自己是故意逗岐伯的。

岐伯窒了口氣。這小子，故意的吧？還好他功力深厚，不會在意這點小花招。

「多謝樓東家體恤，不知準備的是何噱頭？我等必盡力配合。」

他也有些好奇，能打動國子監先生的噱頭可不容易找，譁眾取寵是沒用的，這小子是真有身家深藏不露，還是初生之犢不怕虎，不知難度？

「我知道，等閒物入不了先生們的眼，奈何身家不豐，亦無人脈，唯早年曾無意中記下一局玲瓏棋，弈棋品茶，是為雅事。岐伯覺得如何？」

不如何。

還早年無意中記下的玲瓏棋，今年才幾歲？乳臭未乾的黃口小兒，大言不慚什麼早年間？早年間記下的是吃奶尿床吧？

任岐伯好涵養，也真心想衝她翻白眼，當作生意是辦家家酒嗎？

「弈棋品茶，的確雅事——」

「就知道岐伯會贊同。」

岐伯打算先揚後抑，哪知他話音未落，榮嬌已就勢接過他的話。「就這麼說定了，岐伯你將消息傳出去，邀請到夠分量的客人，我會將棋譜備好……嗯，你看叫玲瓏雅集怎麼樣？還有，我們曉陽居非飽學之士不能進，雖是花錢來喝茶，也不能有錢就能進，沒的拉低了格調，頭一天，雅集沒帖子、沒引薦的，恕不接待。」

她侃侃而談。「要做玉卡，初次來消費的客人，確認身分夠標準後，走時贈發，視為貴賓，制訂相應的貴賓服務，保證其成為常客。」

這個主意不錯，岐伯眼前一亮，卻下意識挑剌。「不是誰都貪圖小利小惠的，文人重風骨，不是誰都像樓東家一樣喜孔方、缺銀子。」

榮嬌不以為意。「白花花的銀子、黃燦燦的金子，世人皆愛，視金錢如糞土的雅士也不是喝西北風長大的，衣食住行，哪樣不要銀子？文人雅事，多是銀子堆出來的，用金銀鑄骨的風雅，在當今實乃尋常，所以我以為，金銀本無罪，商更非賤，乃是貴之根本與倚仗。」

呵，岐伯漫不經心的眸中終於閃過一道異色。沒想到啊……他小小年紀，竟還有這番見解，不錯，有悟性。

岐伯快慰之餘，起了考校興致，就榮嬌提出的方案，事無鉅細，挨個兒問過。

榮嬌不知，敲定全部細節之後，在岐伯的眼裡，自己已從走狗屎運的小兒成了可堪造就的徒弟人選。

岐伯目光炯炯。「……公子，蒙您的識人眼光所賜，屬下要正式收徒。」

嗯？

玄朗神色不動。之前還當成命令、任務來接的，這幾天工夫，怎麼就心甘情願像撿了寶貝似的？

「小樓是經商的天縱奇才，屬下不能錯失美玉。」

「他年紀還小，前路待定。」

玄朗清淺的聲音中透著一股不容置疑。難得小樓引起他的興趣，他並不想馬上決定他的前途。

從商、從政，將來還會再給那孩子機會。

「公子您先聽屬下說明……」

岐伯覷著臉。玄朗清俊的眉頭微皺，岐伯這張臉，實在不易露出這般表情。

「當今大多數文人，號風雅而無風骨，其所謂風雅，無不以金銀為骨，故商非賤乃貴……這真是他說的？」

玄朗狹長的黑眸中閃過訝色，薄唇輕啟，心中多少有些驚異。他還只是個孩子，就有這番見識？還是，聽他家大人說的？

腦中忽然閃現出桃花觀中小樓說的那句「小隱才隱於野，大隱隱於市」，或許，是他自己的思考？

「還不止呢！」岐伯與有榮焉。「世人皆言商人重利，不過是五十步笑百步，這世上，哪有不重利的？無非利之不同也，大利小利，利己利人，此利或為金山銀海，彼利或為權勢榮名，百世流芳無非名之利，只要不是故存惡意，殺人放火、謀人財命，重利愛利，有何不對？我就是想合理地多賺銀子。公子您聽，小樓公子的這番話是不是表明他立志於商路？」

「雖是歪理，還是有兩分道理。」

玄朗的嘴角微微揚起幾不可察的弧度，想著小樓瞪著滴溜溜的大眼睛，有板有眼地用這番道理忽悠岐伯的情形，心裡有點想笑，又有點遺憾。

這孩子總能讓他放鬆心情，對於這個不甘的小孩，他的期待又被勾起一點。

「玲瓏局屬實？」

小樓有玲瓏局？這東西不是想要就有的，即便底蘊深厚的世家，也得看機緣，以小樓的年齡與家世，按說不可能接觸到。

「應該不假。」

岐伯現在將小樓視為準徒弟，納入到自己的羽翼之下。「那孩子不會信口開河。」

小樓嘴上雖沒說，岐伯也知道他有多重視這次機會，全身上下都散發這個東家當定了的氣勢。

「公子，要不要查查小樓公子的底細？」

曉陽居的二東家都給他做了，自己有意收他為徒弟，來歷總要弄清楚，可別是什麼人派來的，在身邊養了隻小白眼狼。

「此事無須再提。」

玄朗微蹙眉。

同樣的話阿金提過，但他對小樓是難得地生出同病相憐之感，願意助其一次，他不想代入彼此的身分，因此才自稱玄朗——這個自他甫一落地時，母親給自己取的、鮮少人知的道號。

每個人都有自己的故事，一旦知曉小樓的身分，或許一切就不能如此單純了。

「他既主動請纓，你全力配合就是。」

說好給一次機會，讓小樓盡力而為的，他便不再出手，一切看小樓表現。

「拜師之事以後再議。」

做了岐伯的徒弟，將來自然會成為他的屬下，但他不缺下屬，更希望小樓與自己以朋友相交。

「是。」

岐伯神色認真，他清楚自己的身分，公子的商業天下歸他負責，若收小樓為徒弟，未來是要成為他的接班人，位置、態度不同，怕是不能心無旁騖地保持與公子的友情了……

芙蓉街新宅子裡，包力圖一家已安置下來。

這是榮嬌名下的第一個房產，雖然不大，意義卻不同。

包力圖兩口子帶著兒女給榮嬌磕頭見禮，榮嬌勉勵幾句之後，打發他們下去做事。

「以後對外這就是我們的居所，地址會告訴岐伯。綠殳，妳跟包家的說清小樓公子的規矩，包家的與她家小閨女歸妳調教。」

綠殳不能永遠裝啞巴，自己的真實性別遲早會被包力圖家的知曉，左右賣身契在自己手裡，她倒不怕。

「聞刀，你帶包力圖父子，以後不方便你露面的，派他們跑腿。」

聞刀是小哥哥的貼身長隨，他這張臉，京城勛貴子弟之中認識的不少，隨著榮嬌易裝在外行走日益頻繁，聞刀也不適合常隨她出現，還是讓他早點訓練包家父子才是。

岐伯出手，不出三日，曉陽居就達到三成的上座率，既保持高雅清靜又不冷清，榮嬌對此很滿意。

人多易亂，有失幽靜，曉陽居不是開在大街上的茶樓，以熱鬧取勝，人太少，沒客上門不賺錢啊……

她心中理想的狀態是保持七成的到客率最好，客源也要精挑細選，一要有銀子，二是有銀子也不能想進就進，三是沒有銀子但有真才華的也招待。為了這一點，榮嬌特意與岐伯商量，制訂出特例細則，沒錢的可以拿學識技藝來抵。

新增的客源多是衝著傳說中的玲瓏局來的，進來後點了茶，首先問的便是玲瓏局；茶博士早得了吩咐，一概點頭加搖頭。「對，確有此事……東家沒說，不知道。」

文人多是善棋、好棋，精彩的棋譜更是千金難求，曉陽居有從未面世的玲瓏局，要舉行雅集，這個消息如夜雨潛入，毫無聲息地在大樑城的清貴圈裡蔓延開來，應該知道的都知道了，不應該知道的，自然沒必要知道。

這不是家長裡短的八卦緋聞，需要平頭百姓推波助瀾，棋乃君子之事，沒必要弄得街頭巷尾皆知。

鎖定目標，廣而告之，榮嬌對此很佩服。

「樓東家，只需要讓想知道的知道就好，傳得太廣，毫無意義，勞民傷財。」

榮嬌向岐伯詢問事情進展時，一時口快說到街面上沒聽到消息，岐伯懶洋洋的表情中透著一絲嘲諷。

「樓東家，生意人忌貪慾哦……」

榮嬌的臉紅了，這個道理她是明白的。

「多謝岐伯提醒。」她正色道：「小樓關心則亂，若有失處，還請岐伯不吝指教。」

「放心，消息已經放出去了，不會誤事。」

岐伯漫不經心，芝麻綠豆大小的事，老夫親自出馬，無異於殺雞用牛刀，怎可能出差池？

「岐伯怎麼做的？」

「不是你拿的主意嗎？」

身為始作俑者，居然來問我？閒得無事要拿老夫來用，還是要擺代東家的譜考校未來的師父？岐伯面露不悅。

我的主意？沒有啊……

「去國子監門口逮人。」岐伯似笑非笑。「老夫覺得簡單粗暴了些，就找了兩件國子監生的衣服，讓人穿了，在國子監大門口閒聊，瞅余子達先生經過時，故意說出曉陽居玲瓏局的資訊。余先生是有名的棋癡，當即就殺了過來，索走一摞請箋，有余先生的宣傳，國子監先生、余先生的棋友們都得了信……」

就這麼簡單？

榮嬌訝異，在她眼裡，將訊息傳遞給有影響力的人，是最難、最關鍵之處，岐伯居然開玩笑似地搞定了。

「那余先生信了？」

「當然。」岐伯面露驕傲，四周環視。「他出身丹陽余氏，眼力還是有幾分的，我們這裡……嗯，隨便看看就知道不是用假消息做幌子行騙的。」

只要長眼睛識貨的，當知曉陽居處處珍品真跡，憑這份底氣，說出的話自然令人信服。當然啦，岐伯沒告訴榮嬌的是，他還與余先生手談了一局，僅以兩目之差惜敗，余子達越發相信曉陽居會有玲瓏局現身——掌櫃的如此厲害，或許東家更是箇中高手。

「樓東家，你那個棋譜是真有的吧？能做主拿出來？生意人不能失了信用。」

除了小樓，沒人指望曉陽居賺銀子，若不是主子大方要提攜他，曉陽居是岐伯最屬意的愜意之地，就連玄朗也喜這裡的清幽。

「岐伯放心，真有，我能做主。」

這玲瓏局不是屬於她的，是夢裡樓滿袖的記憶。

她確信是沒問世過的，在夢裡，這玲瓏局出現時，允許樓滿袖借閱的人說得清楚，這是前朝西秦國主的珍藏，外人無緣得見。國主死後隨葬皇陵，因西秦立國不為其他國家承認，西秦滅亡後，皇陵不受保護，屢遭盜竊。

擁有原西秦大半領土的西柔，立國之初為解決國庫緊張，秘密組建了一支特殊的軍隊，掩人耳目，專職摸金。

這玲瓏棋譜得自西秦皇陵，擁有者似乎是樓滿袖的父親，但夢裡沒出現此人的容貌，只言蒙他特許，允樓滿袖觀摩，不許外傳。

到底外面有沒有流傳？被岐伯一提，本來信心滿滿的榮嬌有些不確定。「……我明天拓製一份過來。」

榮嬌忽感先前自己似乎太過自信以致冒失了，夢裡的事，未必能全當真，心裡頭，她有足夠的自信，篤定這玲瓏局沒有大夏的人見過——

沒有大夏的人見過？

榮嬌的心頭浮起濃濃的疑惑，難道樓滿袖是西柔人？

為何提到西柔，她的心就怦怦跳得厲害，有一股發自內心的莫名熟稔與酸楚？

被樓滿袖弄得心事重重的榮嬌剛回三省居，嬤嬤就迎上來，面色有些不自然。「姑娘，正院來過人。」

康氏？榮嬌挑挑眉，好不容易消停幾天，又要生事端？

「……岳桂家的來傳的信，說是夫人吩咐，從明日起，解除禁足，恢復晨昏定省。」

康氏這是心血來潮，又要折騰了？

第二十五章

「大將軍回來了。」

欒嬤嬤只知道池萬林晌午後回府，似與康氏起過爭執，難道是康氏心裡不順，拿自己出氣？

管她哪一種呢，左右那些套路，明天去了就知曉。

只是，因要晨昏定省，時間就不自由了，不能隨意早出晚歸，說好了明天要給岐伯玲瓏棋局的……

榮嬌惦記著答應的事情，為防康氏出么蛾子誤了時間，只得提前將棋局默畫於紙上，早早滅了燭火上床就寢。

次日一早，榮嬌梳洗之後，按正常時辰趕往正院請安。

康氏讓她在屋外等了兩刻鐘才召她進去。

池萬林昨晚歇在攏月居，康氏的心情可想而知，秋夜涼如水，輾轉反側，孤枕難入眠，一早青著眼圈，心裡將楊姨娘詛咒了千遍萬遍。

想到昨天大將軍對自己的指責、對厚哥兒的不滿，越發氣得心肝疼。

不就是替勇哥兒給安國公世子張津捎信，去了趟笑春風嗎？怎麼就十惡不赦了？家規、祖訓是不許入歡場，可他不是去找樓子裡的姑娘，到裡面找人辦事都不行？

康氏聽不得人說池榮厚不好，即便是池萬林也不行，忍不住辯駁，結果惹得他大發雷霆，責罵她慈母多敗兒，無知婦人，不知輕重。

本就各種不爽的康氏，見了榮嬌，更覺添堵——厚哥兒為小喪門星沒少跟自己鬧彆扭。

康氏不知池榮厚到笑春風的真實原因，如果知道，估計會把榮嬌撕碎。

榮嬌施禮請安，康氏陰沈著一張臉，彷彿沒看到，榮嬌也不管，自顧自起身，一聲不響地站在旁邊。

「妳年紀不小了，也該學點正經事了，從今兒開始，跟著我管家理事。」

康氏皺著眉頭，語氣不善。榮嬌心底微怔，沒按常理出牌啊，這演的是哪一齣？要教她管家理事？這是日頭從西邊出來了？

榮嬌露出恰到好處的感動，心裡卻在分析康氏這反常舉動的原因；不會是康氏自己想開，突然良心發現……是池萬林的要求？還是為了某種原因，康氏需要做這些舉動？

事實上，她猜得都不對，這不過是康氏的新手段，既能賣好給兒子們，又能搓揉榮嬌。

到了回事廳，康氏打發榮嬌站到屏風旁邊，自己在上位落坐，傳管事嬤嬤挨個兒進來回事。

來回事的婆子，見榮嬌站在那裡，難掩驚訝，大小姐怎麼會在這裡？

榮嬌不理會各種猜疑的眼神，纖細的腰背如秀竹玉立筆挺，用心聽著康氏與管事的對話，不管康氏是何用意，身在池府，了解一些府務總歸是有用的。

她上一世活得懵懂無知，直到和離之後，都不清楚池、王結親的內幕，池府的事情都是一概不知，遑論朝堂大事、民間八卦，她也是一無所知。

先是自閉於池府內宅，接著被幽禁在王府，然後又自困於佛堂……那一世，是白活了，到死都無知如白紙。

榮嬌鄙視前世的自己，這一世，她再不會糊塗至此。

康氏處理的事務不少，偌大一個府邸，主子、僕從加起來幾百口人，吃喝拉撒、雞毛蒜皮的事情少不了。

她理事的過程中，少不得瞟榮嬌一、兩眼，見她杵在那裡不動，越看越是礙眼，不由對康嬤嬤的這個提議不滿。

昨晚康氏氣呼呼睡不著，罵完了楊姨娘罵榮嬌，舊怨新仇，又鑽到牛角尖裡了，總歸全是小賤人所致，若沒有當初的懷孕，就不會有楊賤人的進門，沒有楊賤人，大將軍還是她一個人的夫君。

都說男胎醜母，她生了三個兒子，懷哪一個時都沒令夫君嫌棄，怎麼一懷上池榮嬌這個賤丫頭，夫君就要納妾？

在康氏的認知裡，榮嬌就是萬惡之源，是一切不幸的初始；因為她，才導致這後續的一連串事情，她深深悔恨當初沒有果斷地永絕後患，對榮嬌的恨意根深柢固，隨時間而越成執念。

康嬤嬤明白，一切都不關大小姐的事，但夫人已偏執入魔。她很清楚，自己就是夫人手裡的刀，夫人要動大小姐，一定會指派自己去；她是忠僕，自不怕死，可是她有兒、有孫，自然不願一家老小都為康氏的瘋狂去死。

下藥讓大小姐吃些苦頭這等不傷及性命的事，她敢做，事情敗露，她也能頂罪，夫人會護著她的家人；可若真膽大妄為取大小姐的性命，一旦事情敗露，兩位少爺絕不會放過自己全家，夫人想護也護不了。

況且若真到了那分上，夫人自身難保，三少爺或許會顧念母子情分，可二少爺……想到池榮勇那張冷冰冰的臉，康嬤嬤怵得很。

不想被夫人逼著鋌而走險，她就要盡力勸說，所以康氏夜裡睡不著，康嬤嬤給她出主意。

「夫人，大將軍是愛之深、責之切，畢竟前些日子出事，王家三公子，受了重傷。」

聽說王三一度要歸西了，還好吉人天相，醒了。

「您想，打架的事被三少爺趕上，大將軍能不擔心嗎？三少爺樣樣出色，大將軍豈能不知？」

「這個不省心的……我怕他與喪門星走太近，不小心著了道。厚哥兒就是個強的，說多少次了，非要跟小賤人親近，這回肯定沾了她的晦氣……」康氏稍有釋懷，卻對兄妹間的親近恨得咬牙切齒。「我擔心，厚哥兒與她走得近，影響運勢……要不，把她送到莊子上，隔得遠遠的？」

沒用的，少爺們不會去莊子上探望嗎？

「不如試著將她拘在身邊，就說要親自教導，少爺們肯定高興，到時您再藉口說親兄妹亦男女有別，勸少爺們不要常跑三省居，假以時日，想不疏遠都難。」

嗯……康氏仔細琢磨，似乎有些道理，於是就有了教榮嬌理事之說。

她低估了自己對榮嬌的憎惡，要這人天天在面前晃悠，她覺得自己保不齊何時就會瘋了。

「十五要拜佛，從今天起妳抄經書，正好靜心。」康氏先爆發了。「以後坐到屏風後，別杵前頭，沒個規矩。上午聽回事，下午抄經……」

要緊的是把人拘在身邊，做出手把手教她的樣子，這個康氏沒忘。

榮嬌面色如常謝過她的關照，心底卻惱火她這抽風之舉，天天待在正院怎麼行？她在外面還有正事要辦呢！

一時無計可施，只好藉著去茅房之際，吩咐跟在身邊的紅纓捎信給綠殳，將自己放在書案上的大信封交給聞刀，讓他跑趟曉陽居，給岐伯送去。

難道自己與康氏真是天生犯沖？

曉陽居的一切剛剛開始，宅子與人都有了，她還有許多計劃要完成，不能天天耗在正院抄經啊……

榮嬌低頭思索著破解之法。

這一整天被拘在正院，康氏的眼皮子底下，在榮嬌兩世的記憶裡，是從未有過的親厚待遇，對此，或許以前的榮嬌會欣喜若狂，娘親終於肯對自己好了。

可對現在的榮嬌而言，真心敬謝不敏，而且，哪隻眼睛看到康氏的慈母之心了？上午所謂觀摩管家理事，實際是充當屏風罰站一上午；中午正院沒備榮嬌的飯，她頂著秋陽燦燦，匆匆趕回三省居，用完飯，又匆匆在康氏規定的時間內趕回正院，枯坐偏廳抄經。

思索了半天，榮嬌發現除非裝病，不然她無法拒絕康氏用這般理由充分地為她考慮的建議，她若拒絕，就是自己不識好歹，畢竟康氏名義上是為她好，盡顯愛女之意。

她若是不配合，二哥和小哥哥或許也不贊成。他們一直希望康氏能緩和對自己的態度，她主動提議，在哥哥們眼中是要改善母女關係的信號，於情於理，都不能拒絕。

榮嬌好頭疼，若就她本人，撕破臉無所謂，她沒閒工夫陪康氏母慈子孝地演戲，別人的看法她可以不管，但不能不考慮兩位哥哥的反應，不能不在意他倆的看法。

康氏這把一反常態的軟刀子，頂著孝道的大帽子，顧忌著哥哥們的心情，榮嬌真有些為難……

唯一確定的是，她沒時間陪康氏演下去。

榮嬌尚未找到萬全之策，可府裡其他人聞風而動，將機會送上門來了。

池萬林回城是有公事，兼顧私事。

一為厚哥兒青樓惹禍敲打康氏，二來，個人秋躁，回府洩火。

池萬林正當壯年，氣血旺盛，平素在大營裡自持身分，從不招軍妓服侍，但男人嘛，需求總是有的，於是回來找楊姨娘練槍。

與康氏的火爆脾氣相比，溫柔似水又熱情如火的楊姨娘更得他的歡心，尤其是她不嫉妒，體貼周到，在房事上放得開，將他服侍得全身舒坦，還知情識趣地將更鮮嫩的丫鬟柳葉送到床上，主僕兩人一起服侍……

柳葉不是楊姨娘送到他床上的第一個丫鬟，隨著年紀漸增，池萬林越發迷戀在年輕身體上馳騁的快感。

楊姨娘善解人意，這些年不停地安排身邊的丫鬟給大將軍暖床，只是池萬林好名聲，不願人到中年落下貪色的口舌，收用過的丫鬟只給銀錢不給名分，事後一律服下避子湯，隨楊月兒打發。

如此知情識趣，池萬林怎能不寵楊姨娘？

楊姨娘用午飯時聽說了榮嬌學管家的事，先是嗤笑。康氏那個蠢貨，不知又折騰什麼；轉念一想，不對呀，不管康氏想幹什麼，這是好事，可不能只便宜了池榮嬌一個，珍兒只比池榮嬌小一歲，也應該跟著學管家。

她早有此念，苦無找不到開口的時機，這次康氏先有安排，大將軍恰好在府中，簡直是特意為珍兒準備的機會。

楊姨娘斟酌再三，想好措詞，務必要謀成此事，吩咐丫鬟。「去明珠院把二小姐喚來，派人去問問看大將軍回來了沒有？」

務必要得到這個機會，她的珍兒將來是要嫁入鐘鼎高門做正室的，當家主母該學的，她理應都會。

池萬林在前院書房處理完積攢的雜務，起身回內宅，直奔正院。

楊姨娘雖討他歡心，康氏卻是正室嫡妻，昨日已經讓她沒臉了，這頓晚膳，是要在正院陪康氏的。

池萬林能在家世平平、能力普通的情況下，坐上大將軍的位置，成為聖上心腹，只因在體察世情、掌握人心這方面可說是行家翹楚。

內宅之事亦同，妾可以寵，嫡妻可以敲打，卻不能踰矩。

康氏生養了三個兒子，個個得力，就憑這一點，也能一好抵一萬個不好。

雖不知池萬林晚上是否會來，康氏還是早早吩咐正院小廚房準備他愛吃的飯菜，自己也女為悅己者容，拾掇了一番。

天色昏暗，就在康氏等得心焦氣躁之時，池萬林高大的身影終於出現。

康氏心花怒放，喜孜孜地迎上前，服侍他更衣淨手，夫妻兩人共用晚餐。

餐後閒話半刻，池萬林面有去意，康氏心口泛酸。「夫君辛苦一天，不如妾身服侍您早點歇息？」

池萬林卻不想宿在這裡，就勢站起身來。「妳早些安置……我出去走走。」

康氏羞惱，火氣騰地就上來了。「這麼晚了，要走去哪裡？」

質問般的語氣令池萬林不悅，只是面上不顯，溫和道：「府中雜事多，妳累了一天，我就不鬧妳了……」

若房裡、房外都要正妻操勞，後院養姨娘、妾室做什麼？

池萬林話說得委婉，康氏卻聽不得這個。說得好聽，看似體貼她，還不是被狐狸精揪著心？

「妳說的什麼話？」池萬林這次真皺眉了，揣著明白裝糊塗就是，何必非說出來沒臉？「身為當家主母怎能自降身分，跟妾室呷酸吃醋？沒的失了身分。」

他已經很自律了，只有一妻一妾，無庶子，三個兒子皆正室嫡出，還想怎麼樣？

「沒有攏月居，妳還想擔個妒婦的名聲不成？都做祖母的人了，哪有當家夫人的氣度？」

池萬林說完一甩袖子，走人了。

楊姨娘聽說池萬林去正院用飯，略感失落，讓人撤了精心準備的晚膳，吩咐備宵夜——大將軍此次最多逗留三、四日，憑藉對他的了解，這幾晚一定會到自己這裡歇息的。

不出她所料，池萬林果然來了。

心有所求的楊姨娘使出渾身解數，嬌媚如狐，池萬林原先從康氏那裡帶來的一絲鬱氣蕩然無存，摟著愛妾快活得很。

一番胡鬧之後，癱軟在池萬林懷裡的楊姨娘，兩隻素白柔軟的小手揉捏著大將軍的胸口，一邊輕聲將榮嬌跟康氏學管家的事說了出來。「……珍兒聽說了，跑來找婢妾，說想跟著姊姊一起學，婢妾哪敢應她啊，珍兒就抹眼淚說要求爹爹，等到戌時才走的……珍兒只比大小姐小一歲，過了年也十三了……」

大夏的女子一般十五歲及笄後就成親，十二、三歲，正是相看親事、學規矩、學管家技能的時候。

之前有池榮嬌這個嫡出的大小姐在，楊姨娘心裡再著急也不好張口，嫡長女還沒教呢，一個庶女想怎樣？

但她急也沒用，以色侍人的本領她有，一府主母管家理事的本領，她不懂。

聽康氏教榮嬌學管家，池萬林有些驚訝，康氏是不會變的，難道是榮嬌的原因？

他皺著眉頭，努力回想這個大女兒的模樣，他見過女兒的次數不多，每年春節家宴或許有她，低垂著頭，侷促不安，聲音小得像蚊子，席上經常笨手笨腳碰灑湯或掉了筷子……失儀的小狀況不斷。

唯唯諾諾，不像他的種。

康氏這是鬧的哪一齣？因為與王家的親事，擔心將來嫁過去給池府丟臉？在大事上，康氏還是有分寸的……

想到剛才與康氏的齟齬，聯想到她對攏月居的嫉恨，料想她定然是不願意教導榮珍的。對這個庶女，他另有安排，會不會當家理事也無關緊要。

第二十六章

楊姨娘偷瞧池萬林的神色，心裡不禁咯噔一下，難道大將軍不同意？

她以為大將軍向來寵溺珍兒，隨著珍兒年紀增長，自然也會為她的將來考慮一二，姑娘大了，為嫁人提前做準備，難道不應該？

楊姨娘知道鐘鼎高門的當家主母，在女兒十歲後、及笄前，會帶在身邊指點，手把手教導，這種經驗教授是外頭聘請的嬤嬤所不及的，沒有哪個教導嬤嬤有過主母宗婦的經歷。

不論怎樣，她不能錯失此次機會。

與楊姨娘所謀相反，榮嬌愁悶的是如何能免去學習。

最鬱悶的莫過於明知康氏不懷好意，卻沒辦法直接拒絕。

下午，聞刀跑了趟曉陽居，說岐伯看了棋局，連道三個好字，讓榮嬌放心，玲瓏雅集萬事皆備，只坐等名利雙收即可。

事到如今，榮嬌哪有心思陪康氏？最好可以拒絕得順理成章……

康氏控制慾極強，很享受當家夫人的尊榮滋味。她上面有婆婆老夫人，下面有兩個兒子沒成親，中間還有得寵的小妾要防備，基於這種情況，康氏迷戀管家權力，不喜放權。

不然，池榮興成親幾年，鄒氏做為嫡長媳，康氏應該帶著鄒氏學習，畢竟池府的家業將來要由嫡長子繼承，鄒氏就是以後的當家主母；但康氏全部一肩挑，鄒氏進府四年，一直相夫教子，沒有插手任何府務。

鄒氏是淡然無慾，還是有想法沒機會？

榮嬌轉著眼珠想了一會兒，實在無良策，只好圍魏救趙了。

揚聲喚紅纓進來，聽完榮嬌面授機宜，紅纓記下，卻不理解，繞了這麼大一圈，不經意地說幾句好話，是什麼意思？大小姐不是發愁被拘在正院，分身無術嗎？

這一番話遞上去，不看僧面看佛面，憑老夫人對大少爺的疼愛，定會給大少奶奶出頭的，那時，大小姐不就更脫不了身？

榮嬌但笑不語。「快去吧，聽妳家小姐吩咐就是。」

老夫人出頭就對了，如此她才好脫身。

不出榮嬌所料，老夫人果然插手了，吩咐康氏帶著鄒氏一起學管家。

尤其令康氏惱火的是，老夫人還說了，所謂管家，只學不管沒用，榮嬌倒罷了，鄒氏是一定要領實事的，哪怕管著針線、茶水的也好。

康氏滿腹不快，不由埋怨起康嬤嬤來。都是她出的餿主意，弄個小賤人、喪門星礙眼不說，還招來個爭權奪利、虎視眈眈的，真是搬起石頭砸自己的腳。

榮嬌對鄒氏的了解不多，只知道上一世大哥池榮興娶的也是她，前世加今生幾十年，她活得渾渾噩噩，與這個大嫂沒打過交道。

如今藉老夫人之手將鄒氏推出，只是想借勢退出，不須鄒氏承情也不會為自己引發婆媳管家權力之爭而愧疚。

況且鄒氏並不如她表現出的那般淡然無慾，如果她無私慾，不想爭權奪利，她完全可以婉拒推託，可她沒有。

「妹妹早。」

剛走到正院門前，榮嬌與迎面走來的鄒氏一行人遇上。

鄒氏嘴角噙著恰到好處的笑意，親近又不覺得突兀。

「大嫂早。」

她駐足而立，淡笑施禮，有別於以往的沈默寡言，態度既不疏離也無誇張的親近。

鄒氏不著痕跡地打量這個平素沒入過眼的小姑子，看上去還是那般溫良無害、軟懦羞怯，似乎連大聲喘氣都不敢，默默躲在角落裡，可有可無；這樣逆來順受的小東西，會是扮豬吃老虎，胸中另有丘壑嗎？

鄒氏心裡閃過懷疑，隨即暗笑自己想太多。

她親熱地挽著榮嬌的手臂，笑咪咪地一起給池夫人請安。

康氏見到這兩人，打心底厭煩。榮嬌不用說，十幾年的眼中刺，原本看鄒氏還算順眼，沒想到卻是當面一套、背後一套，這份家業遲早是他們的，她就這麼等不及地想當家做主？等兩個哥兒成了親，自己沒了心事，這管家的對牌還能不給她？

康氏心中惱火，但面上不露出半分，對鄒氏的態度一如既往，語重心長地鼓勵一番，然後起身領著兩人去回事廳，鄒氏緊跟其後，榮嬌走在最後。

因多了鄒氏，康氏讓人搬了兩個杌凳，擺在屏風前，榮嬌跟著沾光，也有座位了，還給上了茶，新沏的紅棗梨子水，鄒氏、榮嬌一人一碗。

康氏當家多年，府務熟悉，雷厲風行，來回事的管事嬤嬤深知她作風，見禮後就開門見山說正事，沒有七扯八繞兜圈子的。

鄒氏儼然好學寶寶，聽得認真。

康氏偶爾側目，眸中閃過意味不明的光芒。

榮嬌心裡不由略有感慨，鄒氏表現得急了些。

她端起茶碗輕輕抿一口，溫熱的棗梨水，帶著醇厚的棗香與梨子的清甜，除燥又暖胃，是秋季最適合的飲品……等等──

榮嬌輕含著茶，仔細辨別著舌尖傳來的味道，眸中寒芒閃過，居然是加了料的茶。

她若無其事地放下茶碗，取了帕子輕拭嘴角，不著痕跡地將嘴裡含著的茶水吐到帕子裡。

沒有人知道病好重生後的她添了一項神奇的本領，味覺變得極為敏銳，不但能嚐出餐飯中的各種食材，甚至能辨識出湯水中的藥材成分，有毒沒毒、相生相剋的，她突然成了百草通，雖不懂醫術，卻熟知各種效用。

天星落──茶裡居然加了它。

那是開在寒冷之地的一種小野花，只長在北遼與西柔交界的冰冷苦寒之地，不是常用藥材，其性極寒，味甘，類棗香，此物婦人禁用，食之易宮寒不孕。

誰動的手腳？康氏？

榮嬌不動聲色，心裡卻陣陣發寒，會是康氏嗎？

除了她，誰還會有這個動機、有這個本事？

天星落在北遼與西柔亦不常見，如此默默無聞的小野花，大夏醫者都未必聽說過，池府怎麼會有？

若不是康氏，還會是誰？

不怪她第一個想到康氏，康氏娘家幾代駐守在幽州，與北遼隔海相望，有門路得到北遼的東西實屬正常。

可是，康氏為什麼要這樣做……或者，池府中有北遼的間諜？

是專門針對她和鄒氏的？還是無差別對待正院所有女眷，碰巧趕上了？

一瞬間，榮嬌心頭思緒萬千。

從茶水間煎煮茶水，端到回事廳，時間短，過不了幾道手，既要有本事避人耳目做手腳，又不會引人懷疑，可選定的目標沒幾個……

不管是誰，以後正院準備的茶水、吃食，都不能掉以輕心。

榮嬌暗自警醒。

鄒氏看重這次管事的機會，聽得投入，她在娘家也學過、管過，雖兩府不同，有些規矩倒是大同小異。

她的心思放在康氏與管事的對答上，全神貫注，一時倒沒顧上喝茶。

榮嬌小小地鬆口氣，不喝最好，不然還得找理由阻止——既然知道茶裡有致宮寒不孕的天星落，她做不到袖手旁觀。

好在直到結束，鄒氏也沒動一下茶盞。

離開時，榮嬌依舊走在最後，經過上首位置時，微側頭飛快地瞟了一眼案桌上康氏的茶碗，裡面半杯冷卻的殘茶，不是紅棗梨子水，是紅茶水。

榮嬌的心沈了沈，防備之意更甚。

她落後兩步，示意丫鬟紅纓上前，悄聲吩咐了幾句，這才緊走兩步，不遠不近地跟著前面的婆媳倆回到正房，繼續抄經。

回到三省居，紅纓把打探的消息向榮嬌回稟。「……小丫鬟說沒秘方，就是用大棗雪梨加冰糖煎煮的，是她親眼見茶水間貴嫂子做的，她趁熱端到回事廳。這個季節夫人習慣喝紅茶，偏好正山小種，服侍的都知道……每到秋天，茶水間依例常備紅棗梨子水，今年比慣例早幾天，往常回事廳茶水間只燒水，因為大少奶奶與大小姐跟著夫人學管家，康嬤嬤吩咐做紅棗梨子水，道是正合節氣……」

紅纓以為榮嬌是喜歡今日紅棗梨子水的味道，才讓自己去打聽誰做的，要配方。

榮嬌的心頭掀起狂濤巨浪。

康嬤嬤的建議？康嬤嬤等於康氏，所以是康氏授意的？

也不一定是，或者康嬤嬤只是順口提議，畢竟季節到了，準備紅棗茶很正常，然後被別人藉機下手？難道真有北遼的間諜潛伏在池府？

榮嬌寧願相信是別國間諜，也不願意相信康氏與康嬤嬤是主謀與幫凶。

雖說虎毒不食子，但人不是畜牲，沒有動物的本能，有時候，私慾能讓人喪失理智，比畜牲還狠毒。

在榮嬌看來，康氏除對自己惡劣之外，對其他的孩子都正常；池榮興雖然養在老夫人跟前，與康氏關係不如兩個弟弟親近，但畢竟也是子孝母慈。

鄒氏是池榮興的妻子，與池榮興一榮共榮、一損俱損，鄒氏生不出嫡子，受牽連的是池榮興。雖說可以納妾，不會斷子絕孫，但只有鄒氏所出才是名正言順的嫡子，其他的即便養在鄒氏名下，也不能改變庶子的出身。

且不管是留子去母，還是提高生母名分，都少不得會留下隱患，恐禍亂家宅……康氏不會不知曉這些，明知如此，她還下手？

榮嬌自重生以來，從容自若的心終於無法淡定。是她把康氏想得太壞，錯疑到康氏身上，還是她把康氏當成正常人，但這個女人其實早就瘋了？

一股尖銳的悲痛猝然襲上心頭，榮嬌的心好似被一隻手突然攥了一把，臉色驟然蒼白，窒息憋悶，眼前發黑、金星亂閃。

是來自身體的反應嗎？儘管她已經將康氏視為陌生人，卻還是有血脈上的羈絆與不捨嗎？

所以，才會心痛悲傷？

明明已經接受了自己不為生母所喜，明明知道母親恨不能從未生下過自己，明明都清楚的，卻還是寧願相信自己只是與她沒有母女情分，她還是個好母親，只是不屬於自己……

「大小姐、大小姐，您怎麼了？」

耳邊是紅纓倉皇急促的喊聲。

「我累了，先歇會兒……」

榮嬌好像神魂離竅，飄在空中，看著自己跌跌撞撞地奔向床鋪，躺下，拉被子蓋上，接著，她全身無力，雙眼緊閉，臉色慘白，手指都動彈不得。

「大小姐，姑娘?!您別嚇奴婢……嬤嬤，快叫嬤嬤來……」

紅纓嚇得團團轉，怎麼辦，明明大小姐已經好了，怎麼又發病了？

冷。

全身浸泡在冰水裡，寒意徹骨。

她努力掙扎，試圖脫離，卻徒勞無功。

這片冰寒之海，大到無邊無際，怎麼游也沒有盡頭。

「……姑娘，姑娘？」

就在榮嬌全身僵冷，準備聽天由命時，一個熱呼呼的手掌貼在她的額頭上，她貪戀著那份溫暖……

這麼涼?!

欒嬤嬤大驚，掌心下一片冰涼，大小姐這是著寒凍著了。

「快，再拿被子，灌湯婆子。」一連串的催促，幾個丫鬟忙分頭行動。

折騰到大半夜，榮嬌終於感覺暖和，可算是從寒海裡游出來了，手腳暖了，體溫恢復，人也慢慢醒過來。

「謝天謝地，姑娘終於醒了。」

剛睜開眼，就是欒嬤嬤如釋重負、驚喜交加的臉。

「嚇死嬤嬤了。先喝點熱水，灶上燉著小米粥，嬤嬤讓人盛上來……」

榮嬌眨眨眼，什麼情況？身上壓了兩床被子，腳邊一左一右兩個暖暖的湯婆子，屋裡點著燈，嬤嬤守在床邊。

一碗熱騰騰的小米粥下肚，全身由裡向外散發著溫暖，榮嬌臉色好看了，不再慘白慘白的。

欒嬤嬤提著的心這才稍微安穩些。「姑娘，天亮讓聞刀找徐大夫過府診脈，這病來得蹊蹺凶險，是不是上回病根沒去？」

「不用，我已經好……」

徐大夫不是池府慣用的大夫，是池榮勇私下特意為榮嬌請的。

這麼多年，每回徐大夫過府，都要引起康氏的不痛快。

「不用看診，嬤嬤放心。」

「可是……」欒嬤嬤心有餘悸。

「真沒事，是作夢嚇著了……這幾天累，沒休息好。」

榮嬌嘴角泛起一絲諷笑。可不是作噩夢嚇著了？明明都對康氏死心了，還能被她的行為嚇病。

「好吧！」

欒嬤嬤給榮嬌向上拉了拉被子，掖實被角。「姑娘別怕麻煩唬哢嬤嬤。」

「不會……」

嬤嬤神色略顯疲憊，榮嬌的眼底浮上暖意，被窩暖和鬆軟，小米粥香熱爛糯，身體裡殘存的寒意一點點消散，彷彿是春陽下的碎冰，慢慢融化消失。榮嬌清晰地感覺到，有某種氣息緩緩地從身體裡抽離，悲傷而悵然，卻緩慢地、不猶豫地，一點一點離開，彷彿是水中流沙、風裡清煙，須臾，消失得無影無蹤……

耳邊好像閃過一絲含著眷戀的嘆息。

身子突然又輕又暖，宛如在暖陽燦燦的春日，卸下了厚重的冬衣枷鎖，沐浴在散發著香氣的明媚春光中。

榮嬌神色微頓，是原來的榮嬌離開了嗎？

忽有一種莫名的哀傷，整個人卻前所未有的神目清明、思維敏捷。

「……姑娘？」

欒嬤嬤的聲音含著忐忑，大小姐忽然又走了神。「又不舒服了？」

「不是，想到一些別的事情。」

榮嬌微笑，收回心神，想起天星落的事。

最大的嫌疑只有康氏，可她為什麼要這麼做？

自古婆媳是天敵，關係難處不假，但關起門來總是一家人，絕人子嗣，剝奪一個女人生育的權利，這是多大的仇怨？就因為鄒氏想要插手府務，想要分掉管家權？

榮嬌想到自己。她不想管家，是康氏主動提出強制要求的，也要給她下藥？給親生女兒下絕育藥……不對，康氏不認女兒的。

榮嬌忽然覺得之前的自己矯情又好笑，康氏屢下毒手，自己居然還會悲傷難過……

若不想死，就要捨掉一切的不切實際與優柔寡斷，不要再顧念生養之恩，康氏與她，哪有恩情可言？

只是鄒氏這回，終究是被自己牽扯進來的。

榮嬌從未有害人之心，雖然鄒氏與康氏的權力矛盾遲早要爆發，但這一次，確實是榮嬌將她拖進來的。

「嬤嬤，天明後妳讓紅纓去正院替我告病，另外，讓她告訴鄒氏的乳嬤嬤……」

她做事但求問心無愧，至於鄒氏如何，看她自己造化。

第二十七章

紅纓將消息分送至兩處，反應各異。

大小姐病了？鄒氏面露疑惑，病了請大夫啊，差人跟她說是什麼意思？

乳嬤嬤猜測。「想讓您憐惜吧？準是昨天見您溫和，想巴上來。」

鄒氏覺得她分析得有道理。「不用管她。」

主僕兩人定下不理不睬的章程，自然沒留意榮嬌原話裡提到的紅棗梨子水。

正院裡，康氏的心情卻很糟糕。

她陰著臉蹙著眉頭，屏退了下人。「嬤嬤，小賤人是裝的還是真病了？」

「趕巧吧？是藥性重複了嗎？」

康嬤嬤也迷惑。大小姐之前服過，難道第一次服下沒症狀，再服會病性疊加，引起其他症狀？

「算了，再等等看吧，不是要命的東西……」

不會死，只是陰寒入子宮，令其不育而已，多吃個一、兩次應該不打緊。

昨天是為鄒氏準備的，誰教她嘴饞喝了呢？

一想到鄒氏，心裡又是一陣煩躁。「……等會兒鄒氏來了，上碗紅棗桂圓枸杞茶。」

今天別想再逃過去——康氏眼中一片陰霾，不時有戾氣浮現。

她自忖並沒想要抱著手裡權力不放的打算，只要等上幾年，只是幾年時光而已，鄒氏就等不及。

家業將來遲早要交到興哥兒手上的，可沒說一定要交到鄒氏手裡……

康氏自認對鄒氏不薄，雖然她是老夫人相中的人選，可她這個婆婆做得還不夠好嗎？清閒的大少奶奶不想做，沒有兒子，就惦記管家權力？真是不知好歹！

康氏是個睚眥必報的，覺得自己對鄒氏仁至義盡，鄒氏卻狼心狗肺，居然明搶暗奪，哪裡還能忍？

三省居裡，榮嬌卻一片神清氣爽，笑盈盈地聽綠殳詳細轉述這兩日曉陽居的情形。明日就是玲瓏雅集了，她得想法子過去。

「大小姐，聞刀說岐伯問了三遍，對您很不放心。」

「沒告訴他我家裡有事走不開嗎？」明明送棋譜的時候就囑咐聞刀解釋清楚。

「說了，岐伯說明日請您想辦法到場，時間早晚無所謂……」綠殳想到岐伯的再三叮囑。「他說，若實在走不開，晚上過去數銀子也成。」

晚上去數銀子？呵，這是岐伯的風格。

想到岐伯一副斯文高人模樣，說起銀子時眼裡閃過如見情人般的光芒，榮嬌情不自禁地翹起唇角，笑意在眼中流淌。

「嗯，我會去的。」

去數銀子？說得她好像個財迷似的……不過，她喜歡。

還是岐伯最知她，這勉強能算是她做的第一樁生意，文士名流可以不見，當天會帳的銀子，還是不應該錯過的。

榮嬌讓紅纓去告病假，按照往例，康氏該是漠不關心的，這回卻派了個婆子過來探病，著實一反常態。

「……只是身子弱，沒力氣走動。」

欒嬤嬤客氣地送婆子出門，往她手裡塞了個小荷包。「大小姐賞的，去打壺小酒喝。」

康氏得到婆子的確認，放下心來，病幾天也好，她可以一心一意對待鄒氏。

「早上她喝茶了吧？」

釜底抽薪，先抽了薪，絕了她的後路，鄒氏想怎麼蹦躂，隨她。

分一些府務給她又如何？現在蹦得越歡實，將來跌得越痛。

康氏的臉上閃過一絲猙獰。

次日黃昏，榮嬌慢條斯理地用完晚膳，重新妝扮，由美嬌娘變成俊公子。

等到天色暗下，她從二樓北窗順繩子跳下，到了後院。

院牆邊小暗門已砌好，她推門出去，與等在牆外的聞刀會合，上了馬車，直奔曉陽居。

秋夜的星空格外迷人，墨藍的天，明星閃爍。

曉陽居裡燃起紅燈籠，星星點點的紅色點綴在靜謐幽深的庭院內，朦朧的光暈在夜色中透著暖意。

榮嬌沒想到等待自己的不是岐伯，而是——

「玄朗大哥。」

見到那張清逸俊雅的面孔，榮嬌又驚又喜。「你怎麼來了？」

岐伯之前一直說他忙，她便認定他肯定是沒有時間過來的。

玄朗微微一笑，如月華高潔。「正好有空。」

最好是正好有空，緊趕慢趕，一路馬不停蹄……站在陰影裡的侍衛阿金暗暗撇嘴。嗚，公子變壞了，說謊話都不眨眼，明明城門都關了，用權杖叫開的……

「謝謝你。」

榮嬌心裡滑過一道暖意，朝室內環視一圈。「岐伯呢？」

「年紀大不禁累，回去休息了。」

「哦……身體沒事吧？」

玄朗招招手。「過來坐，怎麼，擔心沒銀子數？」

榮嬌臉一紅，小聲嘟囔著否認。「不是，我是關心他的身體……」

玄朗笑笑，修長的手指了指桌上的帳簿。「他把今天的帳簿留下了，做得不錯。」

「嗯。」榮嬌沒去拿帳簿，而是坐到了玄朗的對面。「這麼晚了，玄朗大哥還沒用飯？」

兩人面前擺著一桌挺豐盛的飯菜。

「慶功席，正角沒到，我怎好先動箸？」玄朗語氣溫和，略帶調侃之意。

「這是給我的？」榮嬌怔然。「為什麼？」

「你幫我賺銀子。」

玄朗語氣認真，表情正經。

欸？

「你又不缺銀子。」榮嬌嘴角不禁翹了起來，看來效果不錯，若是些許蠅頭小利，玄朗肯定不會這樣開玩笑。

「自己看。」

玄朗如玉般白皙修長的手指捏著靛藍色封面的帳簿，遞了過來。

榮嬌接過，順手翻開——八千六百六十兩。

她驚訝地眨了眨眼睛，沒錯，就是這個數字。

這麼多？

來之前，她不是沒猜測過，卻沒想到會突破八千，她要發財了！

所幸，她只是缺銀子，並不是窮慣了。「怎麼會這麼多？」最初的驚喜過後，榮嬌的視線開始在帳面明細上瀏覽。

「你的建議很好。」

玄朗臉上的微笑溫雅如玉，小樓這孩子還真有經商的頭腦。「岐伯算過了，這裡面，茶水占了三成，茶點約三成，與棋有關的東西三成，其他一成。」

之前榮嬌認為除了玲瓏局這個噱頭之外，還需要新增精緻茶點，不同的茶配不同的茶點，客人點茶時，推薦相配的茶點組合。

民以食為天，榮嬌當時對自己的提議很熱衷，儘管岐伯說客人是走高雅路線，不會要點心的，一般女人喝茶才吃點心；可榮嬌堅持，管你高人、雅人，都得吃東西，喝茶是水飽，越喝越餓，只要茶點做得好，不掩蓋茶的本色，與茶相得益彰，就成絕配，文人雅士也拒絕不了。

事實證明，榮嬌對了，這一招並沒有拉低茶之高雅，讓曉陽居淪為四不像的點心鋪子。

至於售賣棋盒、棋具等器皿，榮嬌覺得既然開了玲瓏雅集，順便提供些與棋有關的物品也可以，弈棋、喝茶會友的同時，捎一份順眼的棋具回家也不錯，自己不用，送人、送晚輩也好。

於是，岐伯硬著頭皮從自家別處的文房四寶店、珍玩鋪子調了部分品相好的貨品擺在了大廳與包廂，只覺得小樓聰明過了頭，不按常理出牌。

這是茶樓呢，還是雜貨鋪子啊？

玄朗注視著翻看帳簿的榮嬌，眼底閃過饒有興趣的光芒。想到岐伯之前半真半假地報怨小樓能折騰，害得他一把年紀陪孩子玩……岐伯是經商奇才，手段百出，都覺得小樓的想法天馬行空，想當然的孩子氣，可是這些所謂孩子氣的胡鬧，效果卻不錯。

所謂兵者詭道也，出奇不意方能制勝，經商亦如此，小樓首次涉足商場，無人教導，能有這些想法，倒是有些意思。

只不過，終歸是茶樓，棋具等貨品是沾了今天玲瓏雅集的光，不能以此為常態，玄朗並不打算開口提醒，岐伯也不會，他們要等小樓自己做出判斷。

「看來口腹之慾才是正道。」

榮嬌合上帳簿，臉上喜色猶在，直接道出問題所在。「今天棋具這三成，是借勢為之，以後肯定是不成的。」

接下來，悠悠地嘆了口氣。「就知道銀子不好賺。」

玄朗搖頭失笑，遞了杯茶過去。「喏，你今天已經賺了不少，小孩子，不能太貪，這杯敬你。」

「謝謝大哥，銀子不嫌多的。」

榮嬌笑咪咪地接過，兩手端起，待玄朗舉起面前的茶杯，兩杯輕碰，發出輕微的脆響。

「我用過飯了，意思意思吃幾口，大哥你隨意。」

在玄朗眼裡，今夜的小樓格外自在，往日的他暗藏著幾分拘謹，似乎想放開又無形中被束縛著手腳，今天，他的笑容更加逍遙若仙，是做成了事情，興奮得露出了本來的面目？

「小樓，現在有銀子了，接下來想做什麼？」

單憑這一段時間，曉陽居的二東家已是他囊中之物，雖然還沒到分紅的時候。「若手頭緊，知會岐伯一聲，直接到櫃上支取即可。」

小孩子嚷著沒銀子要做生意，這會兒有了，不知他想做什麼？

「謝謝大哥，現在沒有要用銀子的地方，需要的時候一定不客氣。」榮嬌給玄朗的茶杯續水。「接下來當然是繼續做生意，賺銀子啊！」

錢還怕多嗎？她做不了別的事，多賺些錢，自己有底氣不說，還能幫到哥哥們。

沒錯，她賺錢是想給哥哥們花用。

軍中的東西都很貴，好的戰馬、好的鎧甲和兵器，哪樣不要銀子？養兵費錢，單靠那些本就不多、還要被層層剋扣的餉銀怎麼夠？

榮嬌想做哥哥們的錢財後盾，遠的不說，親兵、衛隊要裝備吧？雖然裝備不等同於武力，但工欲善其事，必先利其器，好裝備，事半功倍的作用還是有的。

二哥已經配備親兵了，小哥哥將來也會有的。

池萬林全力栽培的是池榮興，留給二哥和小哥哥的助力所剩無幾，從安排上就可以看出，二哥在軍中一直屈居池榮興之下，但憑他的真實本領，幾個池榮興加在一起也不夠看。

而小哥哥，乾脆為池榮興跑腿打雜，憑小哥哥的聰明，池榮興能教他的不多，因此其意明顯——小哥哥是幼子，將來要倚仗老大。

榮嬌明白，這種安排不能說錯或偏心，自來嫡長子承襲家業，舉家族之力培養老大，將來幼弟依附兄長，大將軍也會給小哥哥安排職位，但一定不會越過池榮興；再喜歡幼子，也不可能著力培養小兒子。

但，池榮興的品性胸襟……榮嬌不予評價。

哥哥們有能力，再有銀子開道，哼！

「我一定要賺很多很多的銀子。」她握了握小拳頭，如發誓般鄭重道。還是要做生意啊……

玄朗看著她的表情，不知為何想發笑。「小樓，你賺那麼多銀子想做什麼？」

「關係到未來很重要的事。」

玄朗身上有一股溫和篤定、令人無比信賴的氣質，輕易而舉地令人卸下心防，發自內心相信他，彷彿他是永遠可為依靠的高山，任何事、任何話都可以說給他聽。

至少在榮嬌眼裡，他就像暖洋洋的日陽，高高在上，散發著溫暖，可以不戒備，也用不著戒備——

雖然玄朗一直都是溫和的，從來沒有流露過他的高高在上與漠不關心，可榮嬌就是知道，他溫和隨意的表象底下是漫不經心。

人間煙火，他不在意也不理會。

但他對自己很好，幫了她大忙，哪怕只是順眼這種隨意的理由。

「哦……」

尾音上挑拖長，玄朗清淺的嗓音將這個字說得令人神魂蕩漾，透著種莫名的意味深長。

「攢聘禮嗎？」

欸？他的語氣太過隨意自然，榮嬌一時沒反應過來。

「咳、咳。」

明白了他的意思後，榮嬌險些被口水嗆住。太、太不可思議了，謫仙般的玄朗居然會開這種玩笑？
攢聘禮？
榮嬌整個人呆若木雞。
隱身在暗處的阿金寒毛都立起來了。公子……公子這是怎麼了？難道他真看上小樓這個沒長開的小白臉？居然不著調地調戲人家？
「不是嗎？」
玄朗的神色仍舊一本正經，唇角帶著若有還無的微笑，全然沒意識自己剛才說了什麼。
「知慕少艾，乃人之常情，看來是我想岔了……」
榮嬌的臉與脖子都紅了，尷尬得不知說什麼好，明明是玄朗語出突然，可他表現得太過神色自若，彷彿兩人在談論的是天氣。
反觀她，雖與玄朗一見如故，並沒有強烈地意識到兩人的性別，但玄朗畢竟不比自己的哥哥，她與哥哥們能將婚事拿來討論而不覺得羞澀與難為情，與玄朗卻不行。
她乾乾地訕笑著否認。「不是、當然不是，我才不要娶親呢……」
當然是不要娶親，想娶也娶不了啊……
玄朗不置可否，話題忽地跳到別處。「那些茶點方子，你可有意賣出？」
茶點方子？
「能賣？誰要買？」
能賺的錢當然要賺，點心方子雖是獨家配方，想學的話，也不用仿製，多吃兩次就能琢磨出大概，攥在手裡沒用，有人買，當然賣。

「我在外地也有幾間茶樓、點心鋪子與酒樓，你那些茶點味道很好。」

所以，要買方子的是他了？

那還用談錢嗎？隨便用。

「我回頭就整理一份出來，這兩天請岐伯轉交，既是大哥的買賣，就別提銀子了，你幫我的可不止這一點。」

榮嬌爽快得很。「以後若有新的，我再寫給你。」

嬤嬤帶著繡春，沒事就在茶水間折騰吃食，她也時不時湊趣兒出主意，一度打算開點心鋪子，只是欒嬤嬤不是自由身，沒法隨意出府，操作不方便，這件事最終沒有付諸實施。

可她想白送，玄朗卻不想白收。

他本意是想幫她賺銀子，沒打算貪要她的點心方子，否則他哪會關心如此小事？

「在商言商，親兄弟明算帳。」

白給，他不收。

第二十八章

玄朗對於她的知恩圖報，心裡是高興的，這孩子雖愛財，品性卻是好的。

「說了是買，讓岐伯來辦。」

玄朗在榮嬌面前向來溫和，但溫和中又透著一股不容拒絕的強勢，雖有些霸道，但不讓人反感。

「調驗配方的食材也需要成本，不要不好意思，一碼歸一碼，不是要與你斤斤計較。」

見榮嬌面露訕然，垂著小腦袋不吭聲，玄朗知道小孩子的自尊可能受傷了，難得主動地開口解釋。「曉陽居本就是兩廂便利，財帛動人心，可親兄弟明算帳，不是傷情分，恰恰是重情分。小樓你年紀雖小，卻不是矯情之人，要真過意不去，就請我一桌酒吧？」

玄朗滿臉誠摯，榮嬌也不是矯揉造作之人，只是生性習慣了被人冷落，鮮少與人打交道，更別說是男人。

雖然重生以來性格改變許多，與原先的膽小懦弱判若兩人，但某些滲入骨子的秉性很難一下子全部消除，難得主動向人表示謝意卻被拒絕，一時有些尷尬受挫。

聽到玄朗的解釋，她也釋然了。

對啊，本就是兩碼事，他要買，她要賣，價錢公道就是，最多給個友情優惠價，原本就是一樁單純的交易，自己何必將人情與其混為一談？

要感謝他的相助，也有其他表達方式，幹麼非要摻和到買賣生意裡？

難道玄朗白要了點心方子，他們就兩清了？

「是我想太多了，多謝大哥提點。」榮嬌赧然微笑。「哪天大哥有空，我請你。」

玄朗微笑。「好啊，這陣子有些忙，等兩天。」

他不動聲色，卻有一絲疑惑。自己向來是不耐煩與人解釋的，小時候，他有不懂的問題去問師父，師父總回答。「不可說，不可說。」幾次下來，他習慣了自己思考分析，看得越多懂得越深，手裡的權力越大，越發不喜解釋——也已不需要向任何人解釋。

可是，剛才看到小樓靈動如小鹿般的眼裡難掩的失落與尷尬，他心裡微微有些不舒服，突然間，眼前彷彿閃過自己當年孤寂的身影。

直到那一天，他偷聽到那段改變自己命運的話……

而眼前的這個小少年，乾淨純澈又倔強不甘的眼神總能引起他不自覺的憐惜，彷彿透過他能看到當年的自己，比小樓的年歲還要小的時候，也是這般倉促地早慧，盡可能表現著與年齡不相襯的成熟。

那張稚嫩的臉龐上，眼角流露的那一抹如山嵐晨靄般的失落，瞬間就攫住了他的心，讓他的心軟了，居然情不自禁地開口解釋。

榮嬌哪知玄朗心裡所思，只覺得聽了他的解釋，剛才那點鬱悶立馬消失得無影無蹤，又殷勤地幫玄朗斟茶。「說好了，哪天你有空告訴我，上好的席面。」

反正是你給的茶樓賺的錢，榮嬌在心裡悄悄補充著。

「嗯……」

眼前的笑臉讓人見之心悅，玄朗因之前所思，起了話題。「小樓，每個人都有不能外道的苦衷，我也有……」

所以，你不說、我不問，無關身分地位，單純論交情。

榮嬌明白他未言明的意思，這正合她意，她不用腦子想，也知道玄朗是有故事的，可他不說，她就不問。

她自己也有不能對人言說的秘密，這身分、性別都是假的，又何必去追問他是否真名實姓，祖籍何處、家居何方？

「……我知你有苦衷，只是，大哥要說幾句掃興的話，若想出人頭地，僅錢財是不夠的，匹夫無罪，懷璧其罪，沒有權勢相護，水能載舟亦能覆舟。」

玄朗實在不明白，小樓冷靜自持，應該知道自己如何選擇更正確，為什麼篤定要走發財這一條路？

哪家大商行、大商鋪，沒有權勢做靠山，小樓那麼聰明，怎會不懂？

「若是你想，岐伯與國子監的先生倒有幾個能搭上話的……」

玄朗知道自己有些操之過急了，應該等小樓自己對世情有了更深的了解之後，再來提議的。

「我不想出人頭地。」榮嬌搖搖頭，目光中充滿感激。「不想讀書入仕途，我只想賺很多的銀子。」

玄朗的好意她明白，只是她真的不需要讀書，不需要出人頭地，有錢就夠了。

「賺錢不好嗎？」

榮嬌不解地反問。玄朗似乎對她一門心思想做生意不以為然，他不是看不起商人，鄙視她愛財，相反地，他還願意幫她賺錢，那這種不動聲色地要拉她走讀書路到底是何原因？

她的態度認真而誠懇，玄朗好意被拒，一時無言。不是說賺錢不好……只是，若不要出人頭地，賺再多的銀子也可能保不住。

他向來能掌握人心，洞察人之慾望所在，這回卻真的看不懂小樓在想什麼了，他看得出小樓沒說謊，他是真的不想讀書做官，只想做生意、賺銀子。

這個小傻瓜，有了權勢，還會缺銀子嗎？

任何人遇到這種機會，總要考慮一二吧，他倒好，毫無猶豫，堅定堅決，一門心思還是賺錢，其他的都是浮雲。

好吧，玄朗有絲無力，這孩子眼裡只有白花花的銀子……他到底在想些什麼？

「缺本錢到櫃上支，不夠跟岐伯打個招呼，算借的，要計利息的。」

罷了，人各有志，縱使有同樣的不甘，每個人想要的、想做的也不盡相同，他堅持自己的選擇，也沒權力糾正小樓的。

玄朗放棄了，繼續吃菜喝茶，與榮嬌閒話東西南北。

不覺間，夜色漸深……

明麗的秋陽透過半開的窗戶照進屋裡，在地板上映出幾道明晃晃的金色光線。

榮嬌聞著香甜的米粥，看著欒嬤嬤眼底的紅絲，心疼地嗔道：「嬤嬤，以後莫要等我。」

昨晚與玄朗談興一起，聊得太過開心，一時忘了時間，說好盡快回來，卻食言了。

榮嬌沒回來，欒嬤嬤不放心，做好宵夜等著，待她平安回來用了宵夜，才去歇息，一早又起來做早餐。

「嬤嬤年紀大了，覺少。」姑娘沒回來，多晚她也要等著。「昨天聞刀差人送了些新鮮的沁陽山藥，做粥正好，姑娘快趁熱喝。」

姑娘向來體質弱，入了秋，應該好好補補，枸杞山藥粥不燥不熱、補脾益胃，適合溫補。

用完早飯，榮嬌拉著欒嬤嬤一起整理點心配方。既然說好是賣的，就應該按照交易的方式進行，即便是給玄朗的也馬虎不得。

欒嬤嬤口授，榮嬌記錄，確認無誤後才認真地謄寫一遍。

「嬤嬤，這些可都是銀子，要賣錢的。」榮嬌帶點小得意地衝她笑。「這幾張紙能換回白花花的銀子。」

「啊？別逗嬤嬤了。」欒嬤嬤不相信。

「不騙妳，這些方子以後不要告訴別人，咱們將它賣了，自己用沒關係，其他人不能說。」

雖然玄朗沒提要買斷，但既然賣了，至少自己不要再說給第三者聽。

「真的?!」欒嬤嬤驚喜異常，一迭連聲地道：「不說，嬤嬤不說！」

一時喜、一時憂，她表情複雜，終於湊近榮嬌，小心翼翼地低聲問道：「姑娘，這只是吃食，真能賣？嬤嬤以前在老家，聽說有買祖傳治病秘方的……」顯然還是半信半疑。

「當然是真的，好東西，自然有識貨的。」

雖然玄朗想幫她的成分居多，不過，曉陽居的成功說明這些茶點還是受歡迎的。

「那敢情好，嬤嬤以後多弄些。」

沒想到這也能換銀子，欒嬤嬤的眼睛都亮了，閃爍著躍躍欲試的興奮之光。

「好呀，其實我們可以賣點心不開鋪子……」

榮嬌想到一種可能，接訂做的單子，這樣不用租門面。

「可是，誰會來訂作呢？」欒嬤嬤真心不是潑冷水。

「嗯……」

榮嬌側頭思索。是啊，客源在哪裡？腦中靈光閃現，還真想到個好地方。

「青樓，到那裡的人都肯花錢。」

而且到了那兒，尋歡作樂的人哪還會在乎幾個點心錢？

「不行，姑娘可不能這樣！」

欒嬤嬤被嚇得要跳腳，恨不能伸手捂住榮嬌的嘴。哎喲喂，姑娘口無遮攔，什麼都敢說，還想把生意做到青樓?!

欒嬤嬤嚇得臉都白了，搖手搖頭連連否定。「不行不行，這種話姑娘以後不准再提，那種地方也不能說！」

這要是讓少爺們知道，那還了得？好好的姑娘居然想做了點心賣到青樓去?!

榮嬌知道自己的話嚇著欒嬤嬤了，她也只是突發奇想而已，那種地方，醉翁之意不在酒，誰也不是圖口腹之慾去的……

「嬤嬤，其實那裡面的姑娘也都是可憐人，有別的出路，誰會靠賣身體吃飯？」

榮嬌還想再多說兩句，見欒嬤嬤的頭頂都要冒煙了，忙住嘴改變話題。「對了，我記得看過一個釀酒的方子，開酒坊賣酒總可以吧？」

釀酒也比剛才的主意強了數倍。

欒嬤嬤的臉色還緊繃著，目帶威脅地瞪了榮嬌一眼，板著臉提醒道：「大小姐，釀酒也要衙門許可的。」

是啊，酒引沒門路可不大好弄。

這個榮嬌知道，釀酒要用大量糧食，若尋常自己家釀個幾罈是沒人管的，如果開酒坊，沒有酒引是違法的行為。

「問問少爺們有沒有門路？」

欒嬤嬤真怕榮嬌腦袋一熱，再把剛才賣點心的念頭拾起來。如今的大小姐氣勢十足，能耐大，膽子也大，主意太多，做為自小養大她的乳娘而言，面對榮嬌眼下的變化，欒嬤嬤的心情最是複雜。這樣的大小姐有主見、有自信，聰慧通透，好是好，就是什麼都敢想，什麼都敢做，整天著了男裝在外面以小樓公子的名號行事，實在讓人放心不下。

雖說少爺們都知情，但若萬一被人識破了，這一輩子可就毀了，再也難嫁好人家。

自從榮嬌宛若新生後，欒嬤嬤的心就如同井裡的吊桶，忽左忽右、忽上忽下，且喜且憂，踏實不了。

只是比起要去青樓賣點心，顯然釀酒還是更靠譜一點，欒嬤嬤雖然懂得不多，還是用心說出自己對此的理解，一要有酒引，即釀酒、售酒的許可，二是酒水要好……

那是自然，酒香不怕巷子深嘛，榮嬌深以為然。「我這個配方是獨一無二的。」

「姑娘哪來的釀酒方子？」

在欒嬤嬤的想法，釀酒的配方雖沒有製藥治病的秘方那般矜貴不可得，但也不是隨便能得到的，若手頭有好的酒醋配方，那就是傳家的一本萬利，千金不換的。

「夢裡得來的……」

榮嬌沒撒謊，她腦子裡有許多以前沒學過、沒聽說過的知識，像上次的玲瓏棋局、剛才脫口而出的釀酒方子，這些聞所未聞卻實打實在她腦海裡的，皆是從夢中得來。

欒嬤嬤相信，少爺們都說了，大小姐是開竅了。

「嬤嬤，還有做外袍的厚料子嗎？」釀酒的事不急，榮嬌想起另一樁要緊事。「天涼了，該給哥哥們做秋衣了。」

淞江細棉布適合做中衣，至於最裡面的小衣——這些向來是哥哥們的乳娘準備，二哥不許她做這些。

想到此，暖意從心裡湧上，沖得榮嬌鼻子發酸。她以前不懂，體會不到二哥對自己維護之深，一度以為二哥嫌棄自己的針線不如他乳娘嬤嬤好。

男女有別，親兄妹也要避嫌，做妹妹的給哥哥們做外袍、鞋襪、荷包、扇套，這是同胞情誼，任誰也說不了閒話，若妹妹連哥哥貼身的裡衣也做，雖是一母同胞的親兄妹，傳出去也難聽，易受人詬病。

她五、六歲始學針線，那時二哥不過十歲左右，自己還是孩子，卻懂得維護妹妹方方面面的周全，不落半分話柄。

他寵愛妹妹，卻不忽略男女大防的規矩禮儀，不犯一絲一毫的不妥當，哥哥能給妹妹的、能為妹妹做的，他全部不假手他人；哥哥不能做的，哪怕是無傷大雅的小事，他也全部牢記，並提醒池榮厚遵守。

以往榮嬌不察，現在的她卻深深明白，二哥為了自己付出了多少。

這一世，她一定要好好地活著，助哥哥們前程似錦，再也不要重複上一世的悲劇。

「很能幹。」

池榮勇冷峻的臉上掛著一抹淡笑，如新雪初霽，說不盡的暖意迤邐。

與之相比，池榮厚的喜悅就複雜許多。「二哥，以後小樓公子會常常出去行走了……」妹妹做了曉陽居的二東家，豈不是要經常去打理生意？與不知根柢的玄朗牽扯越深。

「還是沒查到玄朗的消息？」

「暫無頭緒……」

池榮勇也納悶，以他的人脈關係，小一輩中幾乎問了個遍，竟無一人知曉，若玄朗真出身不凡，沒理由那幫世子、世孫們全都不知。

「無須擔心，他對小樓並無惡意。」

「二哥，你莫要忘了，這世上可沒有小樓公子。」

真搞不懂二哥，天天講規矩的是他，不守規矩的也是他，小樓是妹妹，他不會忘了吧？

「母親如今願教妹妹管家，我覺得妹妹還是繼續跟在母親身邊學習才對，她畢竟是女孩子，終歸要嫁人的，管家理事才是正經要學的……」

難得母親主動開口教妹妹管家，池榮厚極為興奮，這是不是說明母親幡然悔悟，要好好待妹妹了？

「至於做生意，既然玄朗守諾，讓她做了曉陽居的二東家，也算嘗試成功過了癮，以後還是不要再做了……有我們在，嫁妝銀子短不了她的。」

池榮厚知道妹妹未必願意跟著母親，可是，若母親改了，妹妹做個規矩本分的千金大小姐，不好嗎？

「榮厚，你是不是不喜歡妹妹做生意？」

對於母親的突然轉變，池榮勇的感受恰恰與弟弟相反，他不以為無緣無故，母親會在一夕間徹底想開。

「這還用問？」池榮厚有些無奈地看著二哥。有多明顯，二哥看不出來？「拋頭露面，結交外男，行商賈之事……一旦洩漏……」

他是滿心的不贊成，隨便哪一件暴露出來，榮嬌的名聲就全完了。

「二哥，你向來護妹妹周全，明知不可為，為何要支持？」

妹妹說有釀酒方子，想開酒坊，二哥就想支持，已經在琢磨要請誰幫忙開酒引了吧？

「我是贊成的。」池榮勇英俊的臉上帶了一絲罕見的猶豫。「說實話，我也不確定支持她是對是錯，若是以前的榮嬌，我是絕對不同意的。」

若是以前，妹妹也不會有這些想法。

他之前的計劃是，等妹妹過了十三歲，給她請個熟諳內宅的教養嬤嬤，人選都拜託朋友找好了，將來再為她找戶人口簡單的人家，生兒育女，一輩子平安喜樂。

可是，現在妹妹變了，又有親事風波，原先的打算都得作廢了。

「從小到大，你可曾聽榮嬌提過一次她想要做什麼？是真正自己想的，而不是為了你或我，或這樣、那樣的原因？」

妹妹有了想做的事，單就這一點，他不想拒絕。

第二十九章

秋風漸起，池府裡一片平靜。

榮嬌繼續裝病，而康氏詭異地扮起了慈母做派，雖然沒有親至三省居，卻每天都派婆子來探問，很是反常。

若不是榮嬌知道康氏並不清楚自己喬裝外出的事情，都要以為她是故意的，搞得她白天不方便出入，要去曉陽居只能選在黃昏或天黑後。

這一日，池榮厚回府。雖然在二哥的勸說下，他接受了榮嬌繼續做生意的打算，但私心裡認為自己還是有必要與妹妹好好談一次。

母親現在改變許多，以前妹妹不管病得多重，她都是不管不問的，現在雖不是親至，打發人來也是釋放善意的態度——她畢竟是長輩，即便知道自己以前做得不對，也拉不下臉來給小輩陪罪。

「妹妹，妳既然身子無大礙了，管家的事，還是應該學一學的。」

榮嬌本是裝病，自然不會瞞著池榮厚。

「過去妳受了許多委屈，不可能一下子全忘掉……可是，畢竟是親生母女，血脈親情斬不斷的……」

對上妹妹清澈溫柔的大眼睛，池榮厚有些語無倫次。

母親對妹妹確實過分了，那些傷害不是想要忘記就能忘記的，他是不是有些強人所難，不體諒妹妹？

「妹妹，妳、妳別難過，小哥哥說得不對……不想原諒就不原諒，那就當陌生人好了……」

見妹妹默默聽著，不回應自己，池榮厚心裡很不好受，越發詞不達意。

母親對妹妹不好，他難過又無措；母親想對妹妹好了，他還是難過無措，不知道如何才能勸說妹妹接受母親的善意，冰釋前嫌。

她們兩個都是他最重要、最在乎的人，他不想任何一個傷心難過。

榮嬌沈默了好一會兒。

一直擔憂的事情果然發生了，她不知該怎麼開口，告訴小哥哥康氏給自己下藥，拆穿她的不安好心。

康氏與小哥哥的感情，她向來清楚，若她與康氏鬧翻，那樣的局面，最難過的是小哥哥。

可若要違心地敷衍小哥哥，她做不到，沒奈何，只好撒嬌耍賴。「小哥哥，你看我長這麼大，之前府門都沒出過呢，趁著現在還小，喬裝不易露形跡……這兩年你沒有榮嬌妹妹，只有小樓弟弟，別的事，以後再說好不好？放心吧，你妹妹我是不知好歹的人嗎？冰凍三尺非一日之寒，總需要時間，對吧？小哥哥，我保證不會讓你失望的……」

她不會花言巧語哄小哥哥開心，但要如他所願與康氏握手言和，她做不到，康氏也不想，那只是小哥哥一廂情願。

有二哥與小哥哥在，只要康氏不會肆無忌憚地傷她性命，她保證盡力退讓，即使回擊，也儘量採用溫和手段，不會不留情面。

池榮厚聽到這番話，說不失望是假的，但他也不是那種不通情理、一味愚孝的，更不會將自己的心願強加在榮嬌身上，妹妹是有血有肉的人，不是不識酸甜苦辣的東西。

「妳按自己的心意去做吧，小哥哥只希望妳能過得好，不是要給妳壓力……」

他按下心底的複雜情緒，說起榮嬌的身分與生意。「……常在外行走，聞刀不方便跟著，二哥給妳準備兩個面生的人手用，有適合的妳自己也買幾個。」

若聞刀一直跟著小樓公子，有心人要查，遲早是個不小的破綻。

「酒坊的事，看妳喜歡，要想獨資辦酒坊，本錢哥哥們這裡也有一些，最好是拿酒方與人合作，事情少一些，無須每日出府。安國公世子名下有酒坊，他與二哥交好，二哥說若妳有意，讓我這幾天約了時間給妳引薦。」

開酒坊茶樓，他真心不贊同，非要做生意，胭脂水粉、綢緞莊也好呀，都是女孩家用的。

「二哥說了，只是建議，若妳另有打算，儘管去做好了。」

說到酒坊，榮嬌一開始就計劃與人合作，而玄朗是首選目標。

不過，事情進展得不甚順利。

自玲瓏雅集那晚與玄朗見面之後，接下來都沒再見到他的人影。

據岐伯說，玄朗不在都城——這人的確如他自己所說，瑣事紛雜，分身乏術，應該是家大業大吧？榮嬌猜測。

玄朗已經讓岐伯將說好的曉陽居股份提前轉給她，但小樓的身分是假的，一辦手續就露餡了，於是榮嬌直言自己名下不方便有財產，股份不用落在實處，只按照對應的股份分紅即可。

她以為要費些口舌解釋，結果岐伯什麼也沒問，事先準備了一番天衣無縫的說辭與理由全都沒用上。

茶點的方子也銀貨兩訖，岐伯為點心方子開價一千兩，這份高價驚得欒嬤嬤好幾天晚上睡不好覺。

榮嬌為安她的心，告訴她因為買主是玄朗，是特意關照的友情價。誰知欒嬤嬤聽了這番解釋，越發不安了，素昧平生的，玄朗公子憑什麼處處照顧自家小姐？他不會是別有用心的吧？

哎呀，這銀子太燙手了，總感覺拿了銀子就是跳進火坑了。

欒嬤嬤的糾結讓榮嬌既感動又好笑。

「二哥找朋友幫妳辦了小樓的身分，要過些日子才能送上來。」

妹妹若偶爾扮男裝一次，叫小樓、大樓無所謂，但若要常以此身分行走，除了名字外，相關的證明還是要有的，否則但凡要查路引，榮嬌就會穿幫，這麼明顯的破綻，兩位好哥哥怎麼可能忽視呢？

「太好了。」

假身分的問題，榮嬌記著，還沒開口提，哥哥們已經幫她辦了。

「酒坊若是要與人合作，可以用二哥的名義。」即使有了齊全的假身分，辦契書等手續終是不方便。「有二哥在，等閒人不會招惹。」

聽妹妹的意思是想與玄朗合作，雖然他多半也是有身分背景的，但做酒水生意的，個個靠山硬實，多一層的關係更好。

即便是玄朗沒有惡意，讓他知曉池家二少爺與小樓關係匪淺，以防萬一總不會有錯，做哥哥的，對與自己妹妹接觸的外男，提防已成本能。

榮嬌不確定是否自己有錯覺，好像……岐伯並不想做酒坊生意。

她第一次與岐伯提起，岐伯說他家公子不在，這種事情要公子做主，又說他們家沒有做過酒水生意，然後，就沒下文了。

難道玄朗一直沒回來？還是他不想合作，所以避而不見？

榮嬌並沒猜錯，玄朗聽到岐伯的彙報，清俊的眉頭微微輕蹙。「怎麼想起要開酒坊？」

真心不是好主意。

「小樓公子說他有釀酒配方，獨一無二的。」

岐伯有些無奈。公子的規矩他是知道的，但小樓追得緊，小孩滿腔熱情的，他又不好直接拒絕。

「獨一無二的配方……」年紀小小，腦子裡的存貨倒不少。

「是，屬下看小樓公子勢在必行，若是您不與他合作，他也會另找他人合作的。」小樓一腔熱情，他與您熟悉，先來找您，您要是不感興趣，他是不會放棄的。

嗯，玄朗想到小樓的倔強，對岐伯的看法深以為然。「……約個時間，我與他談。」

能做的生意千千萬，何必非做這個？

想要賺錢，給他指條別的路就是。

「……不做酒坊生意？為什麼？」

榮嬌甚是吃驚，瞪大了眼睛。

之前岐伯說他家公子回來了，要與他親自商談，榮嬌還以為是找自己談合作細節呢，沒想到玄朗竟說他不做酒坊生意。

她知道人人各有不同的行事原則，做生意有不碰觸的禁忌，但酒坊又不是青樓賭坊或地下暗莊，賺的是髒錢。釀酒啊，堂堂正正的生意，怎麼還不做呢？

難道他家有親人是死在酒上的？所以才痛定思痛，對酒類生意深惡痛絕？

榮嬌狐疑，也不對呀，玄朗不喝酒的。

「是酒引子不好弄嗎？」

酒引對尋常人而言是有難度，對他應該不是難題吧？

「或者我來想想辦法？」

若他不方便，二哥也是能找到門路的。

「不是酒引的問題，」玄朗知道若不跟他解釋清楚，眼前的小孩必不會甘心。「是這生意本身有問題。」

「啊？」

榮嬌丈二金剛摸不到頭腦了，這生意司空見慣的，有什麼問題？

「釀酒要耗費大量的糧食。」

對呀……榮嬌傻傻地點頭，雖然配料不同，主料離不開小麥、高粱、大米等作物。「還有水，水也很重要。」她一臉呆呆地補充道。

這有什麼問題？不管釀酒主料用什麼，都要計在成本裡的，定價時算好了別虧本就是。

玄朗被她充滿孩子氣的回答取悅了，不由耐心地解釋道：「你知道為什麼要有酒引的限制？」

這個嘛，一般來說，凡是有入行門檻限制的行業，要麼是為壟斷財富，要麼是恐有殺雞取卵嫌疑，不利國本，故此才不開放。

榮嬌講出自己的猜測。

「不錯。」玄朗稱讚，不覺伸手摸了摸她的頭。「關鍵的兩點你都說到了，大夏雖多魚米之鄉，然貧瘠苦寒之地亦不少，好年景糧食尚能自給，若遇年景不好，許多人要餓肚子，多少窮人為一口吃食鬻兒賣女，朱門酒肉臭，路有凍死骨，一口杯中物，需用幾碗米？」

就因為這個，不涉足酒坊生意？

榮嬌半理解、半糊塗，這也太憂國憂民、高風亮節了吧？釀酒當然需要糧食，但你不釀也有別人釀，有需求、有利潤就會有人做。

玄朗微笑，這孩子，心性還是單純。「小樓，君子愛財，取之有道，不利於國本民生的銀子，我是不賺的。」

玄朗破天荒耐性十足地跟榮嬌解釋內裡的原由，榮嬌明白他的意思了，就是說酒坊這種賺錢的生意他不做。

只是懂歸懂了，她的腦袋還是有些糊塗，因為釀酒需要用糧食，所以就不做酒生意？

「這樣啊……」她有些惋惜與遺憾。「一事不煩二主，還以為能與大哥合作呢……」

既然玄朗無意，只好另覓他人了。

這孩子，真沒打算放棄。

玄朗一眼看透了榮嬌的心思，話說得如此明白，他居然不改初衷？

「小樓，前朝曾因天災人禍，連續災荒之年，施過禁酒令，效果卻不盡人意。太祖建元，參考延續了前朝的做法，改禁為限，需有酒引方可進行釀造售賣……」

這是自家高冷的主子嗎？話真多。苦口婆心、諄諄教誨，可惜被教誨的對象態度雖端正，卻始終不買帳。

藏在暗處未現身的阿金吐槽。沒錯了，這小樓公子一定是自家公子剛成年時沒經驗弄出來的遺珠，比對親兒子還有耐心，春風化雨般講人生道理。

至於以公子的年紀是否會生出這麼大的兒子……這個嘛，公子是誰？非尋常人能比的，天賦異稟，十歲左右就能行人事、生兒子，也是可以有的。

「大哥說得極是，不過我有一點個人的小小看法……」

雖然玄朗並沒有直言讓她放棄開酒坊的打算，但暗示之意明顯，榮嬌聽得懂。

他的語調分寸拿捏到位，雖是勸說，卻讓人生不出厭煩之意，感受到的是春風般的善意。

「酒的好處有許多，你之前也說，自己原本是滴酒不沾的，到了軍中才發現烈酒壯士氣。」

榮嬌不著痕跡地打量著玄朗，怎麼看都是文弱書生的模樣，居然還有從軍的經歷，是做軍機參贊或文書的吧？

心裡卻又多生出幾分親近，或許他還是二哥的袍澤呢，典型的愛屋及烏。

「可見一樣東西的好壞，不能簡單概之。我敬重大哥心懷天下蒼生，卻不覺得自己謀利生財就是奪人口糧，好比一把斧頭，有人用它砍柴、有人用它殺人，是善是惡，與斧頭無關……嗯，這個比方可能不大恰當……」

榮嬌臉紅了紅，露出一種拘謹與自信混合的表情，思路卻漸漸更清晰。「我的意思是，酒是糧食釀造的，這無可更改，但人們發明它、喜歡它，自然有它存在的理由，屢禁不止更說明它的不可替代。竊以為，歷朝歷代禁酒的目的莫過於減少糧食的消耗，備戰備荒；再有防止沈湎於酒，傷德敗性，酒後狂言，議論朝政，禁群飲，防止民眾聚眾鬧事。」

稚嫩的臉上漸漸充滿自信的光芒。「但想要達成這些目的，方式有許多，我並不覺得工匠不釀酒，商人不賣酒，民眾不喝酒，就能促進豐衣足食。在需要慶祝的重要時刻，沒了酒，豈不是少了幾分盡興？

「酒坊我想開，而且會想辦法提高出酒率，用更少的糧食釀出更多的酒，妥善利用酒糟，我記得在西——」

榮嬌的聲音突然戛然而止，彷彿是說得太快、太投入，腦子沒跟上嘴巴，微頓了頓，赧然笑笑，繼續接著說：「記得聽人說在西南一帶，就有用酒糟養牲畜的，如果可行，也算是以糧換肉吧？一舉兩得的……」

言多必失，榮嬌深有體會，剛才說得太順，差點說出西柔兩字來，在她的印象裡，在西柔，酒坊剩下的酒糟會拿來餵豬。

西柔，好熟悉的感覺，單單是這個國家的名字，就會帶來心底的激盪……難道她與西柔有關聯不成？

榮嬌被嚇了一跳。西柔可是外國，雖說現在與大夏還算友好，但前些年沒少兵戎相見，在大夏民眾眼裡，那是妥妥的異邦啊！

好在玄朗沒懷疑，一般人應該都不會聯想到西柔吧？榮嬌情不自禁打了個冷顫……

「可是冷了？」

若有所思的玄朗察覺到，起身將半開的窗戶掩上，喚人上熱茶。

榮嬌不冷，但也沒有拒絕他的好意，乖巧地捧著熱茶，烏溜溜的大眼睛滿懷期待地望著他——

有沒有被說服？

她中意與玄朗合作，單憑他向來不好奇、不打聽，不尋根問柢這一項，就無可替代。與人合夥做生意，對方難免要打聽來路、詢問家世，這是合夥做生意最起碼的。做為一個假公子，榮嬌深知一個謊話後面一定跟著一堆的謊話，謊話需要永遠不斷圓謊。

她是真女子、假公子，這是無法更改的，因此如果可能，她希望與玄朗合作，其他人未必如玄朗這般不拘小節又知情識趣，即便將來有一天要坦白真相，與他解釋似乎更易於啟齒。

鑑於此，榮嬌準備再努力一次。

「大哥，有需求必然有存在，與其讓別人做，不如自己參與其中，積極引導，堵不如疏嘛……」

第三十章

「大哥，好不好嘛？」

榮嬌習慣了與自家哥哥撒嬌，如今有求於玄朗，不經意間就用了一點與哥哥們相處的習慣，聲音軟了半分，尾音拉長，微微上揚。

她的聲線原本糯糯的，扮男子故意壓低弄啞，帶著磁性。大眼睛一眨不眨，彷彿可憐兮兮的小狗，呆萌地討好主人，只差背後一條小尾巴。

玄朗忽然有點心軟，想起自己的寵物如風剛生下時的模樣，小小軟軟的小豹子，走路跌跌撞撞的，墨玉般的大眼睛水汪汪的，會用牠粉紅小舌舔他的掌心，略顯粗糙的舌頭舔得掌心發癢……

在他看來，此時的榮嬌與小豹子無異，何況他說得也有些道理。

玄朗越發親切，微微展顏一笑，如春風拂面。「好。」

「玄朗大哥，你就考慮一下我的建議吧……欸，你說什麼？」

榮嬌尚在努力，猛然反應過來他剛說的是「好」，愣住了。好夢幻啊……他同意了？

榮嬌眨了眨眼睛，真的假的，不是聽錯了吧？

「你同意了？」

不確定沒關係，再次確認好了。

「是。」玄朗含笑看著她驚訝的小臉，目光中飛快地閃過一絲寵溺。「具體事項你與岐伯商量，我最近忙，顧不上。」

柳暗花明的感覺要不要太開心？

榮嬌燦爛的笑容溢出臉龐，感染了空氣，彷彿周圍三尺之內都是喜悅。「太好啦！」

明明之前態度雖溫和，事情卻沒有商量的餘地，這轉折太過迅速……大哥不是開玩笑的吧？

「怎麼，不希望我同意？」玄朗含笑反問。

到底還是孩子，這一會兒工夫，那張小臉上的表情不知變換了多少遍，意外、驚喜、懷疑、迷惑、探詢、擔心，真難為他的臉，巴掌大的地方卻要擠出這麼多表情。

「當然不是。」

榮嬌矢口否認，沒察覺玄朗的促狹之意。

不過，如果能告知原因最好了，合作夥伴嘛，應該儘量坦誠相待的吧？

「你說得有道理，我被說服了。」

不忍看他悄悄掩飾的失落是一個原因，另一方面的確是被他說服了，玄朗小小地反省了一下，往日的自己是有點因噎廢食了。

他沒有告訴榮嬌的是，他厭惡的雖是酒，但並非是酒本身。

自從知曉身世後，他就視酒如敵，因為自己的存在就是酒後亂性的證據——若不是醉酒，不會有他的出生。

一場罪，總要有個禍首，所以，做為色中媒的酒是被他遷怒了嗎？

直到從軍上了戰場，他才首次發現杯中物還是有益處的。雖然他仍是不喜，但並不強求別人如他一樣，甚至大戰前，他也會敬將士們壯行酒，預祝旗開得勝，慶功宴上，亦能象徵地舉杯。

只是那是特殊情況，平素裡，他聞不得酒味，心腹、下屬都知他不喜人貪杯，沒人敢帶著一身酒氣在他近前出現，故此在熟悉他的岐伯看來，酒類生意他一定不會做的，說不定還會影響對小樓的印象。

唯利是圖的酒商，在他眼裡，厭惡程度可如放高利貸者。

這些不為人知的舊事，玄朗自然不會說給榮嬌聽，好在榮嬌豁達，只要玄朗的合作之意不變，一句簡單的「我被說服了」便令她釋懷——是不是敷衍不打緊，只要合作誠意夠。

有岐伯在，榮嬌放心，岐伯辦事可靠穩妥。

但是主事的岐伯知道後錯亂了好久。

說好的厭酒呢？說好的不做酒水生意呢？他嚴重懷疑小樓給主子喝了迷魂湯，莫非他與主子之間真有什麼血脈羈絆不成？

睿智的岐伯也被阿金詭異的念頭說服了，開始考慮小樓是小主子的可能……

但是不對呀，以自家公子的年紀，怎能生出小樓這麼大的兒子？

此刻的池三少有點煩，情緒不高。

「交代的事情你要記牢了，人一到，就讓聞刀去安排。」
二哥給妹妹安排的新人手，最遲明天就到，他抽空回城安排，但最近父親盯得緊，不敢晚歸，本想陪著妹妹一起見見人的……
不過既然是二哥的安排，想必完全可靠，他見不見也無謂。
妹妹要與那個玄朗合作開酒坊，初步打算設在城郊，池三打心底不贊成——這豈不意味著妹妹會經常出城？真成了小樓公子啦！
如今的發展完全顛覆了他最初對妹妹扮男裝之事的想像，他以為榮嬌是心血來潮、突然興之所至，嚮往外面的熱鬧，做生意也無非一時興起，雖覺得不妥，但也沒反對。
妹妹太過乖巧沈悶，小小年紀就心如古井，見見外面的世界是應該的，等新鮮勁頭過了，自然還是要回歸的；豈知這丫頭如脫了韁的野馬，一發不可收拾，在城裡鬧騰還不夠，居然折騰到城外。
池榮厚嘆息，不知二哥怎麼想的，居然還大力支持……安安分分跟母親學管家不好嗎？看看大嫂，現在處理府務有模有樣的，上手才幾天工夫？一看就知當年在娘家是學過的。
榮嬌這丫頭，非說自己不嫁鐘鼎高門用不著，但現在還小，怎麼確定一定用不上？藝多不壓手，先學著又沒壞處……
唉。
池榮厚深深嘆息，世間事，果然十之八九不如意，原先母親不願教，現在妹妹不願學。
吩咐完事情，池榮厚帶隨從離開鋪子，準備回大營。

「池三少、池榮厚！」

身後忽然傳來一個喊聲，是個男聲，聽起來似有一分耳熟……

池榮厚回頭。王三？這不是王豐禮那小子嗎？他想幹麼？

人已至近前，這時再裝作沒聽見轉身就走，不符合池三少的行事風格。

他站著沒動，略帶戒備地看王豐禮面帶微笑，神情似有些激動地靠上來。「池三少，沒想到在此巧遇……幸會、幸會。」

「不巧。」池榮厚淡淡道：「你可以當作不曾巧遇。」

笑得如此燦爛，咱倆很熟嗎？

王豐禮笑容微斂，神色略顯尷尬。「恕我冒昧……」他這段日子埋頭苦讀，難得出府一趟，沒想到能遇見池榮厚。

「王三公子有何見教？在下忙得很。」有話快說、有屁快放，小爺沒心情與你耍花腔。

「見教不敢當，在下想請池三少喝茶，不知能否賞光？」沒等池榮厚拒絕，王豐禮繼續道：「上次在下出言不遜，事後思及十分後悔，理應道歉……」

欸？池榮厚的眼中閃過狐疑，上回在笑春風他可囂張得很，忒犯賤，惹得自己下黑手。

「為什麼？」

聽到如此乾脆直白的疑問，王豐禮俊秀的臉龐浮起微微的訝異與尷尬，還有一絲說不清、道不明的懊惱與自嘲，再次拱了拱手。「做錯事、說錯話，理應賠罪。」

池榮厚上下打量著王豐禮。以往他與王三並無交集，但風流才子王三的閒話聽過不少，這態度不對呀，該不是別人冒充的吧？

眼前的人，比印象中的清減了三分，越發顯得長身玉立、風度翩翩，一襲白衣，唇角含笑，一雙桃花眼幽深迤邐，怎麼看，都還是以往那個風流倜儻的溫雅公子，卻似乎有什麼沈澱下來，往日隱約流現的輕浮之相已蕩然無存，眼前的男子舉止沈穩、言語有度，如一塊被打磨的玉石，去了表面的浮誇，越發顯露出溫潤與美好。

「王三公子的盛情，池某卻之不恭。」

二哥說過可以拉這小子為同盟，上次失手了，這次或許還可一試？

喝茶而已，怕他？

「二哥，你說王三是什麼意思？」

在池榮厚的心裡，有問題、有不懂、不會、不清楚的全部可以拿到知心親二哥這裡，問他準沒錯。

所以，莫名其妙地喝了王三的賠罪茶後，他立刻找二哥分析。

「王三好像換了個人似的，以前一副自命不凡的賤樣，現在順眼多了。」池榮厚說出自己的疑惑。「都說生死之間有大悟，他這是頓悟了？」

喲，那他如今的變化，豈不是拜自己所賜？池榮厚可不想居功。

「他有提起嬌嬌嗎？」池榮勇直指問題。

「旁敲側擊提到過。」

不知是不是他的錯覺，王三的表情神態、語氣語調挺正常的，只是在涉及榮嬌時，似乎有些微的不自在。

「他覬覦妹妹？」

池榮勇清冷的俊臉立馬染上憤怒。

「應該不是。」

在不知情的外人眼裡，妹妹應該是不知長相如何的病秧子，王豐禮沒理由對無才無貌、無賢名的榮嬌有興趣。

「你說什麼？」池榮勇清冷的俊臉現出一絲慍色。「他那些女人比不得嬌嬌一根頭髮。」

「當然，妹妹是最好的。」

池榮厚忙表態。「二哥，咱倆是一夥的，誰也沒咱們妹妹好……我的意思是王三不知榮嬌好啊，他的行為不是很反常嗎？難道不應該引起警惕，仔細分析、小心防範嗎？」

「不管他是何居心，妹妹的親事要儘早定下來，」

池榮勇難得露出煩躁之色，一日不確定，恐夜長夢多。

他掏出一疊紙遞給榮厚。「你看看有沒有合意的？」

這是他精挑細選的妹婿人選，只是沒有一個完全合心意的，配妹妹總覺差強人意。

妹妹太好，良人可遇不可求……池榮勇暗自感慨。以前覺得自己結交的那幫小子也好，軍中袍澤也罷，看上去都不錯，當得起青年俊彥；可若以挑妹婿的眼光看，全是些次貨，不行。

顯然，池三少的觀點相同，仔細看完名單，面露躊躇之色，就這幾位，沒別的了？

「有話直說。」吞吞吐吐地做什麼？

「二哥，不合我意啊……」這可是你讓我說的，不是我挑刺啊！「一號歲數大了，家裡長輩肯定急著抱孫子。」

妹妹年紀還小呢，至少三、四年後才能成親，他能等？就算能等，萬一提前弄出個庶子、庶女的，多糟心啊！

「二號我認識，長得抱歉點，雖說男人俊醜沒關係，可鮮花也不能插在牛糞上；三號家太遠，咱妹妹不遠嫁，將來萬一有事，照應不上；六號長相家世都還成，不過，我聽說這人有隱疾，一出汗身上就有股怪臭味，熏嗆得很……」

總之，都不合意。

「知道了。」

池榮勇沒好氣，不是為了他挑毛病，真要說起來，他的不滿之處比榮厚指出來的還要多。

找個稱心如意的妹婿怎麼這麼難呢？周圍怎麼淨是些拐瓜裂棗？

兩位哥哥好頭痛。

在兩位哥哥忙著挑妹婿的同時，榮嬌也沒閒著，一門心思撲在酒坊的籌辦上。

岐伯的辦事效率極高，三兩天工夫，酒引拿到，地方也找好了。

「這一、兩日過去看看，若哪裡不滿意，也好盡快改。」

岐伯盤下的地方原先就是酒坊，酒窖、器械現成的，一併打包開了價。

榮嬌被他說得心裡癢癢，恨不得馬上跑過去察看一番。

「不須過夜吧？」她問。

「不用，只須幾個時辰。」

岐伯知道她這段時間家裡人看得緊，時間不方便。

「……若白天不得閒，晚出早歸也成。」

比起被康氏抓包後的麻煩，夜不歸宿似乎更可行。康氏派來探疾的僕婦從來都是上午過來，不曾有夜裡查崗的情況，榮嬌果決地選擇晚出早歸。

「作坊的工匠已經安置，一併見見老師傅，先釀幾罈驗方。」

這個榮嬌明白，在大批釀造之前，師傅們會根據配方先少量釀製，即是所謂驗方，徹底掌握個中變化知曉酒質之後，方會批量生產。

這次榮嬌以配方入股，占四成，其他均由玄朗投資，如此比例分配，榮嬌自知拿多了，畢竟經營酒坊涉及層面更廣，買作坊請工人拿酒引，從原料採購到售酒，人、財、物是筆不小的投入，她僅憑一個方子就占四成，受之有愧。

「公子說了，經營之事，你得全程參與，甩手東家只他一個就夠了。」

岐伯轉述玄朗的話，榮嬌也釋然了。自己占了便宜，那就多出幾分力氣，經營上更用心，幫玄朗也幫自己多賺銀子。

岐伯聽了也不點破，公子不缺這點零碎銀子，別說一個酒坊，想要座金山，公子也送得起，之所以讓他全程跟進，是公子給他實作的機會，畢竟做生意光靠奇思妙想是不夠的。

小樓是塊未經雕琢的美玉，公子就是那握刻刀的手，欲開發出他最大的才能與光彩，真是何其幸運。

岐伯想起小樓遊說玄朗賣酒的那番話，縱然有道理，卻也遠不到前不見古人、後不見來者的程度，他也說得出啊……只是，他沒敢在公子面前講這番話。是該感慨小樓初生之犢不怕虎，還是該驚嘆主子對他青眼相看、格外寬容？

公子說看小樓順眼，有趣的小東西……嗯，這種說辭聽聽就是，公子對小樓不僅是感興趣，是移情吧？

話說，公子在小樓身上到底看到了誰的影子？

岐伯百思不得其解，跟著公子的年頭不短了，從未見他對誰上心過，唯小樓獨一個。不是親戚故舊，更不會是血脈後人……到底會是誰？

談完正事，榮嬌起身告辭。

正值黃昏，西斜的光線明亮而溫柔，湛藍的天浮著一團團的白雲，在夕陽的輝映下透著微微的暖色嫣紅。

曉陽居精心佈置的庭院裡，花木扶疏，金桂飄香，綠竹有節，在夕照下有種說不出的恬靜幽美，韻味深長。

即便對此景並不陌生的榮嬌，在這瞬間也情不自禁地駐足凝望，開闊的心緒呼應此刻淡然愜意的閒適。

面對天地揮毫般驚心動魄之美，榮嬌好似患了失語症，怔怔望著，心中無一辭彙能精確地描述出這種感受。

有此同感的不只她一個。

正失神間，耳邊傳來一聲嘆息，是驚讚感嘆，是難以言表的悸動……一聲短嘆竟蘊含如此豐富的意思。

側目看去，隔著幾叢半開的菊花，茶舍簷下，一個年輕公子負手而立，若有所思的目光在天際庭院間流連。

榮嬌視線投過去的剎那，他若有所感，兩人目光在半空中不期而遇。

榮嬌露出淺笑，頷首，來者是客，和氣生財。

那人微怔，眼裡閃過一絲狐疑，繼而微笑回應。

估計是國子監高年級的學生，榮嬌判斷。

但此人有些面善，似曾相識。

是誰呢？

——未完，待續，請看文創風519《嬌妻至上》2

2017 狗屋．果樹 週年慶　5/2(8:30)~6/12(23:59)　love.doghouse.com.tw

找尋妳的羅曼蒂克

42天，專屬於妳的愛情故事

熱搜頭條　當期好康　林白出清特賣

75折

東堂桂	半巧	岳微	夏喬恩	莫顏
《嬌妻至上》	《巧婦當家》	《吾妻不好馴》	《不只是動心》	《福妻不從夫》
全四冊	全四冊	全二冊		【妖簪之二】

熱搜頭條　當期好康　林白出清特賣

訂單內包含**兩本週年慶內曼新書**，即可領取福袋一份，
一單一份，數量有限，送完為止。

熱搜頭條　當期好康　林白出清特賣

每本20元：午夜場、浪漫經典、浪漫新典、RA001～RA106
每本40元：亦舒、島嶼文庫、推理之最

【林白出清注意事項】

◎ 因為出書年代久遠，雖經擦拭、整理，仍有褪色或整飾痕跡，故難免不如新書亮麗。除缺頁、倒裝外無法換書，因實在無書可換，但一定會優先提供書況較良好的書籍給大家。
出清特賣書左側翻書處下方會加蓋一個狗狗圖案小章，以示區別。
◎ 絕版書不包含在此優惠活動內。各書籍庫存量不一，售完為止。
◎ 林白出清不列入滿千免運費及大樂透抽獎之計算，運費依照寄送方式另計。假如有購買其他狗屋/果樹書籍達到滿千免運，可以一併寄送，以節省運費。

狗屋民調

希望今年大樂透抽獎有哪些獎項？

- ☑ 華碩平板
- ☑ 負離子吹風機
- ☑ 電子鍋
- ☑ 保溫保冷杯
- ☑ 紅利金

好便宜～～ 快點啊！！ **更多詳細折扣請見內頁** 附推薦懶人包 期待中！！ wwwwwww 好想要啊～～ ♥♥♥

你可能會喜歡

不只是說故事，還教妳過人生的另一種方式

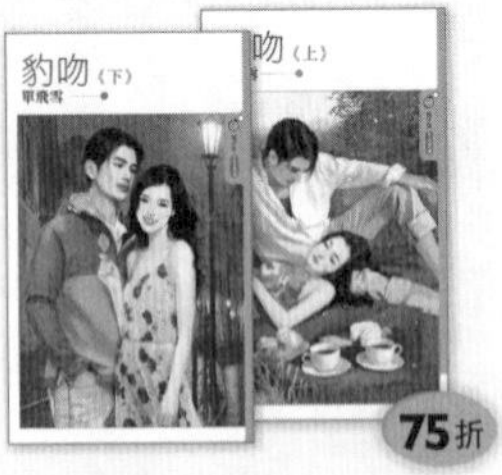

帶妳品嚐愛情的單純美好

一穿越就遇上稀奇事？!

老闆～來一客甜味小品！

先下手為強才是真、男、人！

折扣懶人包

來來來！其他優惠照過來！

6折	75折
文創風001~290、花蝶001~1622 采花001~1264、橘子說001~1176	文創風291~517 橘子說1177~1248

最愛小狗章
5本100元： PUPPY001~354、小情書全系列 **4本100元：** PUPPY355~474

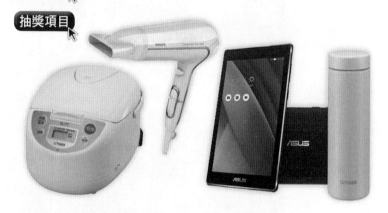

平實溫暖、輕快活潑／芳菲

2017年4月出版

啥辣美嬌娘

穿越重生之前，與自己的母親相依為命；
靈魂重生之後，一肩扛起大家族的生計。
種種試煉讓她不奢求愛情，卻沒料到那人就在燈火闌珊處……

文創風 509 1

對謝玉嬌來說，穿越到另一個時空其實並不可怕，
就算爹不幸離世，也有個跟她前世的媽長得一模一樣的娘，
加上謝家是江寧縣的頭號地主，即便她不是什麼枝頭上的鳳凰，
總歸是富霸一方的土豪千金，稱頭得很！
只可惜，現實生活總是有那麼一點小小的缺憾，
她這羸弱女兒身，終究注定不被人放在眼裡，
那些在一旁虎視眈眈的親戚不但三天兩頭找理由索討花用，
還要以「繼承謝家」為名義，企圖塞些不成材的傢伙來當嗣子，
更有唯我獨尊的老姨奶奶，想把她當娃兒放在手心上拿捏，
逼得謝玉嬌只能板著張俏臉挺身而出……

文創風 510 2

多接收一些難民對謝玉嬌來說並非什麼困難的挑戰，
反正他們能幫忙開墾荒地，她就當是做善事，何樂而不為？
可是其他縣的難民找碴找到她娘身上，還開口要一大筆贖金，
這就不是保持「溫良恭儉讓」的態度能解決的問題了！
為了解救一個好心幫她母親逃走卻被俘擄的男人，
謝玉嬌帶著村裡一群人前往對方的根據地，準備大展身手，
卻沒料到他早就降伏了那些山賊，還讓他們願意從軍救國……
照理講，這麼一位英雄豪傑應該讓人敬佩不已，
但是他那輕浮又玩世不恭的模樣，老是讓謝玉嬌煩躁不已，
巴不得他趕快從她眼前消失，好恢復往常平靜的生活！

文創風 511 3

死而復生什麼的，的確不比穿越重生來得驚悚，
但是當謝玉嬌看到被宣告戰死的人重新出現在她面前時，
依舊腦袋一片空白，無法掩飾內心的震驚……
更誇張的是，明明那傢伙都坦承自己隱瞞真實身分了，
她母親還不肯放棄，非得想辦法把他們兩個綁在一起不可，
最後皇后也跑來湊熱鬧，整個謝家宅的人更充當起臨時演員，
共演「小姐求妳嫁給我」這齣大戲，害她想低調一點都沒辦法，
只能故意提出要他同住的條件，來個真心大考驗，
沒想到他除了爽快答應，還得寸進尺地溜進她的繡樓裡，
想要來個甜蜜蜜的婚前同居！

文創風 512 4 完

不管謝玉嬌再怎麼掙扎，終究落入重重情網之中，
任憑她如何強勢又有主張，在他面前都不過是個單純的少女，
也罷，反正都要嫁了，當人家老婆總不會比掌管家業來得難吧？
然而……雖然她想得很樂觀，但他終究是個王爺，
就算已經沒了父母，也有皇兄跟皇嫂在那裡等著下指導棋，
這不，才新婚呢，就有人看不慣他們如膠似漆，
硬要塞兩個侍女進門，美其名叫「滅火」，實際上在「點火」，
氣得她醋意四散，只差沒殺進行宮要人給個交代！
就在一切歸於平靜，而她也有了身孕時，反攻北方的號角響起，
她親愛的老公自動成為帶領軍隊出征的不二人選……

純情摯愛　此心不渝／桐心

2017年4月出版

鳳心不悅

既然他就算做牛做馬都要待在她身邊，
那她這個當老婆的，
絕對會好好「疼愛」他的～～

文創風 513 1

沒想到新婚後便不告而別的沈懷孝，居然還有臉回來？
對蘇清河而言，有沒有這個丈夫，她壓根兒不在意，
她不過是為了與兩個孩子重逢，不得已才借了他的「種」，
古人嫁雞隨雞、嫁狗隨狗的那一套歪理，可不適用在她身上！
然而他失蹤五年的真相，竟是在京城另娶嬌妻，
如今他一口一個誤會，就想回到他們母子身邊，
當她是三歲小孩那樣好哄的嗎？

文創風 514 2

自從知道蘇清河那落難公主的身分後，
沈懷孝對她可說是百般討好，萬般禮讓，
還時不時在她面前走動，蹭吃蹭喝的，順便刷刷存在感。
為了家族的利益，他甚至還使出美男計想誘她上鉤～～
她本打算自己守著孩子過一輩子的，
可身旁若有他這樣一個免費的苦力能使喚，何樂而不為呢？

文創風 515 3

在這時代，要當個公主可真不輕鬆！
不但要出得廳堂、入得廚房，還要上戰場賣命，
好不容易拚死拚活換來個「護國公主」的封號，光榮回京，
回到京城的頭一件要緊大事，就是宣示主權——秀駙馬！
她可沒忘記自己的丈夫在京城中有多炙、手、可、熱，
她要讓那些覬覦他的女人知道，
沈懷孝是她的人，也只能是她的！

文創風 516 4

隨著蘇清河的身世之謎一一解開，
地位瞬間水漲船高的她，成了權貴爭相巴結的對象。
只有沈懷孝，待她始終如一，
不為了權力而利用她，更不會為了利益而傷害她，
但為了生他、養他的家族，他不得不做出讓步與犧牲。
在這一刻，她才驚覺，只要他身為沈家人的一天，
他們之間，就注定存在著永遠化不開的矛盾⋯⋯

文創風 517 5 完

什麼叫一波未平，一波又起，蘇清河總算是體認到了！
就算她與太子哥哥長得再怎麼相似，
要她假扮太子代理朝政，還真是嚇得她的小心肝兒直打顫，
更可惡的是，沈懷孝這沒良心的，居然乘機不與她親熱，
就在她忍不住撲上去又親又摟又抱，一解相思之苦，
他卻突然熱情了起來，讓她深深覺得，自己中計了！

流浪貓狗介紹所

為流浪貓狗加油 和貓寶貝 狗寶貝 廝守終生(一定要終生喔！)的幸福機會

對人來說，貓寶貝狗寶貝只是生活的一部分，
但妳（你）對牠們來說，卻是生活的全部，領養前請一定要考慮清楚——

▲ 喜歡「愛的抱抱」的小女孩　黑美

性　　別：女生
品　　種：米克斯
年　　紀：1歲半
個　　性：溫柔、可愛、親人
健康狀況：身體健康，2016年8月已接種疫苗
目前住所：台中市霧峰區

本期資料來源：台灣認養地圖

第279期推薦寵物情人

『黑美』的故事：

某天，中途看見四隻小黑狗在國道下方路段的車潮間奔跑著，由於太過危險，便下車向路邊攤商詢問，這才知道是被人整箱遺棄的小幼犬。於是，中途將牠們帶回照顧，就這樣，被拋棄的四個孩子有了安身之所，黑美就是其中最溫順的一隻毛寶貝！

黑美的體型在中途的狗園中算是嬌小玲瓏，連頭都只有人掌心般的大小，接近小型犬，所以容易被幾隻調皮的狗兒逗弄。可是這並不影響她樂天派的性格，牠依舊很開朗，天天與其他同伴們在空地上奔跑、嬉戲，或是咬著不知從哪兒來的抹布、湯匙，不是把這些當寶貝一樣護著，就是和其他狗兒玩起你追我跑的搶奪遊戲，令人覺得有趣又可愛。

而每當看到有人接近時，黑美的神色會顯得額外興奮，但是在行動上卻很柔順——兩腳站起，貼在人的身上討抱，若此時你移動幾步，牠的小腳還是會貼在你身上，繼續移動牠的小步伐緊緊相隨，這樣的萌樣讓人都忍不住想多抱牠一會兒。因此，要是黑美非常輕柔的巴在你身上時，就表示牠想抱抱了！

溫和的黑美對人較倚賴，也較不適合狗園裡的群體生活，因此中途希望能替牠找到一個溫暖舒適，又充滿愛的家。如果有拔拔或麻麻願意給黑美一輩子「愛的抱抱」，請來信leader1998@gmail.com（陳小姐），或傳Line：leader1998，或是搜尋臉書專頁：狗狗山。

認養資格：

1. 認養者須年滿20歲，有獨立經濟能力，並獲得全家人的同意。
2. 須同意簽認養寵物切結書，並能讓中途瞭解黑美以後的生活環境。
3. 同意送養人日後之追蹤探訪，對待黑美不離不棄。
4. 同意讓黑美絕育，且不可長期關、綁著黑美，亦不可隨意放養。
5. 為讓中途對您有更深入的瞭解，中途會先有份線上問卷請您填寫。

來信請說明：

a. 個人基本資料：姓名、性別、年齡、家庭狀況、職業與經濟來源等。
b. 想認養黑美的理由。
c. 過去養寵物的經驗，及簡介一下您的飼養環境。
d. 若未來有當兵、結婚、懷孕、畢業、出國或搬家等計劃，將如何安置黑美？

文創風 518

嬌妻至上 1

國家圖書館出版品預行編目資料

嬌妻至上 / 東堂桂著. --
初版. -- 臺北市 : 狗屋, 2017.05
冊 ; 公分. -- (文創風)
ISBN 978-986-328-723-0 (第1冊 : 平裝). --

857.7 106003599

著作者 東堂桂
編輯 張蕙芸
校對 沈毓萍 黃亭蓁
發行所 狗屋出版社有限公司
地址 台北市104中山區龍江路71巷15號1樓
電話 02-2776-5889～0
發行字號 局版台業字845號
法律顧問 蕭雄淋律師
總經銷 知遠文化事業有限公司
電話 02-2664-8800
初版 2017年5月
國際書碼 ISBN-13 978-986-328-723-0

本著作物由起點中文網（www.qidian.com）授權出版

定價250元
狗屋劃撥帳號：19001626
網址：love.doghouse.com.tw E-mail：love@doghouse.com.tw